COLLECTION OF FAMOUS CHINESE
SCIENCE FICTION WRITERS

中国
科幻名家
典藏系列

纪念收藏版

安琪的行星
ANGEL'S PLANET

全球华语科幻星云奖组委会/编

北方联合出版传媒(集团)股份有限公司
万卷出版有限责任公司

Ⓒ　全球华语科幻星云奖组委会　　2023

图书在版编目（CIP）数据

安琪的行星 / 全球华语科幻星云奖组委会编 . -- 沈
阳 : 万卷出版有限责任公司 , 2023.6
　ISBN 978-7-5470-6180-0

　Ⅰ . ①安… Ⅱ . ①全… Ⅲ . ①幻想小说 - 小说集 - 中
国 - 当代 Ⅳ . ① I247.7

中国国家版本馆 CIP 数据核字 (2023) 第 034381 号

出 品 人：王维良
出版发行：北方联合出版传媒（集团）股份有限公司
　　　　　万卷出版有限责任公司
　　　　　（地址：沈阳市和平区十一纬路 29 号　邮编：110003）
印 刷 者：三河市九洲财鑫印刷有限公司
经 销 者：全国新华书店
幅面尺寸：148mm×210mm
字　　数：250 千字
印　　张：10.125
出版时间：2023 年 6 月第 1 版
印刷时间：2023 年 6 月第 1 次印刷
责任编辑：王　越
责任校对：张　莹
装帧设计：天行云翼·宋晓亮
ISBN 978-7-5470-6180-0
定　　价：48.00 元
联系电话：024-23284090
传　　真：024-23284448

目录

安琪的行星 / 宝　树

你说宇宙中除了虚空，一无所有，我要证明给你看，这里至少还有一个世界，充满了生命和爱的世界。

一

我记得，这个延续七百年的传奇是从那个普普通通的晚上开始的。

那天晚上，大勇走进自己的宿舍时，拖着脚步，一副垂头丧气的样子。老大和老二对视一眼，老二得意地伸出手，说："给钱！"老大瞪了他一眼，掏出五块钱，放在他手上。

"你们干什么？"大勇莫名其妙地问。

"打赌呗，"老二笑嘻嘻地说，"我说这回你八成没戏，老大不信，就跟我赌，结果一看你的样子，就知道安琪肯定拒绝你了。"

"唉，我也想不到你一表人才，怎么会被拒绝呢？"老大很是纳闷。

大勇颓然倒在床上："不是被拒绝，是根本没机会开口。"

"这怎么回事？"老大问。

"唉！"大勇长叹一声，"我真不懂女生是怎么想的，我和安琪这次气氛本来不错，我正要切入主题的时候，夏龙那小子忽然来了，捧着一大把花里胡哨的什么花，送给安琪。安琪一看到那些花就开心得要命，眼睛都在放光。夏龙趁机说了很多暧昧的话，嘴巴像抹了蜜似的，两个人在一起说笑个不停，我都插不上嘴，只好回来了。"

"女生喜欢花，你就送她花嘛！"老大教导说，"投其所好不就行了？关键时候可不能小气了。"

"不是钱的问题，夏龙送的那些不是普通的花，叫什么……都是洋文，我也说不上来，反正千姿百态的，特漂亮。而且什么搭配也有讲究，有什么花语，什么历史典故的，我一个学程序的，哪里懂那么多？"大勇说着，甚是沮丧。

"是啊，咱们工科生，就是不懂那套酸不溜丢的破浪漫。"老大深有同感。

"这个也未必，"老二老成地分析，"其实什么诗歌典故还是虚的。营造浪漫气氛的关键是有一个具体的东西能拿出来，让人看到它，这个就代表男人的诚意。"

"难道我没诚意？"大勇不服气。

"不是说你没有，只不过要具象化，变成实实在在的东西，让女人看到，她才有安全感、满足感。女人就是这么感性。为什么女生喜欢花，因为花鲜艳美丽，代表心意，人人都看得见；为什么喜欢宝石，因为宝石比花更漂亮，而且持久，更代表诚意。虽然你不懂花语，但要能送安琪一块大宝石，夏龙送多少花都争不过你。"

"废话，我哪儿买得起宝石！"

"你是买不起宝石，但你可以送给她一件比花更漂亮、比宝石更持久的东西，看这个！"老二把手头的平板电脑递给大勇。屏幕上显示的是本市晚报头版的电子版，但上面没有密密麻麻的新闻，只有一行极为醒目的大字："星海计划"今日正式启动。

下面是一行小字：详见本报第二版。

"怎么样？"老二说，"'星海计划'，买颗星星送给安琪，这够浪漫吧？不比送花强一万倍？"

大勇眼睛一亮，但随即又黯淡下来："这事我倒听说过，我记得叫什么……'摘星计划'吧，早些年宇航局搞过这个噱头，不

安琪的行星

过没人理会。去年闹全球性金融危机，各国政府快要破产了，为了应急又重新捡起来，把天上的星星拿来卖，和骗钱差不多。就是有钱人也没几个去买的……再说，就算我想买，可一颗星星几百万，谁买得起啊！"

"现在可不一样了，看第二版。"

大勇点开第二版，里面有更详细的介绍。其中说，去年的"摘星计划"由于宣传工作没有做好，导致社会各界有很多误解，所以以失败告终。今年吸取教训后，经多国联合批准，推出了全新版本的"星海计划"。下面是计划全文。文章首先从普世人权、自然法和国际公法等角度，论证宇宙是全人类的共同财产，这个财产在数量上是极为惊人的，且不说上千亿个河外星系，仅在银河系内就有大约四千亿颗恒星，少说也有上万亿颗行星，这些都是大自然赐予人类的宝贵财富。

其次，自从人类发明无线电波以来，两百年来，从未接收到任何外星智慧文明的广播，这被称为"大沉默"，可以由此推断：由于生命存在条件的极为严苛，很可能不存在外星文明，就是有，也很少，所以大量的恒星和行星都是无主之物，人类可以放心地去占领。目前全球金融危机愈演愈烈，多国已经发生骚乱，在此情况下，各国政府决定联合成立宇宙管理理事会，负责统一出售银河系中已知的恒星和行星，任何人都可以购买，让天上的星星可以变成个人财产。当然了，以人类目前的航天技术，还没有能力到达那些遥远的星系，但这些星星一旦变成私有财产，就会受法律保护，可以一代代地传下去，将来总可以传到有能力进行星际旅行的那天，这是极为划算的投资。同时，二十年之后，政府也会进行赎买，如果到时不想要了，政府可以原价买回来，在经济上也是有保障的……

大勇翻着页，心中不屑地想：这些表述前后自相矛盾，经不起推敲。如果说那些星星属于全人类，那么全球民众本来就有份，各国政府凭什么再拿来卖给自己的民众？如果说用来投资，等到有能力进行星际远征，不知道会是几百年后的事了，世界政治经济格局不知道又会发生多少变化，一纸空文有什么用？就算二十年后政府会原价赎买，但今天的一块钱，二十年后可能只值一毛钱甚至一分钱，算下来，还是等于大部分钱被骗走了。这个"星海计划"纯属拙劣的骗钱把戏，傻瓜才会上当。

大勇这样想着，漫不经心地点下去，直到他看到价目表——

"天哪！"大勇不禁惊呼了出来，简直眼珠子都要掉下来，"一个行星系……一千块？一颗行星……一百块？这……这简直是白菜价啊！"

"废话，"老二说，"要还像以前'摘星计划'中那么贵得离谱，我让你看干吗？"

大勇激动地看下去，文章可能也觉得这个价码难以令人置信，所以做了详细解释：银河系中有几千亿颗恒星。经过最近几十年的天文学发展，利用射电望远镜、太空望远镜以及量子计算机的超级计算能力，人类也只探测了其中不到十分之一的部分，但也有足足三百亿颗，并采用最新的微引力测量法发现了其中大约百分之三十，也就是九十亿颗恒星肯定有行星。平均每颗恒星都有八颗以上的行星，那么总共发现的行星数量大约是七百亿颗。按全球人口分配下去，分到每个人头上都能有七八颗。这样算来，自然无须高价，即使廉价出售，获利也是天文数字。而且这属于纯利润，除了印张证书外不需要任何成本。只要能卖掉其中十分之一，应付目前的金融危机也是绰绰有余了。

当然，不至于每颗行星都那么便宜。那些离地球近的，或者著名恒星的行星就要贵得多。比如比邻星的行星，因为离地球最近而且非常著名，售价超过一亿元一颗！而十光年以内各大恒星的行星也要卖到上千万元，但三四十光年外的，就只需要几十万元。这种定价自然也对应人的心理，十光年似乎触手可及，很容易跨越（可以说今天的宇宙飞船已经能够跨越，只不过要花上万年时间），而几十光年以外就感觉远多了。

另一个原因与空间的三维结构相关。随着和地球之间距离的增加，天球面积以平方速度在增加，其中包含的星体数量也以此速率增长。这样价格自然会急剧降低，一百光年外只需要几万元，两百光年外只有几千元……当然降价不会一直持续下去，到五百光年外，底价就变为不动，维稳为一百元。

只需要一百块钱，大勇心动了。想想吧，一百块，在这寸土寸金的大都市还买不起指头大一点儿的地皮，但在几百光年外，整整一颗行星都是你的，或许是气势磅礴的气态行星，带着项链般美丽的光环和许多形态各异的卫星，或许是和地球一样的类地行星，上面有浩瀚的大陆和海洋，乃至森林和草原……

"怎么样，要不要买一颗？好像安琪生日快到了吧？买一颗送给她当礼物，不是正合适吗？"老二问。

"搞笑！"大勇撇了撇嘴，把平板电脑还给老二，"要买你自己买，我才不花那冤枉钱，一百块，还不如去西门外吃顿烤肉呢。"

但晚一些时候，大勇还是在网上查询了相关信息，居然还找到一本旧科幻小说。大意是说一个男生买了一颗星星送给自己倾慕的女生，二人从此定情，后来遭逢不幸，不幸分离。再后来又阴差阳错，在一场星际战争后，两个人又在那颗恒星的星系里重逢了，过上了幸福生活。大勇看着激动不已，想着如果自己就是男主角，安琪就是女主角的话……

这最终让他下定了决心。他揣着钱，按照报上的地址，跑去了"星海计划"销售中心。这里其实就是去年的"摘星计划"销售点，是市区边上一栋不很起眼的白色建筑。为了怕人们找不到，地址写得非常详细，但这没有必要，大勇一出地铁，就知道是哪里了：他身边的人潮几乎都向那栋小楼涌去。

这里当初门可罗雀，但自从"星海计划"在报纸上大做广告，宣布廉价大甩卖后，今天却是人山人海，感兴趣的人群蜂拥而至。大勇能想到，大部分人都抱着这样的念头：几百块钱反正不多，就当玩玩，可如果有万一的机会，将来真能靠这玩意儿得到一颗行星或恒星，那何止是一本万利，简直是从天上掉金山了。

销售大厅中心用，激光投射出各式行星系的三维图像，一些天文学知识的介绍性文字在图像旁滚动着，吸引了许多人观看，看上去如同一个科技馆。大勇在门口拿了份宣传手册扫了几眼，发现上面解答了不少常见的疑惑。譬如，很多人都好奇怎么可能发现上万光年外恒星的行星，甚至一些基本参数都能探测到。手册上就说明了，当行星围绕恒星公转时会引发恒星微小摆动和光谱变化，目前已经能够通过近地轨道上的巨型太空望远镜得到恒星光谱和周期性摆动的精确数据。只是当有多颗行星共同作用时，计算会异常复杂。目前天文学家根据这一原理，并使用最新的量子计算机已对海量数据进行处理，发现得出的结果与行星形成理论基本符合，预计准确率达到百分之九十，等等。

更令大勇心动的是，上面说每颗行星或恒星买下来后，除部分已经命名者，如地球附近的大部分可见恒星之外，其他都可以由其拥有者自由命名，并被记录在案。这虽然也是虚的权利，但又比所有权实在一些。至少在人类社会中，以后要正式称呼那颗行星，都必须用买主起的名字了。

他正在翻看资料，一个头上套着发光星星头饰的售星女郎走到他身边，主动跟他打招呼："嗨，帅哥！想来点什么？"口吻仿佛在卖普通的饮料小吃。

"那个……我想买颗行星。"大勇嗫嚅着，说出来又有些后悔，不管怎么说，这听起来还是挺傻的。

"没问题，"星女郎热情地接过话头，"您需要什么样的行星？我们有岩石行星、气态巨星、冰巨星、冰矮行星，总共四个大类十八个小类，各有各的特色，不知道哪一款比较适合您呢？"

"这么复杂？其实我……我也不清楚，反正随便找一个吧。"

"能不能问问您买行星是做什么用的呢？"

"那个……是送人的，生日礼物。"

"送什么人？"

大勇不由脸红了，嗫嚅着说不出话来。销售女郎眼珠一转，立即笑着说，"我明白了，是送给女朋友的对不对？送一颗星星给女孩子，真是太浪漫了，你女朋友一定会非常高兴的。不过，既然是送女朋友的，就有一些讲究了！"

"这……还有什么讲究？"

"至少所在的恒星要看得见吧？您想，当您和您的女朋友指着星空，凝望你们共同的星星的时候，如果根本看不到，那多没劲啊！"

"不错，这我倒没想到。"大勇赞同地点点头。

"还有，行星也是有象征意义的呀！"女郎娴熟地娓娓道来，"这象征着你们的将来对不对？那就不能太接近恒星，要不然您想想，一片大沙漠，温度有好几百摄氏度，头顶的太阳占了半个天空，一点水分都没有，多可怕呀！当然也不能太远，那些遥远的冰行星也不能考虑了，难道你愿意你们的感情永远冰封吗？还有，那些巨行星虽然看上去磅礴大气，但是没有固态表面，大气中充满了强烈的气旋风暴，永远是雷电交加，表示你们的感情不稳定，瞬息万变……"

"有这些说法？"大勇狐疑地问，"有点儿牵强附会吧？"

"话不能这么说，您既然花钱了，肯定也想要一个好的彩头对不对？要不然您乐意，人家女孩子也不乐意啊。这就跟买花似的，粗看上去差不多，其实讲究可多了。您能把葬礼上用的花拿来送给亲人朋友吗？"

"这倒也是……"大勇沉吟着。

"所以呢，为您考虑，应该买一个和地球类似的行星，最好要在宜居带。"

"什么叫宜居带？"

"这是个天文学术语。简单地说，就是离恒星不远也不近的区域，那里不冷也不热，有液态水的存在，才最适宜滋养生命。这也是你们爱情的精神家园，将来可以代代相传的。这样的行星，才适合你们。"

"适宜滋养生命？那上面如果本来有生命呢？"

"当然全部归您所有，是您的合法财产。就是国家要的话也得从您的手上买。"

"那……如果有智慧生命呢？"

"您问得好，"销售女郎胸有成竹，显然已经回答过许多遍类似的问题，"如果有智慧生命，那当然就不是人类的财产了，我们肯干，人家也不干啊。不过您不用急，我跟您说个内部消息，上头很快会出台一个政策，如果您的行星上将来发现智慧生命，那么您可以选择：一是政府用高价赎买，绝不会让您吃亏；二是可以换给您另一颗宜居带的类似行星，也很划算。不过这种可能性本身是很低的，如果外星人普遍存在，哪里还轮得到咱们买别的星球呢？人家早就来占领咱们了。"

"这么说……那就来一个吧！"大勇下定决心说，"多少钱？"

"按您的要求，宜居行星，所在恒星又能看到，我帮你查下……"姑娘在电脑前操作着，"出来了，平均也就十万块钱上下吧，最便宜的才三万二。"

安琪的行星

"多……多少钱？"大勇以为自己听觉出了问题。

"三万二啊。"

"可你们广告上不是说一百块一个吗？"大勇大怒。

"那只是底价，包括整个银河系的已探明行星！"星女郎忙澄清说，"您要的是可见恒星的行星，那就是地球周围几十光年内的那些，又要宜居的，自然不能是这个价。比如，您如果要北极星的行星，价位现在已经超过了三千万！但是物有所值：北极星历来是帝王的象征，在天上不动，众星都围绕着它，送给女朋友，象征着爱情至上，永远不变呀！就像古代诗人说的——"

"这种我肯定买不起，"大勇摆摆手，"还是说个便宜点的吧。"

星女郎又说了几个档次的行星，大勇一听价格就连连摇头。她也判断出了这位买主的消费层次，于是说："这样吧，我推荐给您一颗好了。这里有一颗大约七百光年外的恒星，据判断有一颗宜居行星，是它的第……我看下……对，第二颗行星，您看，就是这颗恒星：编号 $\sum$ X-6470。应该比较适合您。"她在面前的光屏上点击了几下，屏幕上出现了星空的影像，她又将局部反复放大，最后指了指其中出现的一颗不起眼的小星星。

"这颗恒星用肉眼看得见吗？"

"这颗星是一般的矮星，又在七百光年外，肉眼肯定看不到。"女郎坦白地说。

"那我不要，还是换一颗看得见的星星吧，要不，不要宜居行星也成。"

"即使不要宜居的，肉眼能看见的恒星才几千颗，任何一颗行星的价格也在一万块以上……"女郎看了看大勇的脸色，揣摩着他的心理，又补充说，"这颗恒星虽然用肉眼看不到，但好处是周围有六颗明显可见的亮星，容易找。"她在星图上指了指，"您可以看到，这颗恒星正处于六颗星的正中央，像不像是一朵花的中心？

用中小型的望远镜就可以看到它，还是很浪漫的呀。而且我们正在促销，宜居行星千元大甩卖，您可别错过这个机会！"

"看都看不到还要一千元？"大勇又抗议说。

"可这是宜居行星啊！"星女郎强调说，"您知道这样的行星有多难找吗？首先，银河系中一半恒星都是双星，任何围绕双星运动的行星随着与不同恒星之间距离的增减，接收到的恒星光照会有强烈变化，宜居的可能微乎其微。如果在更多恒星的密集星团里，那就更不用说了。即使在单个恒星的行星系统里，宜居带也是非常窄的，咱们太阳系那么多行星，也只有地球一个在宜居带里，概率也就百分之十左右吧。所以宜居行星一般要卖两千块以上，您今天是正好碰到我们做活动，要是明天再来，想买都没这个价了！这样吧，您诚心要的话，我个人再给您打个九五折。"

大勇经不起她反复轰炸，又杀了半天价，最后还是花了九百三十块买下了那颗宜居行星。他得到了一本装帧华美的产权证书，上面有那颗行星的编号、大小、轨道等参数（当然只是估计值）以及相关恒星的资料，上面还特别注明：∑ X-6470-2（即∑ X-6470 恒星的第二颗行星）被买主命名为"安琪之星"，所有人一栏是空白的，到时候可以让安琪自己填写。

大勇办完事，捧着证书高高兴兴地回来了。结果在宿舍里一说，老二当头给他一盆冷水："星海计划"中的星星也可以在网上购买，按照网购的价位，类似那颗行星的档次，虽然比一百块的底价稍贵，但基本上讲也就四五百块钱。也就是说：他被宰了。

大勇气得要去退货，被老二拦住了："算了，人家千方百计地卖给你，显然有提成的，怎么可能说退就退？你看，这里写得很清楚，退货条件是产品有明显瑕疵，比如说那颗恒星突然变超新星了是可以退的，行星被其他行星撞碎或者被恒星吞没也是可以退的，或者将来发现重要参数和估算值有重大差异——比如不位于宜居带——也可以退，其他情况，概不退换！"

"是啊，"老大插嘴说，"我看这星星看起来还凑合，就这颗吧。今天我还听说夏龙跟人吹，说他就快要得手，兄弟你可要加紧啦！"

二

几天后，安琪的生日到了，她在学校附近一个饭店包间里办了一个小型的生日晚会，大勇和安琪是以前的旧同学，受邀参加，那颗"安琪之星"，自然就是生日礼物。他去礼品店里让人将那张证书装在一个精致的礼盒里，晚上按时送到饭店来，准备到时候给安琪一个惊喜。他已经想到了那时的情形：大家正在吃东西聊天，忽然有人敲包间的门，打开门，是一个送货员："请问有一位安琪小姐吗？这是送给安琪小姐的生日礼物，有位不愿透露姓名的先生祝安琪小姐生日快乐！"

"这是什么啊？"大家会围着盒子，好奇地问。也许会有人说："呀，不会是炸弹吧？"大家吓得立刻退避三舍，这时候，大勇就可以"勇敢"地上前说："没事，让我来看！""大勇，你小心点儿！"安琪会关心地说。然后他会故作胆战心惊地打开盒子，拿出那张证书，"奇怪，这是什么东西？"他会狡猾地挠着头说，递给安琪。

然后，安琪就会打开证书，看到"∑ X-6470-2（安琪之星）所有权证书"几个金色的大字，先是愣住，然后或者惊喜地大叫一声，或者开心地把证书贴在自己胸口，甚至会流下眼泪……"这是我收到的最好的生日礼物。"安琪会有些哽咽地说，"我太开心了，一颗行星！我从来没想过会有人送我这个，不过，是谁送的呢？"

然后，她的一个闺密会适时地在证书底下发现一张精美的卡片，打开来读："安琪：祝你生日快乐，永远年轻美丽！一直默默在你身边的——大勇。"所有人都会把目光向他投来，他会深吸一口气，淡淡地说："安琪，生日快乐！这是我给你的惊喜，希望你喜欢我的礼物。"然后呢？安琪会激动地扑进他怀里，还是娇羞地低头不语？无论哪种，那时的她一定都美极了……

　　大勇想得投入，嘴角泛起了微笑。

　　晚上天还没黑，大勇就打扮得整整齐齐出发了，不料在饭店门口撞见夏龙，他打扮得油头粉面，手上拎着一个包得很漂亮的盒子，比大勇准备的还要大上几分，两人生硬地打了个招呼，相互打量，各怀机心。

　　"大勇啊，我不知道你也来呢，"夏龙打了个哈哈说，"怎么没听安琪提过？"口气俨然已经把自己当成了半个男主人。

　　大勇淡然一笑："安琪和我是老同学了，我们过生日都是相互请的。我记得去年你还不认识安琪，这是你第一次参加她生日聚会吧？"

　　夏龙皮笑肉不笑地说："是啊，去年还不认识，哪想得到今年会和她……呵呵。对了，你买了什么礼物没有？"他看到大勇手上没拎什么东西，好奇地打量着他身上，大概以为他藏在哪里。

　　"没买啥……"大勇故意轻描淡写，"反正我和安琪是老同学了，不在乎这个，也就是随便意思意思……你买的是什么？"

　　"买了个水晶投影球，"夏龙坦言说，"你知道，现在挺流行这个，安琪特喜欢。"

　　哈，投影球！大勇表面上赞了两句，心底却冷笑连连，虽说价格不菲，可巴掌大的一个小球，能跟我的行星比吗？夏龙啊夏龙，这回你注定落下风了。

　　进了饭店包间，虽然他们来得早，可人已经到了很多了。安琪迎上来，二人都是眼前一亮，眼前的安琪不是平素的学生装束，而是穿上了典雅又诱人的黑色晚装，亭亭玉立，清秀脱俗，一对美丽的眼睛含笑地看着他们。大勇心头一热，如果这辈子能天天对着这样的佳人，度此一生，夫复何求？

"大勇，夏龙，你们怎么一起来了？"安琪热情地说，"来，这边坐！"

大勇刚要说话，夏龙却抢先一步："安琪，生日快乐！送给你的。"他将礼盒捧到安琪面前。

"哇，这么大！"安琪好奇地说，"里面是什么呢？"

"打开看看喜不喜欢？"夏龙说，在场的朋友也七嘴八舌地说，"对对，打开来看看吧！"

安琪笑了笑，拆开了礼品盒，里面果然是一个灯泡大小的透明球体，晶莹剔透。别致的是，它并不是像一般投影球那样用支架托着，而是靠磁场约束悬浮在一个银色的底座上，一看便知是高端产品。

"好漂亮！"安琪赞叹说，"这是投影球吧？里面有什么呢？"投影球并非真正的投影，里面是由智能程序激活球体内部的一种特殊晶体结构，使之在不同方向上发光，形成三维影像。

"是安琪的玉照吧？"

"我猜是一座水晶宫殿！"众人七嘴八舌。

"这得卖个关子。"夏龙笑嘻嘻地说，"安琪，你按一下下面底座上的那个开关。"

安琪刚要按下开关，夏龙又阻止她说："先等一下，我觉得还是关了灯看有气氛，大勇，你去那边把灯关上。"大勇被他差使，心头一阵火起，当着众人又不好发作，瞪了夏龙一眼，还是去墙边关了灯。

房间顿时沉浸在黑暗中，只有底座发出了淡淡的荧光，众人赞叹不已。夏龙说:"安琪, 现在可以按开关了。"

安琪按下了开关, 从水晶球的中间, 发出了柔和的光, 众人都好奇地凑了上去, 大勇自然更想搞清楚夏龙葫芦里卖什么药, 挤到最前面——

他看到了一团白色的光晕。

在水晶球的中间, 那团白色粗看如同一朵飘浮的云彩, 但从侧面看去, 它的主体却呈薄盘形, 有着复杂精细的旋涡状结构, 并且颜色上也有细微不同。中心的椭圆球体饱满而明亮, 呈橙黄色, 从两端伸出两条醒目的旋臂, 相互缠绕着, 形成涡流状, 微微有些发蓝, 隐约可见丝线相连的云气。这个银色光盘又笼罩在一层淡淡的立体光晕中, 其中有许多萤火虫一样的小光点, 仔细看去都是细微光点的聚合体……它缓慢但可见地旋转着, 虽然影像只有巴掌大, 却浩渺宏伟, 气象万千, 每个细节都显得无与伦比的真实。

稍有知识的人都看得出, 这是一个星系! 一个气势磅礴的恒星系统!

"这是我定做的, 一个旋涡星系的三维立体图。"夏龙说,"这个星系和银河系相当相似, 由三千亿颗恒星组成, 还可以放大看它的各个细节。送给你, 喜欢吗?"

"当然喜欢啦!"安琪叫着,"这么漂亮的模型, 感觉跟有一个真的星系一样呢!"

"它不是跟真的一样,"夏龙得意地一笑,"它就是真的。"

"你说什么?"安琪不解地看着他。

"这个星系的三维图像来自'天眼'太空望远镜和'天河'射电望远镜阵列,"夏龙说,"虽然是合成的, 但相当精确。它是七十亿光年外真实存在的一个旋涡星系的影像。现在, 这个真实的星系已经是你的了, 它的名字是——'安琪星系'。"

安琪怔住了，不敢相信自己的耳朵。大勇也震惊得说不出话来。灯打开了，夏龙从盒底取出一本比大勇的证书还要大一倍的精装证书来，递给安琪："这是这个星系的产权证，看，上面是你的名字。"

安琪愣了半晌，怔怔的，似乎要落泪，然后大步走到夏龙身边，在他面颊上亲了一下。众人不禁欢呼起哄，只有大勇觉得天旋地转，瘫在了椅子上。

"谢谢你，夏龙！"他隐约听到安琪说，声音好像在千万光年外，"我真不敢相信！一个星系！今天晚上我收到过三颗行星和一颗恒星了，但是我怎么也想不到，你会送我一个星系！"

三

就这样，在夏龙的狂野攻势面前，大勇的美梦被击得粉碎，他甚至没有勇气把自己寒酸的礼物拿出来：大勇知道自己自以为精心的安排在夏龙无比震撼的礼物之后只能是一个笑话，于是悄悄打了个电话，让礼品店不要送过来了，还跟安琪说自己没来得及买礼物，好在安琪也不在意。

大勇后来才想明白，自己太高估了这份礼物的独特性，虽然"星海计划"刚推出不久，但在全国乃至全世界都异常火爆，高峰时一天全球就卖出去一百多万颗行星！买个星星玩成为年轻人中流行的时尚，自己能想到送行星这个主意，别人自然也会想到。

但是送星系这个疯狂的点子还是秒杀了他和其他几个倒霉蛋。其实仔细想想也不出奇，既然几百光年外的星星可以卖，几亿光年外的星系又为什么不能卖？宇宙中有上千亿个星系，不比银河系中的星星少多少，因此也贵不到哪儿去。大勇后来知道，夏龙买这个星系才花了一万多，只不过比他那颗行星贵十几倍，和星系本身的宏大完全不成比例。如果大勇早知道星系也可以购买，说不定也会不惜血本买上一个。

当然，大勇不知道这事也不能怪他。星系是在一些发达国家刚开始销售的，国内还没有这样的业务，夏龙说，"他也是托国外的亲戚买的"。

但是仅仅几个月以后，星系的买卖被宇宙管理理事会否决了。反对的理由是很充分的：和行星以及一般的行星系统不同，一个几千亿颗恒星组成的大星系，很可能会有多个智慧文明存在，其中很多都会比人类文明发达。包含高等智慧文明的星系怎能任地球人买卖？不要说在道德上无法接受，听起来也非常滑稽，长此以往会损害"星海计划"的严肃性。理事会声明，不会承认某些国家未经授权单方面销售河外星系的行为，且声明无法得到理事会承认的买卖是无效的。夏龙的星系所有证由此成了一张废纸，虽说本来也是一纸空文。

不过，经过协调，命名权还是保留了下来，"安琪星系"成为那个七十亿光年外的星系在人类文献中的正规名称之一：当然，科学研究上仍然采用严谨的数字加字母的命名方式，不会用"安琪"这样的俗名，而社会生活中也不可能提到这么一个遥远又不相干的河外星系，它仍然是上千亿人根本看不到、摸不着的星系中的一个，和不存在没什么区别。最显著的影响不过是有人匿名在网络上建了一个条目"安琪星系"，以介绍星系为名，花了一段的篇幅大讲特讲命名由来，也就是夏龙追安琪的那些破事，把夏龙写得犹如情圣，一看就知道是夏龙自己搞的。

但即使没有"安琪星系"的存在，大勇的那颗小小行星也没有出头之日。那天生日，安琪另外还收到过好几颗行星和一颗恒星，个别行星的所属恒星甚至是可以看到的！大勇那颗躲在银河深处的行星，根本一文不值。就算当时拿出来，安琪也不会有什么深刻印象。

夏龙的星系终于赢得了安琪的芳心。此后，大勇时常看到他们出双入对，如胶似漆，不得不走路都躲着他们。但夏龙和安琪相处了几个月，最后不知怎么，还是分手了。大勇听到夏龙跟人抱怨，说安琪外热内冷，像块木头，毫无情趣。后来，他去追另一个女孩，又偷偷把"安琪星系"那个网页给删了。

那颗行星，大勇终究没有送给安琪，而是把证书压在了床下的箱子底。很快，除了大勇自己之外，知道这事的不多的几个人也都把这事忘得一干二净。

安琪之星如亿万年以来那样，静静地待在宇宙深处的那个角落，浑然不知自己已经被七百光年外的一个星球上的人命名，并且它的存在曾在地球上一个年轻人的内心掀起过一点小小的波澜。大勇有时候凝望着星空，注视着那六颗恒星之间的一片黑暗，想着那颗看不到的行星，它究竟和自己有何关系呢？

当然什么关系都没有，只是自作多情而已。大勇苦笑着闭上了眼睛。

某一天夜里，大勇从教室出来，看到走廊尽头，一个女孩站在窗前的侧影。他认出来了，那是安琪。

窗户是打开的，安琪似乎也刚下课，凝望着窗外的什么东西，看上去有些奇怪。大勇刚听说安琪和夏龙分手的事，心中一阵忐忑，这里是教学楼最高一层，只要踏到窗台上，再向前一步……

大勇硬着头皮走上前去，招呼了一声安琪。安琪仿佛根本没看到他，大勇又叫了一声，她才缓缓转过头，敷衍地点了点头，明显没有和他说话的意思。大勇走了几步，实在放心不下，忍不住回过头问："你……没事吧？"

"我有什么事？"安琪反问。

"没事就好……其实夏龙那小子……你千万别……"大勇话一出口就后悔了，自己干吗偏要提这茬儿。

安琪脸色变了变，想说什么，又没有出口，最后幽幽叹息了一声："这事你们都知道了吧？大家都是怎么议论的？"

"不是，我……我也是刚听说，我只是想——"大勇无力地辩解着。

"你心里一定在偷偷笑我吧，我太傻了，竟然相信夏龙这种花花公子，是不是？"

"哪有？"大勇忙说，"安琪，我们是朋友，我一直很……很关心你，你可别想不开。"

"你不会以为我要自杀吧？"

"我是看你站在这里，好像是——"

安琪苦笑："我是很傻，可还不至于那么傻，你知道我在看什么？"

"看什么？"

"那个星系，"安琪转向大勇，大勇看到她的眼中闪烁着莹莹的泪光，"那个七十亿光年外的星系，它应该就在那里。"她向窗外的夜空中一指，那儿只有稀疏的几颗星星。

"可那个星系用肉眼是看不到的吧？"大勇问。

"当然看不到，"安琪凄然说，"就是用一般光学望远镜也看不到，好像只有用射电望远镜才能看见它的影像，其实我从来没有真正看到过它，对我来说它存不存在毫无区别。我刚才看了半天，就是在想，为什么自己会被那么个看不见摸不着的东西感动。可是女孩子就是那么傻，为了一个对自己而言根本不存在的东西，就全心全意对一个人……"说着，泪水从她眼里不住地流下来。

"夏龙那个人渣，不值得你这样！我真想——"大勇愤愤地说。

他想起小说里的情节，冲动的男主角去把欺负自己心上人的家伙狠狠揍一顿，看到安琪这么伤心，他现在也有类似的冲动。但当然不可能，这是现实生活，不是小说。

"是的，"安琪说，"不值得，该了断啦。"

她打开背包，掏出一个发光的小球，放在窗台上。大勇认得出来，是夏龙送给她的那个投影球。灿烂的银河还在透明的球体中旋转着，发出炫目的光彩。直到今天，大勇也不得不承认，这东西的美真是无与伦比。

安琪凝视着它良久，似乎仍然被那星系的光华所吸引，七十亿光年外的幽光照在她带泪的脸上，说不出的凄美动人。

然后，安琪下定了决心，一把将那个球攥在手中，一挥手，用力掷出了窗外。

大勇一惊，探出头去，生怕砸到人，但楼底下是一个大水池。投影球如同流星，划出一道淡淡的白光，"扑通"一声掉进水池，顿时熄灭了所有的光彩，消失在暗夜中。

"你看到了，"安琪静静地说，"这些都是虚幻，在冰冷的太空，一无所有。"

她擦了擦眼泪，对大勇说："对不起，今天失态，让你看笑话了。"

"不，没什么的，其实我——"

"嗯，以后再聊吧，再见。"安琪说着，提起包，转身离去。

"那个……我送你回去吧？"

"不用了。"安琪摇头，"让我一个人静一静好吗？"

大勇想叫住她，陪伴她，却又不敢，只有眼睁睁地看着安琪的背影消失在楼道口，心中也不知是什么滋味。

四

寒来暑往，又是两年过去了。

毕业季来临了。四年的学习生涯接近结束，又一批年轻人即将走向社会，又是憧憬，又是不安，如同即将离开地球温暖怀抱，航向无边星海的飞船。

临近毕业，大勇已经决定出国深造，去国外一所有名的学院。在旁人看来他可谓春风得意，但其实他心里却空荡荡的没有着落。临近毕业，他穿梭在各种毕业聚会上，他送别人，别人送他，觥筹交错，欢声笑语，或是抱头痛哭。他很少碰到安琪，毕竟他们本来不是一个系的。自从那次深夜相遇后，他很少再见到安琪。特别是年级高了，大家各有各的事情，渐渐也忙碌起来，大勇自己经常在机房里泡到深更半夜，哪里还能看到安琪？

但有关安琪的消息，有些还是传到他耳朵里。据说安琪后来又谈过一次恋爱，对方是位俊朗不凡的外语系才子，两人都要谈婚论嫁了，但不知怎么忽然又分手了。至于毕业的事，他只听说安琪签了去南方一座不大不小的城市的工作。这也就意味着，也许他以后再也见不到她了。

今晚的中学校友聚会，也许是他最后一次见到安琪了。

聚会在学校的多功能活动中心的顶层饭店里，老同学相见，分外唏嘘。很多人都是好几年不见，一问之下，大家都有了男女朋友，有两个甚至都结婚了。只有大勇还单着。知道大勇喜欢安琪的旧日同学不在少数，有人旁敲侧击，问他是不是因为安琪才一直不找女朋友，大勇淡淡一笑，不加分辩，内心五味杂陈。

此时，安琪来了，如一朵彩云般翩然而至，和所有人笑着打招呼，亲切地聊着中学往事，时而和几个女生在一起亲热地说体己话，时而豪爽地和大家干杯，看上去和以前一样，并没有什么改变。大勇没能和她说上几句话，只有坐在桌子的一个角落里，自斟自饮，忽然觉得自己很傻，安琪虽然笑意盈盈地坐在自己面前，但又像在另一个星系一样遥远。

或许一直都是这样，大勇想，他们之间从来就是那么远，从未靠近过。

饭吃完了，一班同学又去楼下唱歌跳舞玩游戏了，安琪多喝了两杯，说有点不舒服，让其他人先走，自己去了洗手间，出来的时候还有些摇摇晃晃。一抬头，她看到大勇站在自己面前。

"你没事吧？"大勇关切地看着她，"不能喝就别喝那么多嘛。"

"我没事。"安琪说，勉强笑了笑，"今天高兴嘛！"说着又晃晃悠悠，似有些头晕。

"要不要去天台呼吸下新鲜空气？会舒服一点。"大勇说。

"好是好，可是他们还在等我们吧？"安琪犹疑。

"没事，那帮人你又不是不知道，肯定先去玩了……"大勇说，生怕安琪不去，又补充了一句，"另外我……有些事还想跟你说。"

一股暧昧的气氛在二人间弥漫开来。安琪低下头，轻声说："那好吧。"

他们到了天台上。夜已经深了，繁星满天。天台很大，夜色朦胧中有几对情侣正在缠绵。大勇和安琪来到一个没人的角落，那里正好有两张躺椅，大勇说："坐一下吧，会舒服一点。"安琪坐了下来，只觉得夜凉如水，浸润着她的每一寸肌肤，果然舒服了许多。

大勇回过头，向躲在角落里的老大和老二打了个手势，二人朝他一笑，做了个"好运"的手势，悄然撤到一旁。

大勇在另一张躺椅上坐下，二人一时无话。终于，大勇打破尴尬的沉默："对了，听说你要去 G 市了？"

"是啊。"

"怎么想到去那边？离家和大学都很远吧？"

安琪不语，正当大勇以为她不会回答的时候，她却开口了："没什么，有些不开心的事想忘掉，想去一个新的地方重新开始。"大勇看到一阵再也隐藏不住的忧伤袭上她的脸。

大勇抑制住自己想询问她详情的念头，"对了，有件东西一直想送给你。"他下了决心，从包里拿出一副眼镜，递给安琪，"是这个。"

"这是什么？"安琪接过来好奇地端详着，"啊，好像是三维成像眼镜？"她知道这是一种游戏装备，可以进行视觉的虚拟现实模拟。

"嗯，这是送给你的。"

"我？可我不打游戏的。"

"我知道，"大勇说，"这不是游戏装备……你还记得两年前你的生日晚会吗？"

"两年前……"安琪认真想着，"啊，我想起来了，就是夏龙送我那个破星系那次，我当然记得。"

"不好意思，那次我什么也没送你。"

"是吗？"安琪歪着头想了想，"想不起来了，没关系啊。"

"不，我其实准备了一份礼物，只是拿不出手。不过今天，我可以送给你了，就是这个。"

"不用吧，都过了那么久了……"安琪说，但看着大勇认真的眼神，"……好吧，谢谢。这里面是什么呢？"

"你戴上它就知道了。"

安琪戴上眼镜，但周围依然如故，并没有什么明显的改变。"什么也没有嘛。"她疑惑地说。

"你看到没有，今天的星星很美。"大勇却岔开话题。

安琪躺在椅子上，略一抬头便望见夜空，"是啊，你看，银河！"她惊喜地说，"我还从来没有在城里看见过银河呢。"

灿烂的银河横亘天上，从地平线上升起，又落向另一边，如同宇宙中发光的巨大拱门。亿万星辰在银河中游弋着，一道流星划过天际。两人出神地望着星空，一时谁也没说话。

"安琪。"

"嗯？"

"我记得那段时间有很多人送给你星星吧。"

"那是前两年的事了，那时候不是正流行这个吗，现在都过时了。"

"那你能找到他们送给你的星星吗？"

"这个……"安琪想了想说，"好几颗恒星都是看不到的，包括夏龙送给我的那个星系。不过我记得有两颗行星所在的恒星是能看到的，虽然比较暗，不好找，好像是在……是在……"她犹豫地指了几个方向，最后摇了摇头，"实在想不起来了，你问这干吗？"

"你知道他们送你的那些行星或者恒星都是什么样子的吗？"大勇不回答，反而继续问道。

"我怎么知道？"安琪摊了摊手，"就算能看到恒星，也只是一个小小的光点，更不用说行星了，各种参数上又差别很大……不过大概都是圆的、发亮的吧，大同小异。所以这个游戏，真的没什么意义。"

大勇点点头，指着东南方的一片天穹说："安琪，你看那里。"

安琪顺着他手指的方向望去，那里是远离银道面的区域，只有寥寥几颗亮星。安琪好奇地看了一会儿说："那里有什么？"

"你看，"大勇说，"看到那颗最亮的星星没有，对，就是那颗红色的，它下面有几颗不太明显的小星星，你看到没，那边一颗，旁边还有两颗，再下面还有……一共六颗，排成一个相当整齐的六边形，像是一朵六瓣的鲜花。"

"看到了……"安琪凝神看着，"这么说也确实有点像……那个是什么星座来着？不过也没什么出奇的啊，你要我看的就是这个？"

"对，你想象它们每两个成一对，中间连线，这三条线彼此相交，中间会有一个很小的三角区域，你仔细看，那里面有什么？"

安琪认真地盯着看了半天，微嗔着摇头说："什么也没有啊，看得眼睛都酸了！你究竟搞什么名堂？"

大勇没有说话，却站起身来，好像想说什么，好像有些紧张。安琪莫名其妙地看着他，他却冷不丁弯下腰，将她一把从躺椅上抱起来。

"喂，你干什么！"安琪又羞又怒，胡乱挣扎，但大勇的胳膊像铁箍一样，无论如何她也挣扎不开，而且似乎力大无穷。她还没反应过来是怎么回事，大勇已经抱着她向前大步疾奔，没几步就到了天台边上，从七层楼高的天台上一跃而下！

025

安琪的行星

五

安琪吓得闭上眼睛，惊声尖叫，但却没有下坠的失重感，反而觉得有些吃重，她随即发现了异样，他们并没有向下坠落，反而迎风飞起，越飞越高，向着夜空飞去。

安琪很快明白过来："这是虚拟效果？那眼镜，不，莫非连那张躺椅都是……"那一定是一张虚拟实在椅，通过力场作用，可以模拟出逼真的身体触觉、平衡感和重力感。她一定是一躺下来就进入虚拟状态，一切感知和动作都和现实分隔开了。

大勇放下了她，但她仍然感到自己在上升着："对不起，安琪，我是跟你开个玩笑。我们现在仍然好好地在躺椅上。你只要摘掉眼镜，就可以回到现实世界。"

安琪摘下眼镜，发现自己果然在原来的椅子上好端端地躺着，各种虚拟效果都消失了，大勇在另一张椅子上。她又戴上眼镜，发现自己仍然在高空："怪不得我觉得躺椅有点太舒服了，而且城里能看到银河也很奇怪……这两把虚拟实在椅怎么会在天台上？"

"我叫同学帮忙搬上来的，"大勇带着几分乞求说，"你别生气，先看看我送给你的礼物好不好？我保证你不会后悔。椅子本身有自动防护功能，躺在那儿虽然感受不到周围，也是安全的。"

安琪惊魂初定，瞪了大勇一眼："好，这笔账以后再跟你算，先看你搞什么花样。"

他们越飞越高，飞过校园和城市，越过云层，飞向太空。

很快，脚下的大地开始出现了弧线的边界，地面上也出现了地图上的熟悉形状，表明他们已经飞到了相当于几百公里外的近地轨道。一座太空站依稀从远处掠过，安琪本能地有种呼吸不过来的感觉，不由得大口吸气。

"没事的，你还在老地方坐着呢。"大勇回过头来对她说，"你看，是不是好好的？"

"哼！我又不是没看过 3D 电影，有什么不知道的？"安琪逞强地说，心中却越来越好奇。这个大勇，在搞什么名堂？

很快，大地已经缩为一个球形，越来越小。太阳从大地背后露出头来，依然光辉灿烂，但并不会灼伤眼睛，显然图像显示时考虑到了人体安全因素。银河和熟悉的星座再次出现了，比在地球上看到的更加清晰，安琪看到银河变成了一个巨大的环，萦绕在辽阔的宇宙空间中。她和大勇就在这个巨大银环的中心，如同粒子加速器中的两个电子。

"准备好了吗？"大勇说，"我们要正式出发了。"便拉住了她的手。

安琪感受得到大勇掌心的温度，好像真的被他拉着一样，如果在往常，不管是开玩笑还是认真的，她都会把对方一把甩开。但是今天，悬浮在这黑暗的虚空中，虽然明知只是虚拟实在，她却有些发虚，觉得身边有个人可以依靠也是一件挺好的事……

她没有甩开大勇的大手，任凭他拉紧了自己。

"一、二、三，"大勇说，"出发！"

随着强烈的加速感，他们以极快的速度掠过几颗行星邻居，安琪什么都看不清楚，它们就已经退到了自己身后，她向后望去，地球已经消失了，太阳也几乎变成了一个点。眼前的星空开始慢慢移动，一颗颗恒星在她头顶和身边掠过。他们在无边宇宙中自由飞翔着，安琪感到了一种整个心灵都获得自由了的解放感。

如果是在真实的宇宙空间中，此时他们的速度一定已经远远超过了光速，可能一秒钟就有一光年之多！认真说来这并不符合科学原理，如果真的达到了光速，他们必然会感到许多特殊效应，如前方星光将移到紫外线波段，变得不可见；又如时间流逝将会停滞，任何地方都是瞬间到达，但这里并没有，只是像高速公路上狂飙的汽车一样掠过周围的风景，近处的移动得快些，远处移动得慢些，不过倒是更符合人的惯性直觉。

安琪望向正前方，看到他们前进的方向，正是那六颗恒星组成的六边形的中心——看上去一无所有的黑暗地带，但在那里，一颗明亮的星星刚刚显现出来。

很快，那颗星星变得越来越大，越来越亮，成为星空中最亮的一颗。

没过多久，他们就进入了那个恒星带的星系。七百光年的距离在顷刻间被跨越，那颗他们本来看不见的遥远恒星，如今已经变成了一个小小的金色圆盘。

他们的速度变慢下来，掠过几个带着光环的巨大的气体行星，又掠过一颗红色的行星，看上去和太阳系中的不无相似。不久后，安琪又看到一颗绛紫色的小小星球出现在他们面前，在恒星的照耀下闪烁着绮丽的光芒，如同夜空中的紫宝石。

"那颗行星看上去很特别，好像……有生命？"安琪好奇地问。

"这是∑X-6470-2，又叫安琪之星。"大勇终于说出了那个秘密，"安琪，这就是两年前我打算送给你的礼物。"

六

"礼物？"安琪已经差不多忘了这事了。

"是的，礼物。"大勇说，"这是那天我到'星海计划'销售中心去买的。可是后来……"他把事情简略地讲了一遍。

"我真没想到……"安琪出神地说，"谢谢，大勇。"

"这只是一颗普通的行星，但位于宜居带，距离恒星的距离大约一亿三千万公里，所以孕育了生命……它或许不比其他人送给你的行星奇妙，但是和其他人不同的是，我会带你来到这里，让你亲眼看到这颗行星——虽然只是通过虚拟现实系统。"

"这颗行星真美。"安琪由衷地说。

"最美的还在后面呢……"

此时，他们已然飞临到行星的上空，安琪看到，这是一颗非常奇特的行星，行星上笼罩着淡淡的光晕，显然有着浓密的大气层。整个行星沿着南北方向明显分为几层，两极地带是白色的冰雪，从温带到亚热带，主体上是一片深浅不一的紫色，间或带着绿色和棕色的条纹，而在赤道附近，则是一条宽大的蓝色缎带，在阳光下闪着光芒。

"那是……"安琪盯了一会儿，惊喜地说，"天哪，是海洋！"

"是的，"大勇告诉她，"这是这个行星的唯一海洋——赤道海，平均向南北各延伸三千公里，南北是两个大陆，南大陆和北大陆。这两片大陆本来是连在一起的，在一亿年前由于地壳变动，被赤道海分开，生命分开来进化，它们既有相同的根源，又有很多奇妙的差异……你要去看哪里？"

安琪随手指了指北大陆一片紫色的地方："就在那里吧。"

他们向着地表迅速降下去，呼啸的风声响起，告诉他们已经进入大气层。随后，穿过一片低低的白云，他们降落在一座坡度平缓的小山丘上。安琪感到落地时脚下软软的，低头看到，脚下密密麻麻地长着浅紫色的小草，踩着很是舒服。

安琪向周围看去，云彩飘浮在天空上，红色的太阳悬在天边，不知是刚刚升起还是刚刚落下，看上去比地球上的太阳小一些。远处的地平线呈弧形，看得出这个星球也比地球略小。她试着蹦了一下，跳得比地球上高得多，整个人像要飞起来。大勇告诉她，这里的重力大约是地球的一半。

"真奇妙啊！"安琪忍不住蹦跳起来，高高跃到空中，又轻盈地落下，一时沉醉在这个神奇的新世界中，这似乎是一个能让她忘却一切生活烦恼的世外桃源。

过了一会儿，她才蹲下来，打量着地上那些紫色的小草，仔细看去，她才发现那些不是真正的草，它们呈现出一种前所未见的半管状结构。在阳光的照耀下，它们逐渐舒展开来，成为类似叶片的形状，吸收着阳光。而在阳光照不到的地方，它们则仍然卷成一团，成为支撑其躯干的主体结构。

"这些紫草好漂亮。"安琪说，虽然明知只是虚拟实在，但她看到每片紫草的形状、颜色都不一样，显然不是简单重复拷贝的。

"我设计了十八个方面的参数，可以尽量随机组合，自由生成，"大勇告诉她，"所能得出的具体形态几乎是无限的，当然严格说起来，不一定符合生物学原理。"

"这是什么地方？"安琪站起来说，"草原吗？"她看到山丘起起伏伏，如同海浪般延伸向远方。

"不，这是森林……"大勇说。

"森林？"安琪诧异地问，"可是我没有看到半棵树啊？"

"因为我们在树顶上。"大勇说完，又带着她飞起来，此时太阳初升，雾气渐渐散尽，安琪终于明白了大勇说的"森林"是什么意思。他们刚才所站的"山坡"是直径数百米的一个圆锥体，这样的圆顶大大小小还有很多，挤满了每一寸空间，每个圆顶都长在上千米高的柱子顶上，他们刚才看到的"紫草"，其实只是这种"巨蘑菇"顶上的触须而已。

"它们叫巨菇树，在这个世界，由于重力较小，植物可以长得非常高，"大勇说，"它们为了争夺阳光，彼此竞争，所以越长越高，并且完全覆盖了森林的顶部。"

"那森林下面是什么？"安琪好奇地问。

"那是终日见不到一丝阳光的黑暗空间，"大勇说，"生活着一些奇形怪状的动物，它们寄居在这些巨菇树的身上，靠吸收它们的养料生活，并且彼此打斗。怎么样，要不要下去看看？"

安琪打了个寒战，虽然明知道是假的，但她仍然感到有点害怕，因为这个世界看起来……太逼真了。

这并不完全是技术上的逼真——目前，虚拟现实软件的发达程度已经可以让一个懂行的大学生造出一幕如梦如幻的场景，安琪也看过不少三维电影，也曾经降临在魔法国度、古战场或者某颗异星上。那些世界也无法用肉眼分辨其真伪，但神秘古堡、金戈铁马或者外星人之类的设计总是太过于戏剧化，反而给人一种不真实的感觉。但这个世界，虽然同样远离现实，却有一种那些影片中看不到的粗犷自然。这颗星球不是为某个故事而存在的背景，而是自身就给人"在那里"的感觉。

他们飞过了森林，现在到了真正的草原上。草原反而是红色的，绛红色的野草在风中摇摆俯仰，但安琪很快发觉了不对。这些野草的运动不全是由风引起，而是像小动物一样挤来挤去，推推搡搡。

"它们怎么会动？这到底是动物还是植物？"安琪好奇地问。

"在这个世界，动物和植物的区别和地球上完全不同，"大勇说，"植物虽然是靠光合作用制造养分，但几亿年前就进化出了可以移动的根须，也会为了争夺阳光而打斗。相反，动物却可以寄居在植物上，一生都一动不动。"

似乎被他们所惊扰，一群翠绿色的古怪动物在阳光下飞了起来，遮天蔽日，大勇敏捷地伸手抓了一只，那只古怪的动物在他手心挣扎着，发出"咕咕"的叫声。"它叫叶燕，本质上是一种植物，它们的羽毛都相当于叶片，可以吸收阳光，进行光合作用。"大勇说。

在草原上还有其他几种蹦蹦跳跳的"动植物"，大勇也为安琪做了介绍。安琪注意到，这些动物虽然形状大小大相径庭，但是基本结构却很近似。"你考虑到了进化问题吧，它们是被设定好从同一个祖先进化来的吗？"她问道。

"它们真的是从一个祖先进化来的，不是设定，而是真实发生的过程。"大勇告诉她，他设计了一种程序，从若干种原始机体结构出发，允许一定程度的自由变异，然后通过操纵环境变化，模拟其演变。大勇原本想知道它们在不同条件下会发生怎样的变化，结果得到了许多匪夷所思的生物形态，当然，更多的细节是他添加的。

"当然实际上它们不一定会存在，"大勇说，"现实中需要考虑的因素太多了，由于可以运算的数据有限，程序都是极端简化的。不过，关于 $\sum$ X-6470-2 这颗行星，我们人类知道的其实非常少，只有它的公转周期、半径大小，以及平均温度等几项，其他都只能靠想象，有太多的空白需要填补了。"

"所以你就发挥你的想象，创造了一个属于你自己的世界……"

"不，这是属于你的世界。"大勇说，"记得你那天的话吗？安琪，你说宇宙中除了虚空，一无所有，我要证明给你看，这里至少还有一个世界，充满了生命和爱的世界。"

安琪看着他热情如火的眼睛，觉得自己的心跳也加速了。

七

森林、草原、荒漠、冰川……他们在北大陆各处游荡着，这里处处都和地球迥然不同，有各种惊奇的地貌和动植物，却又自成体系。大勇告诉安琪，这个世界的基本结构是由系里为地球生态研究所开发的一种环境模拟软件生成的，这款软件主要是用于学术研究的原始数据，所以缺乏可视效果。他编写了一个程序，把它们尽量变成具体的形象，又从三维电影和游戏中借来一些三维图像，经过修改后用其他几种软件慢慢填充。正好他参与了系里的一个项目，可以使用计算能力极强的量子计算机，就偷偷拿来干点私活儿……大勇说得轻描淡写，好像只是剪辑拼凑一些三维画面，但安琪看得出，他一定花了很多心血在这颗虚拟的行星上。

"你花了多久建造这个世界？"她问。

"自从我们在教学大楼顶楼那次见面后，两年多吧……"大勇有点不好意思地说，"你知道，这么个行星，反正也拿不出手，只好把那张产权证扔到一个角落里。后来，买行星的时尚也过时了，降到十块钱一个都没人要，就更一文不值了……虽然我买下了这颗行星，但却永远也到不了，甚至看也看不见……我只有自己想象它究竟是什么样子，上面有怎样的地理、水文、生物、气候……后来越想越入迷，就动了这个念头。反正就是利用业余时间做一下，有些还是用云计算搞的……"

不知不觉，他们到了海边，在沙滩上漫步着，水面上波光粼粼，安琪注意到太阳几乎已经升到了天顶。大勇告诉她，这里的一昼夜大约是十个小时，当然为了她这次造访，他特意加快了自转时间。

一阵惊天动地的嘶吼，大地震动了起来，如同地动山摇。安琪疑惑地回头望去，不由得大吃一惊。她看到至少上百只庞大的爬行动物，结成长长的队列，从身后的河谷中走出，缓缓向海边走来。它们每一只都有五六个人那么高，背上背着厚重的壳，从壳中伸出长长的脖颈，发出如泣如诉的声音，在海上传得很远很远。

"这是什么？它们在干什么？"安琪很是好奇。

"这是刚才说的模拟程序创造出来的最古怪的动物，我叫它们恐龟，是陆地上最大的动物。现在它们正在召唤同伴，准备迁徙到大海的南岸去产卵。"

"怎么迁徙？游过去还是有什么陆桥可以走过去呢？"

"你一会儿就知道了。"

海滩上的恐龟越来越多，大概有一百只，挤满了几公里长的海滩，纷纷低下脖子，在海边饮水。大勇和安琪小心翼翼地躲着它们，固然虚拟椅有人体保护程序，不会产生实质伤害，但要模拟各种感觉，被踩上一脚也绝不会好受。恐龟的下腹部位有一根管子蠕动着，好像有什么东西要出来，安琪好奇地仰头看着："它是要产卵吗？"

话音未落，大勇忙把她拉开。一坨几乎和人一样大的粪便落在他们刚才站的地方，臭气熏天。安琪皱眉，捂着鼻子："真变态，连这你都设计了……"

大勇尴尬地笑了两声："来，我们到它身上去！"他指着旁边的一只恐龟说。

"到它身上干什么？"

"你一会儿就知道了。"大勇还是那句话。

"可是看上去有点脏……"安琪犹疑着。

"放心吧，不会弄脏你的衣服的。"大勇说，安琪才想起来，这只是虚拟现实而已，不禁哑然失笑。

大勇从恐龟的后腿爬了上去，又伸手去拉安琪上来。恐龟不耐烦地抖了抖腿，他们差点摔下来。最后，两人好不容易爬到了恐龟背上，龟甲并没有想象中的僵硬，反而像水垫一样软软的，坐着很舒服。

"好了，我们要出发了！"大勇说，似乎发出了什么号令。恐龟们纷纷伸出前肢，安琪看到它们前后肢之间相连的一块皮就像充气了一样迅速变大，最后变成了比身体还要大几倍的皮翼。恐龟们扇动巨翼，安琪感到一阵狂风吹过，然后——

它们飞了起来，一只只，一队队，浩浩荡荡，遮天蔽日，向着大海尽头的方向飞去。海岸线被抛在后面，阳光洒在海上。

"你这里设计得不对，"安琪笑着说，为抓住大勇的一个漏洞而颇有些得意，"这些恐龟身体太大了，虽然身体和翅膀的比例看上去和地球上的鸟差不多，但是每扩大一定尺寸，翅膀面积就会以尺寸的二次方增长，而身体重量以三次方增长，这种翅膀是不可能支撑它们飞起来的。"

"你说得不错，"大勇也笑着说，"单凭翅膀是不可能，但是你忘了它们背上的东西。这些不是背甲，而是巨大的气囊！你看到它们刚才喝水了吗？这些恐龟有一种特殊的放电器官，能够电解水中的氢和氧，将氧气用来呼吸，又将氢气通过导管充进气囊中，这样可以减掉一大半的重量，有了气囊，它们就很容易飞起来……"

安琪看着大勇，感到了深一层的钦佩："这还真像是一个真实存在的世界呢！"

大勇被她看得不好意思，转过头去说："安琪，这就是我想给你的礼物，不是一张废纸，也不只是投影球里的图像，而是一个活生生的世界！安琪，其实我——"

他还没说完，安琪却蓦然发出了一声惊呼："啊——"

一个硕大无朋的丑陋脑袋不知怎么突然出现在空中，光这个脑袋就比一只恐龟更大。三只长在触角上的复眼盯着他们，令人毛骨悚然。

那个怪物向两边张开血盆大口，牙齿如同巨钳般伸了出来，然后一口吞掉了前方一只正在飞翔的恐龟。还没等她反应过来，她和大勇脚下出现了另一张巨口，长牙交错，咬住了他们乘坐的恐龟的腿，恐龟痛楚地哀号着，身体被向下拽去，安琪被甩到了空中，眼看也要掉进怪兽黑洞一样的大嘴里，却被大勇及时抓住，两人再度浮在空中。

"那是什么？"安琪脸色惨白地问道，她看到在自己脚下，从大海深处伸出了几十条上百米长的黑色脖颈，伸到高空中。这些怪兽的脑袋上长着长吻尖牙，撕咬着惊惶乱飞的恐龟，这是一场有意识的伏击。恐龟的残肢伴随着血雨，落在海面上，将海面染

安琪的行星

得一片紫红。那只他们刚才乘坐的恐龟徒劳地挣扎着，惨叫着，却始终无法挣脱，半分钟后也进入了怪物的脖颈内。

"这是鲸龙，"大勇说，"这个世界最大的动物，在空中迁徙的恐龟是它们捕猎的对象之一。"

"你创造的是什么行星，怎么那么多大怪兽？"安琪噘着嘴说。

"没办法，重力小啊，动物容易长得巨大，特别是海里的……不过南大陆就好多了，上面有很多造型可爱、性格温驯的小动物，我一会儿带你去看。"

"那你说说看，有什么小动——"安琪说着，忽然发现自己好像有些异样，蓦然惊觉刚才一时惊慌，居然扑到了大勇怀里，现在两个人正极为暧昧地抱在一起。

安琪忙推开大勇，瞪了他一眼："这是你故意安排的惊悚场面吧？嗯？"

大勇不好意思地呵呵傻笑，这确实是老二教他的招数，可他也没想到，效果会这么好。他只有岔开话题："你看，下面有一个岛呢！"

果然，碧波万顷中出现了一座黑色的孤岛。岛屿不大，仅有几个山丘，却颇有几分神秘的意味。安琪发现，在岛屿中间有一片陆地，上面似乎有一些对称的图案。"那是……建筑？"安琪激动起来，"难道……这个行星上有智慧生命？"

大勇却笑而不语。

他们向岛屿中心降了下去，那是在山丘中的一处谷地，确实有一个气势宏伟的岩石建筑群，但却早已经倾颓，一地断垣残壁，不知在几千、几万年前就已经被废弃了，只有一些巨柱还挺立着，早已看不出建筑的具体式样，石头上有些古怪的花纹，长满了寄生的紫色植物。

"快告诉我，"安琪好奇心起，"这些是什么建筑？背后有怎样的故事？"

"在几百万年前，"大勇煞有介事地说，"有一位天神降临在这个行星上，从一种海陆两栖动物中创造出了智慧种族，传授给他们文字、文明和宗教，然后又复归天界。这个种族一度繁荣昌盛，充满了整个行星，但后来却不免衰落灭亡，销声匿迹。现在只有在行星的一些角落里还能找到他们的踪迹……比如这里。"

不知不觉已经到了晚间，夕阳西下，光线渐渐黯淡下去。涨潮了，大海在暮色中咆哮着，拍打着黑色的礁石，充满了苍凉之感，看不到任何动物。安琪走到一根倒下的巨柱边上，抚摸着布满紫苔的柱壁，想象着那个远古的古代种族，不禁悠然神往，但她很快发现，柱子上刻着一些图案，不，竟是文字！

"这上面刻的是什么？"安琪问。

"据说是那位神祇传给这个种族的一句魔咒，让他们一直传下去。他说，在遥远的未来，会有来自宇宙的众神来到这里，从这句话中，发现一个绝大的秘密的……"大勇神秘地说。

安琪越发好奇，抚摸着石头上的纹路，艰难地分辨着那些字迹，字迹本身是地球文字："这好像是一个'我'字……还是古体字……下一个字认不出来……再下一个字被磨掉了……然后好像是一个'安'字……然后是——又没法认了，究竟是什么啊？"

"这个……瞎写的……没什么意思，"大勇却回避了问题，"对了，你看那边。星星出来了！"

安琪向天空望去，太阳已经沉入地平线以下，西方天空上挂着一颗金色的明星，那是天上最亮的星，大勇告诉她，那是 $\sum$ X-6470-1，这个星系最内侧的行星。银河看上去和从地球上看到的差别不大，依然璀璨皎洁，从天顶流向南方的地平线。除此之外，天上的繁星都排列成陌生的组合，毕竟相隔七百光年，双方共同可见的恒星都没有多少，又是在完全不同的角度，但这却是最符合事实的景象——天文学家对上万光年内恒星的大小、光度、位置、运行已经摸得很清楚，如果人类真的能到达那颗行星，见到的星空基本就是这样。

安琪出神地看了一会儿："对了，我们的太阳在哪里？"

"你看，那边有七颗亮星，"大勇指给她，"形状像一条向上的大头鱼……看底下尾巴上的那一颗。"

"那是我们的太阳？"

"不，这颗恒星只有一百多光年远，而且光度比太阳要亮得多，我们的太阳就在它边上一点儿，但已经是不可见的了。"

"太阳变成了一颗看不到的星星，这感觉真奇妙。如果千百年后，我们的子孙来到这颗行星上，看到的就是这样的夜空吧。"安琪赞叹着。

"没错，如果千年之后，我们的子孙真的来到这里，他们看到的就是他们的祖爷爷和祖奶奶在今天看到的一样的夜空。"

"是啊……"安琪点点头，蓦地反应过来大勇说的是双关语，微嗔着说，"好哇，你占我便宜！你——"她的抱怨戛然而止，圆睁着眼睛，望向东方的天空。

一轮皎洁的圆月渐渐升起在海平面上，柔和的月光照亮了黑沉沉的大海。在清冷的月光下，似乎有鲛人一样的奇异生物在远方的海上露出头角，发出如泣如诉的歌声。

但真正吸引安琪的，是那轮明月本身。

它比地球上的月亮大三四倍有余，更奇特的是，它是蔚蓝色的，是一个由大气和水体构成的月亮，梦幻般美丽，巨大的它与行星似乎构成了一个双星系统。

但更梦幻的，是那个月亮上的陆地，它们只是一串串半连半断的岛屿，构不成完整的大陆，却组合成了深有意味的形体——

那是一行字，一行一看就可以认出的地球上的文字——

"我爱你，安琪。"

安琪转过身，怔怔地望着大勇，千言万语，却不知从何说起。

"安琪，这就是那个远古的魔咒，"大勇鼓起勇气，说出了内心酝酿已久的话语，"那个远古文明种族的信仰，那个宇宙中最深的秘密：我爱你。"

"大勇……我……"

"和我在一起，安琪，"他大着胆子拉起她的手，"你不是想去一个新的地方吗？不要去什么G市，来这颗行星上吧。这是你的行星，忘记那些不开心的事，我们每天都可以来到这里，忘却一切烦恼，开开心心地生活在一起，感受浩瀚宇宙的奥秘。"

安琪没有说话，只静静地望着他。那几秒钟时间，对大勇来说几乎比一生一世都要漫长。随着夜幕的降临，在他们周围，许多奇异的花卉绽放开来，在蓝色月光下，浮动着清冷的幽香。

时间一分一秒地过去，大勇的希望一点点堕入深渊，他忽然觉得自己非常可笑。想用一个虚拟世界的程序就赢得安琪这样的女孩的心？这东西抵得上一部名车吗？一栋洋房吗？恐怕连一瓶香水都比不过。太可笑了，这一切归根到底，都是徒然，只是他自己的幻梦。

月亮躲到了云层之后，鲛人也停止了歌唱，沉入了海底，周围暗了下来。

"那个……"大勇胆怯地自我解嘲说，"没事，我只是开个玩笑……这个礼物反正我送给你了。要是你喜欢的话，我回头把软件发给你。随便找一个三维眼镜和虚拟现实椅都可以用的，我看不早了，那我……我还是先走——"

这句话他没有说完，永远也没有。因为安琪已经勾住他的脖颈，温柔而坚定地将她柔嫩的双唇贴在了他干裂的嘴唇上。

安琪的行星

尾 声

那天晚上，当安琪和大勇在两三个小时的神游后，再度出现在其他朋友面前时，已经是手挽手的情侣了，令所有人都目瞪口呆。从此，安琪正式成了大勇的女友。她和大勇一起出了国，两年后，他们结婚了。他们的婚礼别出心裁，是在"安琪之星"上举行的，而且就在他们定情的那座小岛上。他们邀请所有的朋友一起去了那颗虚拟的行星，去了那座神秘的小岛。上百人一起见证了那个梦境般奇妙的世界，见证了刻在水月亮上的爱情誓言。

婚后，他们在一起度过了幸福的七十年岁月。大勇仍在不断地修改完善那个属于他们的行星，增添了更多有趣或浪漫的细节。每年，他和安琪都要去那里生活几天，静静地享受异星上的二人世界：坐在巨菇树顶一起看日落，或是乘着鲸龙在海上遨游，或是到南极去看奇异的水晶花……后来他们有了孩子，两个女儿，一个儿子。孩子们也跟着爸爸妈妈一起到了那颗奇妙行星上。对他们的子女来说，那颗七百光年外的行星，简直就是他们的第二故乡。

当然，大勇和安琪也好，他们的子女也好，都从未踏上过那颗真正的行星半步。安琪的行星仍然在七百光年外的轨道上平静地转着圈，对这一切一无所知。

七十年后，大勇安详辞世，半年后，安琪也随大勇而去。临终时，她对孩子们说，她和大勇的共同心愿是如果他们将来有机会，一定要去那颗行星上看看，看看祖先爱情的见证究竟是什么样子。

他们的爱情故事一代代流传下来。随着民用宇航技术的普及，他们的孙子第一次去了太空，他们的曾孙到了太阳系的另外几颗行星上，但人类的探索止步于太阳系的边缘，无力超越光速。几百年过去了，那颗七百光年外的行星仍然遥不可及……

直到七百年后的今天，掌握了空间拟合技术的人类，才第一次能够克服光速的限制，跨越宇宙的鸿沟，驰骋在银河星海，成为这个宏大星系真正的主宰。

直到我，他们的第二十四代后裔，第一次踏上了 $\sum$ X-6470-2 的土地。

此时，我手里捧着那本古老的行星所有权证书，站在一个空旷的白色房间中，眼前是一道由七彩光环组成的星际之门。空间拟合系统无声无息地发动起来，一束超空间波束射向那个七百光年外的小小行星世界，在肉眼看不到的维度中开启着相隔七百光年的两个空间点之间的超空间纠缠。

"空间拟合完成。"柔美的电脑语音提醒我，星门的光环闪烁起来。我深吸了一口气，开启了周身的防护场和光学隐形设备，走进了星门中。不需要任何时间，我就出现在那颗祖先心驰神往的行星之上。

我又一次来到了那颗行星。

这次，我发现自己站在一个灰蒙蒙的广场上，周围披着人造皮毛的二足动物走来走去，它们比我高一倍左右，但没有大勇想象中那些巨兽庞大。粗粝的人造道路上，原始的燃料动力车川流不息，天空中布满微小粒子构成的雾霾，太阳只露出一个圆形的轮廓。远处有一些呆板的水泥建筑，在被严重污染的雾气中若隐若现。

我背后是一座粗糙笨拙的方碑，面前是一栋又矮又宽的红色建筑，上下有两层，屋顶是黄色的，也分两层。两边呈简单对称，并各有一行古里古怪的象形文字，中间挂着一个外星人的头像。

只需要看一眼就知道，这是一个异常乏味的世界。

这不是我第一次来到这颗行星，但每次来到这里，我的厌恶都要加深几分，无论在这个星球的任何角落，我都找不到可以喜欢它的地方。诚然，主宰这个行星的准智慧生物表面上和人类有几分相似，但空有人类的狡诈和愚蠢，却全无人类的灵气。

更不用说，这个真实的世界距离大勇创造的那颗神奇的行星相差得实在太远。这就是现实和梦想的差距吧，我想。如果大勇带安琪来的是这颗行星，安琪还会爱上他吗？怕是会厌恶地扭头就走吧。

外星二足动物们看不到隐形的我，在我身边穿梭来去，忙忙碌碌，不知所谓。这里好像是一个什么旅游地点，许多家伙带着原始摄录装备在这里拍摄来拍摄去，真可笑。

这些徒劳的生物，他们全然不知，自己和整颗行星的命运已经走到了尽头……

"勇哲先生！"这时候，一个漂亮女孩从星门中追了出来，她穿着一身管理署的制服。

"你是？"

"我叫夏丽，是宇宙管理理事会生物保护部的，很抱歉打扰您。但是我们上次的提议，上头希望您再考虑一下。这是一颗有生态系统的星球，理事会愿意以两颗无生命的恒星及其全部附属行星进行交换。"

"这是我们家族祖传的遗产，我不会换的。"我冷冷地说。

"那么，能否请您注意不要破坏上面的生态环境？这颗行星的生物资料对人类可能很有用。"

"得了，我记得你们管理署在交给我之前，就派碟形无人机来过，还搜集了很多样本，对科学研究够用了。"

"但是您知道，它上面还有智慧生物……"

"是'准'智慧生物，"我纠正夏丽说，"不在星际高等文明保护法规定的范围内，这些二足生物从来没有离开过他们的行星。"

"可是他们至少登上过自己的卫星……"

"在星际法的定义上，只要不脱离自己行星的引力场就不是离开自己的行星，而卫星仍在其中。"我提醒她，心中不无侥幸。几年前我来到这里时，才知道这些原始二足生物已经在行星的唯一一颗卫星上登陆，距离登上其他的行星不过一步之遥，但由于经济原因放弃了。而它们的无人探测器已经拜访了所有的行星，甚至飞到了星系边缘。如果它们真的登上了其他行星，在法律界定上就成为严格意义上的智慧生物，那么这颗行星就会受到理事会的保护，纵然我是行星的业主也无可奈何。

"可是……"夏丽还是不甘心。

"好了，"我不耐烦地说，"不要喋喋不休了，这只是一颗普通的原始碳基生命行星，氨基酸组合类型也是最常见的，在银河系中，这样的行星随便就可以找出几十万个，何必大惊小怪？还有，这是私人领地，请你……""离开"二字我没有说出来，但意思已经很明显了。

"真受不了你们这些家伙！"夏丽忍无可忍地发作了，"借着祖先在古代经济危机时期弄了几张所谓的产权证，钻了法律的空子，就把自己当成从来没见过的外星球的主宰，对那些无辜的外星生命生杀予夺！有什么了不起，我有一个祖先，当初还买了一个星系呢！"说完扭头就走。

"等等，你回来！"我呵斥道。

"还有什么事吗，勇哲先生？我可不敢再入侵您的私人领地了！"夏丽转过头来，用嘲弄的口吻说。

"夏丽小姐，"我尽量放缓口气，"别生气。如果你有时间的话，就听我说一个故事吧。等我说完了，你就知道这个星球对我的意义了。"

不久后，我和夏丽悬浮在高空轨道上，周身不可见的约束力场将我们和宇宙空间分隔开来。我们一起望着脚下这个蔚蓝色的球体，几块难看的不规则的大陆漂浮在海洋之上。

"所以，这里就是安琪的行星了……"夏丽动容地说，擦了擦眼角，经过我的讲述，她已经完全陶醉在故事里了。

我点了点头："是的，$\sum$ X-6470-2，'安琪之星'，我们家族的星星，多少世代的梦想。七百年后，我才第一次到了这里。虽然当初有些数据不准确，比如，它实际上是第三颗行星而不是第二颗——最内侧的那颗行星由于太小也太接近恒星，当年没有发现——和恒星的距离是一亿五千万公里而不是一亿三千万公里，但千真万确，当初大勇买下的，就是这颗行星，宜居带，有生命。

"但它的确只是一颗普通的行星。普通的岩石构成，普通的大陆和海洋，普通的生命系统，普通的原始文明，带着一颗更普通的小卫星。和在银河系任何一个角落能看到的差不多，和我们的星球也有几分相似，没有任何稀奇之处。

"这不是大勇和安琪的那个梦幻世界。至少现在还不是。"我叹了口气说。

七百年前，大勇和安琪的点滴回忆仍然在我的脑海中，这是家族遗传的记忆，每一代人都会遗传父母生命中一些重要的记忆，虽然经过近千年的传承，到我身上只剩下了支离破碎的片段。但即使在这些片段的印象中，他们的爱恋与忧伤，惊喜和欢乐，仍然如同在我自己身上发生的一样。这是人类特有的情感记忆，在我脚下这个星球上，那些不会遗传记忆的原始生物，它们是不会理解的。

在某种玄奥的意义上来说，拥有他们遗传记忆的我就是大勇，就是安琪，他们通过我的眼睛，看到了这个遥远的世界，并且不只是大勇他们，七百年来的二十多代祖先，几乎都曾经拜访过虚拟现实中的安琪的行星，留下了深刻的印象，他们的记忆也在我的脑海中一一浮现。他们今天也同样在这里，和我在一起，用我的眼睛凝望着这颗行星。

"当年的大勇只能在电脑系统中构筑他想象中的世界，虽然惟妙惟肖，但仍然是虚幻的影像。而今天的我，可以在现实中实实在在地建造那梦幻的家园。"我告诉夏丽。

"那你打算怎么做呢？"夏丽好奇地问我。

"第一步，当然要从全面改造行星表面开始。"我说。

"怎么改造呢？"

"很简单，用引力镜。"当着她的面，我打开超空间波仪，发射了一个指令。在一亿多公里外的恒星周围，早已待命的四台空间引擎运作起来，直径一百八十万公里的一片圆形区域被扭曲的引力子所充满，空间开始畸变。当恒星所发出的电磁辐射经过这片区域时，会被扭曲空间中的引力介质扭转成不同的角度，从而由发散变为汇聚。

简单说来，这相当于造出了一片和恒星一样大的临时凸透镜，而安琪的行星，正好在它的焦点上。

用这种最简单的方法，可以将半颗恒星的输出能量都汇聚在这颗小小的行星上，相当于它在正常情况下接收恒星能量的十亿倍，即该行星每秒钟获得的恒星能量相当于以往三十个行星年的总和！这个过程只会持续很短的时间，它不会因此毁灭，但它的海洋会在上万度的高温中瞬间蒸发，大地会在不久后融化，几十亿年形成的稳定地壳板块将不复存在，地幔中的熔岩将翻滚着，重新布满行星表面，如同初生之时。至于上面的原生态系统……那只是一些顺带被清除的杂质而已。

然后，我会扭转空间力矩，让该卫星和行星对撞，造出一个更大的新卫星，然后用能量吸收纤维，让行星迅速冷却并形成新的板块结构，再从星系边缘引一些冰彗星撞上去，带来新的海洋和大气，再将用进化程序制造出来的那些奇妙动植物放上去，这些就很容易了，是不值一提的琐碎工作。

"那需要多长时间，你才能改造好安琪的行星呢？"夏丽问我。

"这个工作说起来简单，具体操作还是有点复杂的……至少要两三年吧，到时候，请你来玩好不好？"

夏丽有些向往，又有些不好意思地点点头。

"引力镜准备倒计时：十二、十一、十、九……"

夏丽脸上有些不忍，这个善良的女孩对这些虫豸都充满了爱心。她叹了口气，不想看下去，转身望向七百光年外的太阳。我也顺着她的目光望去。经过基因改造后，我们视力已经足以看到那遥远的母亲——太阳，虽然还看不到地球，但它反射的微光或许也包含在这一星半点的星光之中。我忽然想起我看到的正好是七百多年前来自故乡的阳光，那时候，大勇和安琪刚刚离开虚拟世界，甜蜜而又羞涩地看着对方，对未来充满了美好的憧憬，然后相依相偎，在星空中寻找着这颗行星……

那些古老的故事一直在我的记忆中。而今天，我仿佛又变成了大勇，而身边夏丽的倩影则和年轻时的安琪重叠在一起。就这样，在这颗遥远的行星上空，我握着夏丽的手，友好地交谈着，面对浩瀚银河中千亿颗璀璨的星球，出神地想着那些悠远的往事，亦如一代代的祖先那样，心中充满了爱的柔情和悸动。

"……三、二、一，启动——"

来自超空间波的一束信息提醒我，引力镜已经启动，几分钟后，一束聚拢在一起的光线，不，一颗爱的火种就将到达∑X-6470-2，让它在无上的光明中获得重生。

七百年的漫长等待后，安琪的行星终于要诞生了。

以 太 / 张 冉

这就是我们生活的时代，我的朋友。一切都是谎言。网络讨论组是谎言。电视节目是谎言。坐在你对面说话的人，说着谎言。高举的标语牌，刻着谎言。你的生活被谎言包围。这是享乐主义者的美好时代。

一

　　忽然想起我二十二岁那年冬 天的一个午后。我的右边坐着一对非常漂亮的双胞胎姐妹，叽叽喳喳地聊着天，左边坐着一个胖家伙，抱着瓶碳酸饮料不停给自己续杯，我的碟子里是冷掉的鸡肉、乳酪和切碎的甘蓝，如今我已经记不得那些食物的味道，只记得夹通心粉的时候掉了一些在我崭新的条纹长裤上。整个宴席的后半段，我一直在擦拭长裤上新月形的污痕，任鸡肉在盘子里渐渐变冷。为掩饰尴尬，我试图与双胞胎姐妹找个话题聊聊，但她们似乎对大学生活不感兴趣，我也不懂得马尾辫的几种绑法。

　　这场宴会显得极其漫长，一个又一个人站起来无休无止地举杯致辞，我一次又一次随他们举起高脚杯，啜饮着苹果汁，明知没有任何人会注意到我的举动。宴会的主题是什么？婚礼、节庆还是丰收？我记不清了。那时，我无数次隔着四张桌子偷偷看我的父亲，他忙于与同样年纪、长着浓密胡须和酒糟鼻的朋友们聊天喝酒，说着粗鲁的笑话，直到宴会结束都不曾向我投注一丝目光。乐师疲惫地将小提琴装进琴匣，主妇开始收拾残羹剩饭，醉醺醺的父亲终于发现我的存在，摇晃着庞大的身躯走来，嘟哝着："你还在啊？叫你妈来开车。"

　　"不。我自己回去。"我站起来盯着地面说，用力揉搓长裤上的污迹，直到手指发白。

"随便。跟你的小朋友们聊得好吗？"他四处张望。

我没有回答，握紧拳头，感觉血液向头部涌去。他们不是我的朋友。他们只是孩子而已，十一二岁的小孩子，而我已经二十二岁，即将大学毕业。在城市里，我有我的朋友和骄傲，那里，没有人拿我当孩子看待，把我安排在一桌儿童中间，在我的高脚杯中倒满甜甜的苹果汁而不是白葡萄酒；在我走入餐馆的时候，服务生会殷勤地接过我的外套叫我一声"先生"，若不小心将通心粉掉在长裤上，我的女伴会温柔地用湿巾为我擦去污迹。我是成年人了，我想要成年人的话题，而不是在乡村宴会中被当作学龄前儿童对待。

"去你的！"我终于说，然后头也不回地走掉。

那年，我二十二岁。

我努力睁开眼睛，天色已经完全暗了，屋子中满是街对面脱衣舞俱乐部的霓虹灯光，起居室里只有电脑屏幕闪闪发亮。我揉着太阳穴，从沙发上缓缓坐起，端起咖啡桌上的半杯波旁威士忌一饮而尽。这是本周第几次在沙发上睡着了？我应该上网查查，四十五岁的单身男人，在周日下午窝在家里独自上网，直至进入一场闪回童年梦境的睡眠是否有益于身心健康？头痛告诉我不必打开搜索引擎就能知道：这种无聊的生活在谋杀我的脑细胞。

"喂，在吗？"液晶屏幕上 roy 说。

"在。"我从烟灰缸上找到半截雪茄，弹掉烟灰，划火柴点燃它，继续打字。

"你知道吗，他们开了一个讨论组，专门讨论如何用肉眼分别蓝鳍金枪鱼生鱼片与马苏金枪鱼生鱼片。"roy 说。

"你参加了吗？"我吐出一口是满是草腥味的瑞士雪茄烟雾。

"没有，我觉得这个比前一个讨论组更无聊，你知道的，那个是'硬币自然坠落正反面概率长期观察'小组。"roy 打出表示无奈的符号。

"可是你参加那个小组来着。"

"是的，我连续十五天，每天抛硬币二十次，然后将测试结果反馈给讨论组。"

"后来呢？"

"越来越趋近常数呗。"roy 给了我一个苦笑的表情。

"你们根本就知道这是必然结果啊。"我说。

"当然，可网络如此无聊，总得找点事干吧。"roy 说，"要不要一起参加'肉眼分别蓝鳍金枪鱼生鱼片与马苏金枪鱼生鱼片'小组？"

"免了，我宁肯去看看小说。"雪茄快烧完了，我拿起威士忌酒杯，吐出嘴里苦涩的唾液。

"小说、杂志、电影、电视都让我发疯。总有一天，我会被无趣的世界杀死……"roy 打了串长长的省略号，下线了。

我关掉对话框，登录几个文学和社交网站想找感兴趣的文章看，但正如从未谋面的网友 roy 所说，一切正向着越来越无趣的方向发展。在我年轻时，网络上充满观点、思想与情绪，热血的年轻人在虚拟世界展开苏格拉底式的激烈辩论，才华横溢的厌世者通过文学表达对新生活的渴望，我可以在电脑屏幕前静坐整个晚上，超链接带领我的灵魂经历一次又一次热闹的旅行。如今，我浏览了那么多网站头条与要闻，却没有找到一个值得点击的标题。

这种感觉令人厌恶，又似曾相识。

我点开常去的社区网站，头条新闻上面是"民众在市政府前游行示威抗议钓鱼者对蚯蚓的不人道行为"一行大字，视频窗口弹出，一群穿着花花绿绿衣衫的年轻人左手拎着啤酒瓶、右手举着歪歪扭扭的牌子站在市政广场，标语牌上写着"坚决反对切断蚯蚓""你的鱼饵是我的邻居""蚯蚓和你家的狗一样会感觉到痛"。

他们没有其他事情可干了吗？就算游行示威，不能找个更有意义的话题吗？头痛袭来，于是，我关掉显示器，倒在棕色的旧沙发里，疲惫地闭上眼睛。

二

四十五岁的贫穷单身汉在城市这个庞大资源聚合体中显得无足轻重，我每周工作三天，每天工作四个小时，主要职责是"在满足条件的申请书中挑选出个人情感认同的"。在计算机抢走大部分人类饭碗的今天，在政府部门，以"个人情感"因素审批特殊贫困津贴的申请书几乎是份完美的工作。它不需要任何培训背景或知识储备，当局认为在自动审核通过的众多特殊贫困津贴申请书中挑选幸运者可适度地体现冰冷规章制度之外的人情味，故聘请社会各阶层人士——包括我这样的失败者——参与此项工作，每周一、三、五的上午，我从租住的公寓乘坐地铁来到社会保障局那间小小的、与三名同事共享的办公室，坐在电脑前，把电子印章盖在屏幕中比较顺眼的申请书上，名额时多时少，通常盖了三十个印章后我的工作就结束了，余下的时间可以找人聊聊天、喝喝咖啡、吃两个百吉饼，直到下班铃打响。

与此前无数个周一相同，我完成四个小时的工作，打卡后离开社会保障局的灰色花岗岩大楼，走向不远处的地铁站。地铁站门口通常有个单人乐队的表演者在单调的鼓声中吹着刺耳的小号，经过他身边的时候，那个阴郁的表演者总盯着我的眼睛——或许是因为几年来我没给过他一分钱——这让我感到不快。猫抓玻璃一样的小号声果然响起，让我昨天尚未痊愈的头痛蠢蠢欲动，我决心向反方向走一个街区，去上一个地铁站搭地铁。

上午下了一点小雨，地面湿润，扎辫子的滑板少年飞速掠过，两只鸽子站在咖啡馆的招牌上嘀嘀咕咕。橱窗映出我的影子：身穿过时的黄色风衣的瘦削半秃中年人，长着一个与我父亲一模一样的酒糟鼻子。我摸摸鼻子，不禁想起我久未谋面的父亲，准确地说，自从二十二岁的宴会后我就再未见过父亲。母亲给我的电话中有时会谈起他，我知道他还住在农场，养着一些牛，留着几棵苹果树用来酿酒，但酒精毁了他的肝，医生说他没办法再喝酒了，直到科学家们发明肝癌的治疗方法。说实话，我并不感觉悲伤，尽管我的红鼻子和宽大的骨架完全继承了他的血统，但我整个后半生都在逃避父亲的影子，避免自己成为那样自私、狭隘与嗜酒的肥胖老头，如今我发现，唯有避免肥胖这一点，我做到了。他人生最大的亮点是娶到了我母亲，我却连这一个亮点都没有。

"站住！"一声大喝打断了我的自怨自艾。几个穿着黑色连帽衫的人越过车流向这边快速跑来，两名警察挥舞警棍跌跌撞撞地穿过刹停的汽车追赶着，一名警察吹响哨子，另一人大声喊叫。

驾驶员的叫骂声与汽车鸣笛声响成一片，我将身体贴近咖啡馆的橱窗。别惹麻烦——父亲的络腮胡子，还有因劣质雪茄而泛黄的牙齿在眼前闪现。穿黑色连帽衫的人撞倒了路边的垃圾桶，从我身边跑过，一个，两个，一共四个人，我装作毫不在意，但发现他们都穿着帆布鞋，是年轻人。谁年轻时没有穿过脏兮兮的帆布鞋呢。我低头看看自己脚上暗淡无光的棕色系带皮鞋，鞋面因长时间穿着产生一道道褶皱，像我照镜子时极力回避的额头的皱纹。

忽然有人伸出手挡住我望向脚面的视线，探进风衣兜里拉出我的右手，我感觉手心传来滑稽的瘙痒——那人用手指在我掌心画着什么图案。我惊诧地抬起头来，停在我面前的是第四个黑衣人，身材矮小，兜帽罩住眼睛，他迅速地在我手中画着什么，然后拍拍我的手掌说："你明白吗？"

"快点！"三个连帽衫在呼唤，第四个人回头望了一眼越追越近的警察，丢下我向伙伴们飞奔而去。警察气喘吁吁地追来，"站住！"其中一个声音嘶哑地喊道，另一个口中含着哨子，吹出断断续续的哨音。我确信他们越过我的时候扭头看了我一眼，但两位警官没有说什么，挥舞着警棍跑远了。

逃的人和追的人转过花店所在的街角，不见了。潮湿的街道上，汽车开始移动，行人穿梭，仿佛什么都没有发生过，只有我的右手，残留着陌生人指尖的温度。

以
太

三

"照旧吗？"我公寓楼下那间餐馆的女服务生皮笑肉不笑地问我。"当然。"我不假思索地说，"等等，再加一份腌熏三文鱼。"已经转身走开的女服务生在肩头比画了一个"OK"的手势。

"有什么事发生吗？鉴于你会更改你的食谱。"我唯一可以称得上朋友的熟人、同样在社会保障局工作的瘦子带着不讨人喜欢的笑容问。瘦子有一种特质，能准确嗅出每个人身上分泌的荷尔蒙昧道。"你啊，一定遇到了一个令人心动的姑娘。她是金发，对吗？"瘦子的灰眼珠闪烁着窥探人隐私的愉悦光芒。

"胡说。我下午碰到了示威游行，你知道，视频中那些呼吁给蚯蚓人道主义关怀的小痞子。"我摇摇头，"谢谢。"我接过女侍递来的盘子，肉丸三明治配腌黄瓜，万年不变的晚餐食谱。

"无聊。"瘦子摇摇头，"说起来，你知道吗？'马铃薯'这个词来源于牙买加的阿拉瓦语。"

我恍惚觉得他说后半句话的时候声音有点奇怪，仿佛嗓子里哽了块什么东西，或许是凉啤酒让我的耳鸣复发了。"不知道。我也没兴趣学习一种已灭亡的语言。"我把腌黄瓜送进嘴里。

瘦子有些惊异地睁大灰眼睛："你没兴趣谈这个话题？"

他的声音正常了，是耳鸣。我得去看看医生，如果今年医疗保险没有超额的话。"完全没兴趣。"我嘴里含着食物嘟哝着。

"好吧。"他失望地低下头，把玩着啤酒杯。女侍将他的晚餐放在桌上，又将我的腌熏三文鱼递给我，"说真的，你们两个有空的话得出去玩玩，比如脱衣舞俱乐部什么的。"她扫了一眼我们脸上的表情，撇撇嘴，走开了。

我和瘦子扭头看看街对面灯红酒绿的俱乐部，没作声。我伸手从他盘子里拿出两根薯条塞进嘴里，将腌熏三文鱼向他那边推了推。"你有没有觉得我们最近聊天缺乏有趣的话题。"我说。

"你也有这个感觉？"瘦子惊奇道，"除了无聊的能力鉴定之外，我几乎找不到任何可以谈论的东西了。我也是这一两年才发现聊天变得没趣起来。"

"也许是我们都老了？"我不情愿地缩回拿薯条的右手，手背上有一块显眼的斑，刚出现没多久，它就像二十二岁那年长裤上的污迹，令人难堪。

"我刚四十二岁！西蒙尼斯四十一岁才赢得威尔士公开赛！"

瘦子叫道，右手的薯条在空中飞舞，"一定是单调的工作让我们变成这样，等退休以后一切都会不同，对吗，老兄？"

"但愿如此。"我心不在焉地回答。

四

这天晚上，我多喝了两瓶凉啤酒，打开公寓门之后感觉一阵阵眩晕，没顾上洗澡，直接走进卧室倒在床上。床单有一股奇怪的泥土味道，不知是不是因为太久没换，可从好的方面说，这种味道让我想起小时候的农场，不是充斥着父亲浓重体味的那个农场，是他酗酒并开始虐待母亲之前的、有姐姐和母亲安宁生活的平静农场。记得，我和姐姐在新建的谷仓中玩耍，空荡荡的谷仓里充满新鲜木料和泥土的清香，阳光透过阁楼的小窗户洒进来，带着妈妈焙饼干的味道。

跑累了，我们倚着墙壁坐下来，姐姐把我的右手拉过去。"闭上眼睛。"她说。我听话地闭上眼睛，阳光在眼皮上烙出红晕。手心痒痒的，我咯咯地笑了起来，想抽回手掌。"猜猜我写的是什么字。"姐姐也笑着，手指在我掌心抓挠。"我猜不出来……写慢一点啦。"我想了想，抱怨道。于是，姐姐慢慢地重新写了一遍。

"马？"我看着她，迟疑道。

"对了！"姐姐哈哈大笑，揉着我的头发，"再来再来。猜对五个字的话，我的那匹小骟马让给你骑两天。"

"真的？"我惊喜地闭上眼睛。

手心又痒了起来，我忍住没有笑出声："这次是……'叫'？"

"是'道'啦！小笨蛋！"姐姐笑着弹了一下我的鼻子，然后

以
太

蹦起来跑了出去，"谁先回去，谁吃大块的奶油曲奇饼哦！"

"等等我……"

我伸出手臂，睁开眼睛，看到被霓虹灯照亮的天花板，天花板角落有一摊水迹。楼上那家人又忘记关浴缸水龙头了，这次得让公寓管理员狠狠地教训他们，我心想着，发现自己刚从童年的梦中醒来。穿了一整天的衬衣泛出酒精的酸味，脖子和后背因别扭的睡姿而生疼。我花了五分钟从床上坐起来，看看闹钟，现在刚刚凌晨一点。

起床冲澡、喝了两杯水后感觉好些，但再没有睡意，我穿上睡衣坐在起居室沙发上，打开电视，深夜节目同往常一样，没有任何令我感兴趣的东西。换台的时候，我看到右手上那块丑陋的斑，不由自主地用左手搓着，尽管谁都知道那玩意儿不可能用手指搓掉。忽然来自手心的微微痒意令我打了个寒战。等等，这种感觉是什么？刚刚梦境中出现过的、姐姐在我手中写出的稚嫩字符……

今天中午、穿黑色连帽衫的人在我手心画出的并不是什么符号。

他在我掌心写字。不，她在我掌心写字。她是一个女人，黑色连帽衫遮住了性别特征，但她纤细的手指不可能属于男人，她写了些什么？

我忙乱地翻出纸和笔铺在咖啡桌上，尽力回忆手心的触感。中间的一个字是姐姐写过的……没错，这是一个"道"字。

我在纸正中写下"道"。

前面是一个词，她写得很快，非常快。在长期审核申请书的工作中，我发现人们遇到象征美好幸福的词组时通常写得很快，并且连笔，比如微笑、永恒、梦想、满足。她写的是一个短词，词性是正面的，有两个原音……等等！是伊甸。

我在纸左边写下"伊甸"。

后面是一串数字，阿拉伯数字，这串数字她写了两遍，我皱起眉头，细心地回忆她手指的每一道运动轨迹。7、8、9、5？不，第一个数字画过我的小鱼际部位，意味着末尾有一个折弯，那么是2。2、8、9、5，没错。两遍，我确认了。

我在纸右边写下"2895"。

纸上写着"伊甸道2895"。

显然，这是一个地址。我扑到电脑前，打开地图网站，输入"伊甸道2895"，页面显示伊甸道在我所在城市的另一端，是远离闹市区与金融中心的贫民窟。然而伊甸道并没有2895号，准确地说，门牌号到500号就结束了。

我揉着太阳穴。数字一个个化为皮肤的触觉，在我的掌心画出酥麻的痕迹，我盯着掌心。2、8、9，没有错误。5……哦，当然，也可能是一个"S"。我输入"伊甸道289S"，地图锁定了一栋四层高的公寓楼，位于伊甸道的中央，整个城市的边缘，距离我四十五公里远的地方。"是了！"我兴奋地一拍键盘站了起来，又因头部充血的眩晕跌坐回去。

那里有什么？我不知道。但我知道在四十五年循规蹈矩的生涯里，并没有任何穿黑色连帽衫的女士用极其隐秘的方式给我留下联系地址的离奇经历，或者说，我是一个没有女人缘的失败者。无趣的人生里，终于出现了一点有趣的事情，无论是荷尔蒙的驱动（如同嗅觉敏锐的瘦子所说）还是好奇心勃发，我都决定穿上风衣，去"伊甸道289S"寻找一些不曾有过的经历。

别惹麻烦，小子。出门前，我在穿衣镜里看见父亲挺着大肚子、手中拎着琴酒的瓶子说。

去你的吧，我同二十三年前一样大步走开。

五

我有一辆摩托车，但久未使用。大学时我像所有的年轻人一样热衷于时髦的玩意儿：最新的手机、平板电脑、等离子电视、能够发电的运动鞋和大马力的摩托车，有谁不爱这些东西呢？但我负担不起昂贵的名牌摩托车，二十六岁那年，我终于从一个签证到期即将回国的日本留学生手里买下这辆跑了八千公里的摩托车，它车况好极了，刹车盘如同全新的一样闪闪发亮，排气管的吼叫声无比迷人。我迫不及待地骑上车子去向朋友们炫耀，但他们早已玩腻了，坐在酒吧里谈论女人时，外面停着他们崭新的跑车。

大概是从那个时候起，我就不再有什么朋友。我打起领带，骑着摩托车去工作，人人用奇怪的眼光盯着我和我离经叛道的座驾。终于我妥协了，将心爱的摩托车锁进储藏室，伴随着年龄增长与不断的职场失意，我转眼间变为四十五岁的单身酒鬼，偶尔在晴朗的天气里擦拭摩托车时我会问心爱的川崎："老伙计，什么时候再出去兜兜风？"它从不回答我。尽管我一再鼓起骑车出游的勇气，可只要想想半秃中年男人跨坐在流线型摩托车上的丑陋画面就让我胃部不适，那就像醉醺醺的父亲自以为得体地与每个遇见的女人搭讪一样令我作呕。

我走下破旧公寓楼的楼梯，用钥匙打开公用储藏室布满灰尘的大门，在一大堆啤酒和易拉罐下面找到我的摩托车，掀掉防雨布，摩托车乌黑的漆面上也积满灰尘，但轮胎依然饱满，每个齿轮都泛着油润的光芒。我打开一小桶备用汽油灌进油箱，拨动风门，试着打火，四汽缸、四冲程发动机毫不犹豫地发出尖锐的咆哮，排气管吹出的热风扬起我的裤脚。老伙计没有让我失望。

"该死的，你不知道现在几点吗？"推车走出储藏室时一个啤酒瓶摔碎在我脚下，抬头一看，房东太太戴着睡帽在二楼的窗口怒吼着。我反常地没有道歉，跨上摩托车，轰了几下油门，轰鸣声在整条街道上回荡，"你疯了？"在房东太太的叫喊声里，我猛松离合，在摩托车轮胎发出的吱吱摩擦声与橡胶燃烧的焦臭味里，我兴奋地大叫，飞速地将我的公寓和脱衣舞俱乐部抛在脑后。

风呼呼作响，我没有戴头盔，任凭空气把我松弛的脸部肌肉挤成滑稽的形状，为掩饰脱发而留得长长的头发随风飘扬，但我不在乎凌晨一点的街道上有多少人会目睹丑陋的中年男人骑着摩托车飞奔，起码这一刻，我无聊太久的人生里有了一点点追求快乐的强烈渴望。

路程显然太短。没等我好好体味飞驰在寂静城市街道的乐趣，伊甸道的路牌已出现在眼前。我放慢速度，换入二挡，扭头观察门牌号。从地图上看，伊甸道距离最近的地铁和轨道电车站点都有两公里的距离——这是一个被遗忘的街区。街道不宽，路边停满脏兮兮的旧车，三四层的老旧楼房紧紧挨着不留一丝空隙，其中多数显得比我住的公寓楼更破烂。街灯多数坏了，摩托车的车灯在黑漆漆的街道上打出一团橘黄光晕，垃圾箱里跳出一只野猫，向我看了一眼，转身走掉。这时，我开始冷静下来，思考在夜里横穿城市到不熟悉的街区寻找陌生人留下的奇怪信息这一举动的合理性，每一根电线杆后面都可能跳出手持尖刀的抢劫犯，甚至盗窃人体器官的黑市医生。我希望摆脱无聊的生活——但绝不希望是以尸体照片出现在明天早报头条的方式。

我尽量降低转速，但这里太安静了，摩托车的轰鸣声显得比超期服役的轰炸机还大。幸好这时一个铜质门牌出现在灯光里：伊甸道 289A/B/C/D/S。我停在路边，熄灭发动机，关掉车灯，死一样的寂静立刻将我笼罩，伊甸道两端陷入黑暗，唯有 289 号公寓楼门前亮着一盏微弱的白炽灯，灯罩在风里微微晃动，发出不祥的金属摩擦声。

该死，应该带一支手电出来的。我后背渗出冷汗。手机，对，手机。我摸遍风衣，在内袋中找到自己的老式手机，点亮手机自带照明，橄榄球大小的白色光斑给了我些许安慰。

我走过去，轻轻拉开伊甸道 289 号的大门。门没有锁，两扇门其中的一扇玻璃碎了，地上没有玻璃碎片。门内更加黑暗，在手机照明中隐隐约约可看到一个废弃的柜台，木制柜台后贴着纸页泛黄的房间登记簿，说明这里曾经是一个旅馆。右手边是楼梯，我走近些，照亮墙壁，墙壁上歪歪扭扭写着：A/B/C/D，后面画着个向上的箭头。没有 S。

我用手机向上照。楼梯通往黑漆漆的二层，什么也看不到。别惹麻烦！父亲一贯漫不经心地强调说。我挥挥手，赶走碍事的回忆。手机自带照明晃过楼梯背后，没有向下的阶梯，通常在楼梯下三角区域会有一个储藏室——我看到储藏室的门，门上涂着奇怪的绿色油漆，门把手闪闪发亮，显得与陈旧的公寓楼不太协调。

我迈步走向那扇门，棕色系带皮鞋在磨损严重的水磨石地面上踏出带着回音的脚步声。黄铜门把手像它的外观一样光滑油润，我试着用力旋转，门没有锁，推开门，长而狭窄的水泥阶梯出现在眼前，在手机灯光有限的视野里，我看不到楼梯通往多深的地下。

没有声音。这里静得像个坟墓。要不要下去？我踌躇一下，看了看手机屏幕上显示的剩余电量，稳定心神，缓缓走下。两侧墙壁挤压过来，阶梯仅容一个人通过，我照亮脚下的路，数了大约四十级台阶，面前出现一堵墙壁，阶梯反方向继续延伸，我继续前进，或者说，走向地心深处。这算不上有趣的体验，我的心怦怦跳动，眼睛充血，脚步声经过墙壁反射忽前忽后地响起，让我不止一次回头张望。又是四十级台阶，灯光照亮通道尽头一扇虚掩的绿色木门，门上有个大大的黄铜字母"S"。门缝间没有灯光射出来。

是这里了，"伊甸道289S"。我心绪复杂地考虑了几秒钟要不要敲门，如果把陌生女人传递的信息当作异性的邀约，那无论敲不敲门，在深夜两点拜访都是失礼的举动；又倘若那个信息是参加某种秘密组织的暗号，那还有比现在这个诡异的情境更适合的入会方式吗？我需要一杯威士忌，就算啤酒也好。我舔了舔干燥的嘴唇。

我推开虚掩的门走进去。一片黑暗。我左手高高举起手机，尽量使灯光照亮更多的地方。在那一刹那，我感觉头骨因头皮的剧烈收缩而发出不堪重负的嘎吱声，我不由自主地扭动着僵硬的脖子，像探照灯一样旋转照出室内的每一个角落。

这是一间相当庞大的地下室，墙壁没有任何装饰，管道与混凝土遍布四周，空气潮湿而污浊。几十个身穿黑色连帽衫的人——或许有上百个——静静地盘腿坐在地上，手拉着手。没有人说话，就连呼吸声也轻得像蚊虫振翅，他们都闭着眼睛。

灯光照亮一张又一张黑暗中的脸庞。兜帽下，有男人、女人、老人、青年人、白种人、黄种人、黑种人，每张脸庞都浮现着一种令人毛骨悚然的愉悦。没有人对我这个不速之客做出任何反应，甚至眼皮都没有抬一下，地下室的空气是凝固的，我僵直地立在门口，喉咙发出无意义的咯咯响声。

我急需喝一杯。我的眼前出现父亲手里总是拎着的那支琴酒酒瓶，还有里面哗哗作响的透明液体。先离开这里。我要出去，骑上摩托车回到公寓，给自己倒满满一杯波旁威士忌。咽下口水，喉结干涩地滚动，我尽量放慢动作，一步一步地退出屋子，伸右手想将木门掩上。为了让自己的视线从诡异的静坐人群身上移开，我盯着右手背上丑陋的斑，下定决心明天就去医院做个该死的激光手术，顺便让医生诊断一下我的幻听问题。

忽然，一只手搭在我的手背上。从门那端伸来的手，穿着黑色连帽衫的手臂，手指瘦弱而有力。我感觉全部体毛一瞬间竖立起来，手机从左手滑落在地，自带灯熄灭了，我的眼前一片漆黑。短时间内我无法动弹、不能思考。一根食指轻轻伸进我的手心，在掌心移动。熟悉的酥麻触感出现了。是昨天中午那个神秘的女人，我几乎能从她的指尖分辨出她的指纹——或者是生物电？我的脑海中读出她正在写的几个字："别怕。来。分享。传递。"

别怕。分享什么？传递什么？我是否漏掉了几个关键词？我不由自主地被那只手牵着，挪动僵硬的脚步，再次进入寂静的房间。黑暗的空气像黏稠的油墨，神秘的女人拉着我，蹚过黑暗，慢慢地走向房间深处，我害怕踩到某个静坐的黑衣人，但我们的路线曲折而安全，直到女人停下脚步，写道："坐下。"

我摸索着，周围空无一物，我坐在冰冷的水泥地面上，尽量睁大眼睛，还是看不到任何东西。女人的呼吸声在右边若有若无，她的左手还放在我掌心，那只手很凉，皮肤光滑。手指移动了，我闭上双眼，解读掌心的文字："对不起。以为。懂。不。害怕。朋友。"

"对不起，我以为你原本懂的。不用害怕，我们是朋友，这里都是朋友。"稍用一点想象力，手心的触觉便化为带有感情色彩的句子。虽然我不明白她为何不用声音交流，但这样感觉也不算坏。恐惧感像阳光下的冰雹一样融化，我渐渐习惯失明般的漆黑，习惯手心上的触觉。

她凑近我，摸到我的左手，将我的手指握在她的右手心。我立刻明白了，在她手中写道："我没事，这是很有趣的经历。"

"慢点。"她写道。

我放慢速度，一个字一个字写出："我。很好。有趣。"

"学得很快。"她画出一个新月形，我觉得那是一个笑脸符号。

"你们。这儿。聚会。"我写完，然后画一个问号。

"是的，这是每天的聚会。"她回答。

"这是什么样的聚会？你们是什么样的组织？为什么找到我？"

"用手指聊天的聚会，你会爱上它的。我在街上看到你，你冲着玻璃窗发呆，觉得你一定跟我一样，是个非常孤独的人。感觉世界无聊到极点的人。"

"我？……算是吧。说实话，我确实觉得人生乏闷，不过遇到你以前，从未想到要去改变什么。"

"那从现在开始。"她又画了一个笑脸的符号。——这一瞬间，我觉得我爱上她了，尽管我从未看见她的容貌，也嗅不到女孩子身上应有的香水味道。

"那我现在应该做什么？"我问。

"参加手指聊天的人组成一个环，每个人都与其他两个人连接，用左手写字，右手当别人的写字板，想听什么，想说什么，随你。刚刚为了迎接你，我从环中退了出来。"她回答。

"我大概懂了。"我想了想，"那我没办法像现在这样跟某一个人聊天吗，我只能对左边的人说话，听右边的人对我说话。"

"在'手指聊天聚会'中，没办法的。私下里……随你。"

"假如——仅仅是假如——我对右边的人感兴趣，那我的右手与他的左手轮流读和写，不就可以单独对话了吗？"

"那是不被允许的。'手指聊天聚会'的规则就是保持信息的单

以

太

方向流通。但你可以创造一个话题传递出去，让你感兴趣的人参与进来。"

"……我不大明白。"

"比如，你想与右边的人聊聊总统，那么可以对左边的人发布话题：'大家觉得总统先生对待外汇储备的策略是否正确'，左边的人会根据自己的兴趣加入自己的观点，或者将问题原封不动地传出去，而作为一个环，话题最终会到达你右边的人那里，他就可以对你表达意见了。'手指聊天聚会'不是为对话产生，分享思想、传递观点才是它有趣的地方。有人告诉我说，这种形式来自已经消亡的网络拓扑结构。"

"听起来很复杂的样子。"我搞不明白他们为什么发明这样奇怪的机制来聊天，网上有大把的开放讨论组，到餐馆里喝杯啤酒聊聊天是更好的主意，但被奇特经历引领到这个神秘聚会的我，不会放过任何尝试的机会，"我能够加入聚会吗，现在？"

"对于初学者来说，环中的信息量太大了，传递效率低下会导致整个环传导的阻滞。为提高效率，我们在环聊天时使用大量的缩略语和简略写法，你需要时间习惯。"她回答，接着用了五分钟给我演示那些专用缩略词，"你不像个初学者。"惊异于我的学习速度，她画出大大的"P"，代表吐舌头的表情。

当然，这是我和我姐姐的小秘密，我想，"放心，让我试试吧。"

"好吧。我在你左边。现在，我们向前移动三步，那里是环的一个节点，你拍拍右边人的肩膀，他会暂时断开环，然后你用右手拉住他的左手。记住，要快。"她迟疑一下。

我们交换位置，她用右手握住我的左手，带领我向前移动。我隐约感受到前面人的体温，蹲了下去，触到一个人的肩膀，轻轻拍了一下。那人立刻向右让开位置，我和她手拉手坐下，右边的人找到我的右手，与我相握。

那是一只骨节粗大、肌肉发达的男人的手掌，但手指却出奇地灵活。我的掌心立刻被快速的书写覆盖了，右边人写得太快，以至于我无法分辨出每个字母，我努力捕捉关键词和缩略词，通过猜测大致了解一句话的意思，脑子还没烙下痕迹，下一句话又汹涌而来——这是手指书写构成的信息洪流，我的皮肤敏感度显然还不够格。忙乱解读文字的同时，断断续续写给左边的她。"反对党……丑闻……下台风波……秘密警察……逮捕……"一段信息只翻译出部分关键词，是我挺感兴趣的一个话题——现在的网络讨论组里从来没人提起的话题。我想把自己的观点传给她，但下一条信息已经到了。"空天飞机坠毁……牙买加……丑闻……液体燃料泄漏……NASA 失去政治支持……攻击。"前面是议题，后面是人们的观点。我想我逐渐习惯了接受信息，她说得对，我不算个新手，但左手的几根手指无论如何也无法迅速而清晰地传出资讯，多次尝试以后，我泄气地写了一个"对不起"。

她的掌心凉爽光滑，像我小学时教室里崭新的黑板。这时，她伸出食指，偷偷地在我左手心写了三个字："原谅你。"

我能感觉自己的嘴角向上咧起。"你刚刚告诉我这是违规的。"我写道。

"有进步。"她明显违规地加上了一个笑脸。

六

敲门声把我吵醒。我用枕头捂住耳朵，希望等一会儿敲门人会自己离去，但五分钟后，我不得不套上睡袍、趿拉着拖鞋走向起居室。敲门声不紧不慢、执着地响着，我从猫眼望出去，一顶警察的大檐帽挡住全部视线。见鬼。我嘟哝着打开门锁，拉开门："有什么可以效劳？"

"你好。"倚在墙上的小个子警察摘下帽子，出示徽章，无精打采地说，"先生，能耽误你五分钟吗？你知道的，例行谈话那一套。"

"好吧，五分钟。"我转身走回起居室，倒在沙发上，给自己倒了半杯波旁威士忌。时钟显示为周二下午一点半，糟糕的睡眠质量让我的脑袋又隐隐作痛起来。我把琥珀色的酒液倒进嘴里，长长吐出一口气。电脑屏幕亮起来，roy 留言道："我参加那个讨论组了，比想象中有趣一点点。"

看样子三十岁左右、留着老式髭须的小个子警察毫不见外地在单人沙发上坐下，左右打量我的小公寓："挺不错的地方。"

"二十年前显得更好些。"我回答。

警察把大檐帽放在我的咖啡桌上，从兜里掏出平板电脑和电子笔，想了想，又丢下，靠在单人沙发上略显无聊地叹口气："连我自己都知道，这种问话半点意义都没有。"

"工作，对吧。"我表示理解。

"好吧，工作。"他皱着眉头，不情愿地捡起平板电脑，"那么……你在社会保障局工作。周一、周三、周五。"他读道。

"没错。"我回答。

"四十五岁，单身。去年因医疗保险诈骗被判社区服务两个月。"他略显惊异地念道。

"是医院没搞清楚我的额度！他们后来道歉了。"我烦躁地解释道。

"昨天深夜一点十二分接到投诉，你打扰邻居睡觉了？"警察懒懒地用电子笔的另一头梳理起了小胡须。

"嗯……"想起昨夜的经历,我忽然没来由地一阵紧张。警察登门会不会与"手指聊天聚会"有关?尽管我没觉得一群人坐在黑暗中抠对方的手心有什么违法的地方,但直觉告诉我,什么也别说。保守这个秘密。别惹麻烦,就像父亲常常对我说的那样。"我喝了点啤酒,醒来以后骑摩托车出去兜风。就这样。对邻居的投诉我深感歉意。"我说。

"哦。骑摩托车兜风。"没什么干劲的警察在平板电脑上写道,"男人的浪漫,我懂的。那就这样。没问题了,你知道,对精神衰弱的老太太的投诉我们向来不太当真,但总得例行公事走一趟是吧?"他站起身来,把大檐帽夹在腋下,将电脑和笔塞回口袋。

"结束了?"我不敢相信地站起来。

"感谢您的配合。"警察干巴巴地说着标准用语,转身出门。我端着威士忌杯子送他出去,在关门时,小个子回头抬眼看了我一下说:"对了,你骑摩托车没去什么不该去的地方吧。"

"什么不该去的地方?当然没有。"我立刻回答。

"哦,你的摩托车在城东南方向脱离了摄像头的监控。一定是条风景独特的小巷,不是吗?虽然目前犯罪率达到半个世纪以来的最低点,但做这行你就知道,世界上还是存在各式各样的坏人的。今天好心情,先生。"他似笑非笑地拍拍我的肩膀,扣上大檐帽,点头致意,然后走下公寓楼嘎吱作响的木头楼梯。

我反锁屋门,靠在门上急速喘气。警察真的掌握到了什么信息?她和神秘的"手指聊天聚会"是什么非法组织?对了。我这个笨蛋。我拍拍脑袋,想起昨天中午遇到她的情形,她和她的伙伴们正在被两名警察追赶。

我需要再次见到她。话题千奇百怪、令人兴奋莫名的"手指聊天聚会"在凌晨三点结束,穿黑色连帽衫的人们默默地依次离开"伊甸道289S"简陋的地下室,我与她在人群中失散,遵守聚会的

以
太

准则，我没有大声喊她，后来发现，自己还不知道她的名字。

我需要再次见到她。

七

上线后，roy 已经离开，我叹口气，关掉电脑。"手指聊天聚会"从午夜十二点开始，我从未如此急切地等待天黑，不停起立、坐下、切换电视频道，坐在马桶上发呆，反复看表。为消磨时间，我从保湿盒里取出珍藏许久的玻利瓦尔二号雪茄，将昂贵的铝管打开，用雪茄剪小心地切开茄头，划火柴点燃，深深地吸一口，慢慢地吐出，古巴优质雪茄厚重浓烈的烟气让我感觉舒适得要眩晕，但很快负罪感涌上心头，三十美元一支的雪茄？这不是我应当享受的。这样美妙的东西应当永远保存在我简陋的保湿盒里，像漂亮的摩托车一样时时瞻仰一下就够了。

说起来，我的摩托车在回家的路上开始工作不良，发动机发出虚弱的咳嗽声，我想是化油器老化导致雾化效果下降，老伙计年纪毕竟不小了。今夜应该用更隐秘、更安全的方法到达伊甸道，我开动脑筋想着，无意识地拨动遥控器切换频道。电视如同网络一样无聊，昨夜聚会讨论的话题没有任何一个出现在电视节目里，更别说那些天马行空的批评和议论。我焦躁不安地吸完整支雪茄，直到烟头烫手，到卧室衣橱里翻出一件学生时代的深蓝色连帽衫，套在身上，戴上兜帽，走到穿衣镜前。

皱皱巴巴的蓝色连帽衫上印着史蒂夫·乔布斯的黑白画像——那是一个当代年轻人可能根本不知道的过时名字，衣服显得很合身，我的体重自从大学时代后就没有增加过，兜帽里浮着一张苍白的、两腮瘦削、眼袋浮肿的中年男人的脸，男人试图挤出一个微笑，配着大大的酒糟鼻，显得有些滑稽。

所以我才如此想念"手指聊天聚会"。在一片漆黑里，谁也不用看见谁不讨人喜欢的脸庞，有的只是手指的触感和书写的思想。我想着，掀开兜帽，把头发仔细地向右边梳，怎样也掩不住半秃的天灵盖。

天色终于暗下来，我把奶酪放在饼干上叠成高高的一摞，压紧后送入烤箱，又开了一瓶啤酒，当作简易晚餐。奶酪在胃里燃烧，我怎么也压抑不住内心的悸动，穿着连帽衫在起居室里走来走去，这时电视新闻里出现一个极无聊的家伙举着硕大的标语牌在市政府门前抗议，现场围观者很多，但似乎没人参与到他发起的示威中来。我想我在人群中看到了一两个穿着黑色连帽衫的身影。是他们吗？我丢下遥控器，扣上兜帽，决定出去看看。

地铁里人不太多，有些人佯装盯着屏幕上的广告，实则偷偷打量我、和我连帽衫上的史蒂夫·乔布斯。"那老头衣服上印着的是谁？""我想是个宗教领袖，像吕克·茹雷那种。""……那又是谁？"两个十五六岁、留着时兴的蘑菇发型的年轻人低声谈论着。你们说对了一点，无知的小子。我把兜帽压低一点，在我们那个时代，乔布斯就是领袖，直到移动互联网变得恶俗无聊、人们丢掉复杂的智能手机回归基础通话功能的大变革到来。

半个小时后，我来到市政广场，明亮灯光下的草坪中站着那个举着标语牌的人，牌子大得吓人，用红红绿绿的颜料涂写着几行字，我看不太清。我的视力也在衰退，这应该和幻听一样，是饮酒过度的后遗症。母亲在电话里说起，我的父亲现在瞎得像只鼹鼠。我想象不出那个大胡子、红脸、拥有强壮手臂和结实大肚腩的粗鲁汉子如今是什么模样，也没有兴趣知道。

一群人远远站着围观，几个警察靠在警车上嚼着口香糖，滑板少年在台阶上玩着花样，电视采访车前，记者与扛着摄影机的家伙聊着天，示威者显得有些孤独。我走近些，眯起眼睛看标语牌，上面的红字是：壁炉燃烧木材是造成温室效应的元凶！下面的蓝字写着：拆毁一个老式壁炉，延长地球一天寿命。

我皱起眉头。第一修正案就是为这些无聊的话题准备的吗？"手指聊天聚会"中那些犀利的观点都到哪里去了呢？我走近围观的人群，试图找出黑色连帽衫的踪迹，但这时警察走上前来以草坪维护为理由请示威者离开，人群也随之散去，我没能在其中找到熟悉的影子。几个警察用狐疑的目光上下打量我，其中一个举起手指指我衣服上的头像，另一个恍然大悟，并大笑了起来。我立刻转身离开。

不由自主的，我乘坐地铁向城东出发，在环线最东端的地铁站下车，拦了一辆出租车并告诉司机："伊甸道289号。"

"伊甸道？"出租司机嘟哝着，"希望小费够多。"

车子拐入小路，街区越来越破旧，路灯也稀少起来，随着出租车停在黑暗的伊甸道中央，我的紧张和希冀已然水涨船高。"考虑搬家吗，老兄？我知道几个不错的旅馆。"司机接过车费，替我打开车门。

"不必了，我喜欢安静。"我下车，关上车门，挥挥手。出租车的尾灯亮起，接着迅速变小，消失在深远的夜里。现在是晚上九点，伊甸道依然寂静得像一座坟墓，我走近碎掉一扇窗户的289号大门，想了想，推门而入。

我知道我来得太早了，可些许等待会让今夜的聚会更加有趣。同昨天一样，我的心脏怦怦跳着，不同的是兴奋代替了恐惧。在摇晃的白炽灯的照明下，我找到楼梯背后的小门，拧开黄铜门把手，狭窄而深邃的四十阶楼梯出现在眼前。我没有手机，当然也没有手电，我整理一下兜帽，闭上眼睛，走入渐渐黑暗的地下室。

一、二、三、四、五……三十九、四十。面前出现一堵墙，楼梯在此转弯，我摸索着，伸出右脚试探，找到向下的台阶，一、二、三……三十九、四十。双脚落在平坦的地面，前面应该是挂着铜质字母"S"的绿色木门，我满怀希望地伸出双手。

手指摸到的，是冰冷的水泥。

记忆出现偏差了吗？我努力回忆昨夜的经历，楼梯的尽头有一扇门，仅有一扇门。不会错，我清楚记得黄铜字母"S"的光泽。我移动脚步，左右试探，两边都是混凝土墙壁，正前方原本应该是门的地方，也是一扇粗糙的墙壁，楼梯的尽头，竟然是一个死巷。

我感觉血涌上头部，耳朵开始发热，头痛再次袭来。冷静，要冷静，我对自己说，深呼吸，做个深呼吸。我摘掉兜帽，长长地吸一口气，地下冷且潮湿的空气涌进我的肺，让我过热的大脑稍微冷却。

以太

平静了几分钟，我再次试着寻找那扇消失的门。没有任何痕迹表明这里曾经出现过一扇门，坑洼不平的墙壁刺痛我的指尖，我颓然坐下。

"你的朋友们去哪儿了？"父亲的脸出现在黑暗中，带着漫不经心的放肆的嘲笑。"住嘴！"我叫道，把脑袋埋进臂弯，堵住自己的耳朵。"我说过了，别惹麻烦。"父亲抹去嘴角的酒迹，呼出臭烘烘的灼热气息，他揽着姐姐的肩膀，姐姐明亮的蓝眼睛中汪着透明的眼泪。母亲在一旁哭泣。"住嘴！"我尖叫道。"你已经十八岁了，现在滚出我的房子，找份工作，或者去上你那该死的大学，我没有责任再与你分享我的牛肉浓汤了。"父亲咆哮着，将衣箱扔在我脚下。姐姐躲在厨房里流泪望着我，母亲无动于衷地端着锅子。"住嘴！"我歇斯底里地尖叫着。

不知过了多久。黑暗中，我没办法准确计算时间。我或许做了一个噩梦，也可能根本没睡着。我扶着墙壁，慢慢地站起来，每一个关节都在因长时间蜷曲而发出呻吟。现在我想做的，只有回到我小小的公寓，喝一大杯不加冰的威士忌，倒在沙发上，打开电视，才能把我昨夜荒唐的梦境完全忘掉，才能把手心残留的触感完全忘掉，才能把"手指聊天聚会"这个荒诞不经的名字完全忘掉。

我迈出左腿，脚尖踢到什么东西，那东西滚动两下，亮了起来。白色光斑照亮狭窄的空间。那是我昨夜丢在门前的手机，我独一无二的、被当今时代唾弃的老式智能手机。

那不是梦。我立刻找回了全身力量，拾起手机。电量马上就要耗尽，但足够让我仔细检查凭空出现的墙壁。没错，这堵墙是崭新的、由快干水泥临时砌成的，在墙壁下方接缝处我发现了被掩埋一多半的木质门槛。门还在，只是被试图隐藏秘密的人保护起来。我敲敲墙壁，水泥的厚度在我破坏的能力范围之外。穿黑色连帽衫的人不是我的幻觉，他们只是换了聚会的地点，忘了通知我而已，我有些欣慰地自我安慰着。

我在那里等到凌晨两点，没有人出现。我走上地面，步行到两公里外的地铁站，在那里找到一辆出租车回到公寓。我一步一步地走上嘎吱作响的台阶，心情乱糟糟的，但周三上午还要工作，打开公寓门之后，我想的是赶快喝杯酒、冲个澡，然后好好睡一觉。

我愣在门口。我的沙发上，坐着一个穿黑色连帽衫的人。

八

我拿起电子印章，给屏幕上那份六个孩子的新移民家庭提交的特殊贫困津贴申请书盖了章，电子印章指示灯由绿色变为红色，代表今天的通过名额用光了。我靠在椅背上，活动一下手腕。距离下班还有一个半小时，与我共享小隔间的漂亮金发女人站起身来，邀请大家参加她的生日聚会，"如果你有时间的话……也欢迎你。"她有些迟疑地对我发出邀请——我知道这样的邀请已经是礼貌的极限。"对不起，我第二天有个重要约会。那么，生日快乐！"我回答道。她显然松了一口气，拍了拍胸脯："谢谢，真遗憾。祝约会愉快哦。"

对她这样年龄的女孩来说，我是长辈，我很明白一个不合时宜的长辈能给聚会带来多大的灾难。但约会并不是借口，我的右掌心犹能清楚感觉到她的留言：明早六点，市政广场。

我不知道她用什么方法找到我、怎样进入我的公寓，也不知道她等了多久，在短暂的震惊过后，我走过去，拉起她的手。脱衣舞俱乐部的霓虹灯在窗外闪耀，给她的黑色连帽衫镀上五彩光芒，我仍然看不清兜帽下的脸庞。

"对不起，聚会地点更改了。没来得及通知你。"她写道。

"我给你们带来麻烦了吗？"我问。

"不，情况很复杂。刚才的'手指聊天聚会'只有核心成员参加。我们内部产生了一些争执。"她写完这句话，手指点了几个代表犹豫的省略号。

"关于什么？"

"关于要不要做一件蠢事。"她在"蠢事"两字下面画了条波浪线。

"我不明白。"我老老实实地写道。

"如果你愿意听的话，我可以把'手指聊天聚会'的由来、组织形式、派系斗争和最终目标讲给你听。"她写了个很长的句子。

"我不愿意听。"我回答，"我不愿意把有趣的聊天聚会变成政治。"

"你不懂。"她画出代表叹气的大于号。我发现她就连最简单的情绪表达都通过书写来完成。"你一定有所发觉，网络、电视、纸质出版物在这些年来失去了思想的光芒。"她写道。

"是的！"我有些兴奋，"不知道为什么，可以引发争论的话题都消失了，剩下的都是些无聊的东西，我不止一次在讨论组里发表敏感问题，但没有任何人参与讨论。瞧，他们似乎更关心生鱼片和蚯蚓。很多年前我就发现了，那时没有人相信，医生让我吃那些该死的小药片使这种幻觉消失。我知道这不是幻觉！"

"不止这样，你与朋友聊天的内容、在街上看到的景象，也像媒体和网络一样变得越来越平淡。"

"你怎么知道？"我几乎站起来。

"这是一个阴谋。"她用力写，我的掌心感觉到了疼痛。

"阴谋？像人类登陆月球那样的阴谋？"

"像'水门事件'那样的阴谋。"她潦草地写道，辨识起来有些费力。

"我想我需要好好上一课。"

"那从政治开始。"

"先等一下……下一次聚会何时举行？我可以参加吗？"

"这就是争执产生的地方。行动派认为，我们下次聚会应该在公共场所举行，比如市政广场。我们不应该再躲躲藏藏，而要强硬地表达自己的态度。"她告诉我。

"我猜……警察不太喜欢你们。"我又想起初见她的那天，还有那气喘吁吁追逐的两名警官。

"整个组织他们掌握不了，只是部分成员有案底而已，特别是行动派。"她坦然回答。

"你有案底？"我好奇地问。

"说来话长。"她不愿多谈。

"你叫什么名字？"我鼓足勇气，终于问出这个问题。

她的手指停止移动。我努力端详她兜帽下的脸，但连帽衫完全遮蔽了她的面貌，甚至性别特征。我忽然想到，关于她是女人的猜测完全基于这个人纤细的手指，她也可能是个年轻的男孩子——尽管内心完全抗拒接受这一点。我希望她是姐姐那样的女人，亚麻色头发、声音轻柔、有点调皮、鼻子上长着几个小小的雀斑，我漫长的单身生涯一直在寻找的那种女人。

"你会知道的。"她想了想，避开这个话题。

"其实我更好奇的是……"我正感受左手食指与她右掌心的细腻触感，窗外忽然有警笛声响起，尖厉的啸叫由远而近，她警惕地坐直身子，拉低兜帽，快速写道："我要走了。如果愿意的话，明早六点市政广场。记住：这是你自己的选择，你有机会改变世界，更可能后悔终生，无论怎样，别因此责备别人——特别是我——因为你自己做出选择。顺便说一句，我觉得光头的男人比较性感。"

她用瘦弱而有力的手指捏捏我的右手，离开了沙发，从起居室的窗户翻了出去，我追过去向下看，她已经顺着防火梯灵巧地爬了下去，消失在街角。我抚摸着自己半秃的头顶，有点迷茫。

以

太

九

我三十七岁那年因为种种原因陷入深深的抑郁，房东太太说服我去见她的心理医生，并威胁我说不接受一个疗程的心理咨询就要把我和我的脏屁股踢出公寓楼，我明白她是怕我在起居室里服毒自杀，后来我还是深深感念着她的好意。心理医生是个留着弗洛伊德式大胡子的瑞典人。"不，我不是心理医生。"见面聊了几句之后他说，"我是精神病医生。这也不是心理咨询，是心理治疗。你需要服药，先生。这些小药丸可以让你不再总是梦到姐姐的坟墓。"

"我不害怕小药丸，医生。"我回答，"只要医疗保险能够支付。我也不怕梦见亲爱的姐姐，就算她一次又一次地从坟墓中爬出来。我害怕的是身边正在发生的一切。你感觉到了吗？医生，嘀嘀嗒嗒，像秒针一样，这儿，那儿，永不停止。"

医生饶有兴致地俯身过来："讲讲你所说的变化。"

"有种东西在死去。"我左右望望，低声说，"你嗅不到腐烂的味道吗？电视节目里的评论员、报纸专栏作家、网络聊天组，自由的精神正在死去，像暴露在 DDT 中的蚊虫一样大规模死去。"

"我看到的，是社会与民主的进步。你有没有想过某种阴谋论的精神症状使你怀疑一切，包括和谐的文化氛围？"医生向后靠去，交叉着手指。

"你也曾经年轻过，医生，那个敢于怀疑一切的时代。"我焦急地提高音量，"在那个我们不知道会成为什么人、但明白自己不愿成为什么人的时代，在那个充满斗争又充满英雄的时代。"

"当然我怀念年轻的时候，先生，谁都会。不过既然我们已经是成年人，要承担家庭责任和社会责任，乃至人类文明和物种延续的天然职责，我的建议是回去定时服用这些小药片，把你不切实际的幻想都丢掉，找一份轻松的工作，周末时钓钓鱼，每年出去旅游一趟，在合适的时候找个女孩成立一个家庭——当然我们还没有聊到你的性取向，请不要当作歧视——然后生个孩子。"医生戴上眼镜，翻开记事本，用暂停的手势打断我即将脱口而出的争辩，"现在，让我们谈谈你父亲和姐姐的问题吧，童年创伤对那些小药片的组成很重要，好吗？"

治疗很有效。我渐渐开始习惯平淡的电视节目与网络讨论组，习惯社会的平静、单纯、美好与平庸，习惯父亲的影子偶尔出现在面前，尽量不与往事争辩。忽然，一个穿黑色连帽衫的家伙闯进我一成不变的单身汉生活，丢给我一个选择，一个我完全无法理解其中意义的选择。我能够理解的是手指聊天带给我许久未有的真实感，让我感觉八年前逐渐死掉的那些东西像春天里的小虫在地下悄悄地破茧重生。"明早六点市政广场"代表什么，我想不明白，在面临选择的时候我通常会掷硬币，硬币在空中飞舞的时候答案会自己出现：你期望哪一面先落地。这次我没有掏出硬币，因为下班后走出社会保障局大楼后，潜意识驱使我走向地铁站的反方向，推开一扇旋转灯柱旁的玻璃门，对站在镜子前面的肥胖男人说："嗨。"

"嗨，好久不见。"胖男人挥挥手，"老样子？"

"不。"我微笑，"帮我剃个光头，性感的那种。"

以太

十

凌晨三点四十分，我从梦中惊醒，再也睡不着。我泡了个热水澡，换上印有史蒂夫·乔布斯图样的连帽衫和卡其布长裤，穿上慢跑鞋，戴上耳机，开始听着金属乐队的老音乐。五点整的时候，我给 roy 留了言，喝了一杯咖啡后走出公寓。太阳没有升起，清晨的风吹过新剃的头皮，让我滚烫的大脑清爽起来。我搭上第一班地铁，丝毫不在乎稀稀拉拉乘客投来的诧异目光。五点四十分，我来到市政广场，站在草坪中央，路灯明亮，晨雾升起。

　　五点五十分，街灯熄灭，第一缕光照亮青蓝色的薄雾，人影在雾中逐渐聚集。一个穿黑色连帽衫的人握住我的右手，我牵起左侧陌生人的手臂，"早安"在掌心传递，越来越多的人出现在市政广场前，沉默地组成不断扩大的圆环。

　　六点十分，由超过一百人组成的环稳定了，"手指聊天聚会"的参与者开始高速传输信息，我闭上眼睛，一滴露水从兜帽檐滴下。右边是一个年老的绅士，松弛的皮肤与精练的造句告诉我这一点；左边是一位保养得当的女士，她手掌丰润，戴着大大的钻石戒指。话题出现："相比现在的乐队，哪些乐队的名字是我们应该永远记住的？"

　　"卡百利。"我立刻说出自己的意见。

　　"大举进攻。"

　　"当然。"

　　"等等……跳舞音乐也算吗？那要加上性感小野猫。"

　　我会心微笑。第二个、第三个话题出现。我怀念这种自由自在讨论的感觉，即使以游戏式的数据交换方式。第四个、第五个话题出现。指尖与掌心繁忙工作，在减少误码率的基础上尽量使用缩略词，我感觉自己的手指聊天技巧逐渐纯熟。第六个、第七个话题出现，这几乎是"手指聊天聚会"带宽的极限。话题附加的评论会逐渐增多，直到所有感兴趣的人发言完毕，发起话题的人有权利和义务在合适的时刻停止该话题的传输，为新话题腾出空间。第一个、第三个话题消失了，第二个话题——关于宪法第一修正案的评论仍在持续增加，其他话题发起者不约而同地选择中止传输。环网中只剩第二话题——参与者们默契地停止发送话题本身，仅仅传递评论以节省带宽。但这时的聊天组是低效率运行的，因为环网中传输的只有一个数据包，有人意识到这一点，在空闲时发起新话题。新话题让网络再次忙碌起来，但数据很快在某一个节点拥堵起来。

遥远的大学时代的记忆忽然被唤醒。"介绍一种已经消亡的网络拓扑结构，由 IBM 在二十世纪七十年代发明的令牌环网。"网络课程导师在讲台上说。"手指聊天聚会"原来是一种以自觉为基础的、不太科学的令牌环网。我手忙脚乱地传送完第二话题的庞大数据包，开始想着改进方案。

一个很短的信息出现了。这是不科学的，我想，然而信息让我张大嘴巴："我的名字叫黛西。——致性感的光头"。

我能感觉 5- 羟色胺在千亿脑神经元中产生，腺苷三磷酸让心脏剧烈跳动，身体内部的小人儿在欢呼雀跃。我截停了这条信息，发送一条新的出去："你好，黛西。"

由于第二个话题数据包过于庞大，信息的传送变得迟缓，我等了十分钟才收到上游传回的数据，显然有人把第二话题的评论精简了，压缩数据包的最后，附加着我的话题"你好，黛西"，以及众多评论。

"我们爱你黛西。""我们的雏菊。""小美人。"……"你好，光头叔叔。"

光头叔叔是我。我想到出门前穿衣镜里的人像，瘦削的身体、下垂的两腮、红鼻子和滑稽的光头，过时的连帽衫，真像个小丑。我笑了。

正在撰写评论，信息环忽然传来微微动荡，我不由得张开眼睛。太阳早已升起，薄雾消失得无影无踪，市政广场草坪的每一片草叶都挂着晶莹的露珠。手拉手的"手指聊天聚会"的成员围成不规则的圆环，像一堵沉默的墙，许多人在远远围观，晨跑的健身者、途经的上班族、记者与警察。他们显然有些迷茫，因为我们没有标语、口号，没有任何表示我们在抗议示威的特征。

一辆警车停在广场边缘，排气筒冒着白烟，车门打开，走出几名警察。我认出打头的那一个，曾经登门造访的小个子警官，依然带着懒洋洋的表情、迈着松垮的步伐。他摸摸整齐的小胡子左右打量着我们一群人，然后径直走到我面前。"先生，早上好。"他摘下大檐帽按在胸前。

我盯着他，没有答话。

"对不起，你们被捕了。"他毫无干劲地说。四辆黑色的、庞大的厢式警车无声无息地出现在市政广场，全副武装的防暴警察涌出，举着警棍和盾牌逼近。围观人群没有任何动静。没有人惊呼呐喊，没有人移动脚步，甚至没有任何人把目光投向步伐整齐的防暴警察。

我能从旁边人手心的汗液感受到紧张的情绪。第二话题数据包消失了。一条极其简短的信息以交换方式能够支持的最快速度在环网中传送。

"自由。"许多手指在许多掌心快速、坚定地写下。

"自由。"所有人睁开眼睛，闭紧嘴巴。

"自由。"我们用无声的最大音量呐喊。

"黛西，我爱你。"我传出最后一条信息，然后被防暴警察粗鲁地扑倒在地。我不知道信息能否传到黛西那里，她处在环网的什么位置？我不知道。今后能不能再见到她？我不知道。实际上，我从未真正见过她，但我感觉，我比世上任何一个人更了解她。

别惹麻烦。父亲高高在上地俯视着我变形的脸。防暴警察试图将我的脸与草坪亲密接触。

"去你的。"我吐出一口草腥味的口水。

十一

　　我有十分钟的电话时间，我不想浪费，可除了瘦子和 roy 之外，想不到还能打给谁。瘦子声音怪异地讲着牙买加的阿拉瓦语，roy 没有接电话。我放下听筒，发着呆。

　　"嗨，老爹，你在浪费所剩无几的生命。"后面排队的人不耐烦地开口。

　　我无意识地拨了熟悉的号码。与往常一样，铃响三声之后，电话接通了："你好！"

　　"你好吗？妈妈。"我说。

　　"我很好。你呢？头痛还出现吗？"听筒里传来拖动椅子的声音，对面的人坐下了。

　　"最近好多了。他呢？"我说。

　　"你从不主动问起他。"母亲的声音有些诧异。

　　"唔……我想……"

　　"上个月他去世了。"母亲平静地说。

　　"哦，是吗。"

　　"是的。"

　　"那么有人照顾你吗？"

　　"你的姨妈陪着我，放心。"

　　"他的坟地……"

　　"在郊区。距离你姐姐很远。"

　　"那我就放心了。那么……周末快乐，妈妈。"

　　"当然。也祝你愉快。再见。"

　　"再见。"

以太

听筒传来忙音。我揉搓右手上的丑陋的斑，试图把那些画面从眼前抹去，酒气熏天的父亲、哭泣的姐姐、变得无动于衷的母亲，大学时代回家看到的画面，如今因生命的流逝显得不再那么沉重。"老爹，时间宝贵啊，嘀嗒嘀嗒。"排队的人指指手腕，模仿秒针跳动。我挂好听筒，转身离开。

午餐时，我与一个红头发的家伙坐在一起，他的脸上刺着男人的名字，胳膊上花花绿绿的，像穿着件夏威夷衫。"这家伙是个同性恋！别靠近他。别让他摸你的手。"与我分享房间的墨西哥人曾经告诫我，我想他是好意。我端着餐盘，挪开了一些。

红头发嬉皮笑脸地凑了过来："要分享我的羊奶布丁吗？我不是什么乳糖爱好者。"

"谢谢，不必了。"我尽量礼貌。

红头发伸手过来，我触电似的缩回手臂，但还是被他捉住了。他把我的右手紧紧握在掌心，指尖轻轻抓挠，让我感觉到十分不适。

"我想我不太适应这种关系，我说……"我尽量挣扎。旁边的人肆无忌惮地笑了起来，鼓劲似的敲打餐桌。熟悉的感觉传来。那是手指聊天的讯息，一样的缩写方式，快速而准确，"如果你懂的话，反馈我。"

我冷静下来，看了红头发一眼。他还是一副令人反感的表情。我手指反勾，告诉他："收到。"

"天哪！"他表情不变，却写下代表强烈感情色彩的感叹词，"终于又找到一个了。现在听我说，午餐后去阅读室，东边靠墙的地方是哲学区域，第二个书架底层，在黑格尔与诺瓦利斯之间有一本二〇〇九版的《哲学史大观》，拿去看。如果不明白阅读方法，第一百四十九页到一百五十页有简单说明。稍后我会再跟你联系，为了安全起见……我建议你做好变成同性恋的准备。现在，打我。"

"什么?"我没反应过来。

红头发带着恶心笑容伸手去摸我的屁股,我挥起拳头,砸在他的鼻梁上。"噢!"围观者愉快地哄然大笑。狱警向这边看来,红头发从地上爬起来,捂着流血的鼻子,骂骂咧咧地端起餐盘离开了。"我说什么来着?"同屋的墨西哥人端着盘子出现,挑起大拇指,"不过,你是个有种的老家伙。"

我没理他,尽快把食物塞进口中。午饭后,我独自来到阅读室,在哲学书架底层、黑格尔与诺瓦利斯之间找到那本精装的《哲学史大观》,交给图书管理员登记,带回房间。墨西哥人还没有回来,我躺在上铺,翻开厚重的封皮。没什么出奇,这是一本空洞的哲学书籍,从密密麻麻的条目和引文名单就看得出来。我翻到一百四十九页。这页纸被人调换了,令人头痛的哲学名词中间,出现一张分明从其他书中撕下的泛黄纸页,正面是毫无意义的关节保健知识,背面是大段的头部按摩方法和配图,末尾一段,用三百字篇幅简单介绍了一种盲文的读写方法,据说这是一种误码率很低、效率极高的新型盲文,但由于各种视觉与非视觉新技术手段给盲人带来的便利,盲文渐渐式微,新型盲文夭折在应用之前。

哦,当然,盲文。我合上精装书,闭上眼睛。封面、封底只有烫金大字。在封面内页,我找到以一定方式排列的密集小圆点,如果不用心感觉,就会误以为是因封装质量不佳带来的页面坑洼不平。我对照着,慢慢地解读盲文信息。由于压缩率比较高,我几乎用去两个小时才明白封面内页携带的文本信息。

"'手指聊天聚会'欢迎你,朋友。"不知名的撰写者在盲文中问候,"你一定察觉了那些变化,但你不明白,你迷茫、愤怒,甚至成为别人眼中的疯子。你也许屈服于现实，也许一直在寻找真相。你有权利得知真相。"

我点点头。

"这是一项庞大的计划。国会秘密通过第三十三条修正案成立联邦信息安全委员会，对可能危害社会稳定和国家安全的信息进行过滤和替换，在漫长的尝试后，一套高效率的系统逐渐形成，这个系统叫作'以太'。最初，'以太'是工作在互联网上、对互联网设备和移动互联网设备进行监控的自动化体系，它对一切被认定存在潜在威胁的文字、视频、音频进行数据欺骗。简单举例，一旦语义分析接口认定一个讨论组中存在有害主题，'以太'就会对接入该讨论组所在服务器的所有相关会话，发送欺骗信息，除发表者之外，其他人看到的都是经过调制的讨论话题，同时，信息发送者会被数据库记录。假如你发表名为'参议员的午餐'的话题，被判定为有害信息，运行于巨型计算机上的、因法律体系而凌驾于所有网络防火墙之上的'以太'在其他程序会话接入之前会控制所有端口，将数据包中的相关字节替换，于是在别人眼里，你发表的话题就变成了无趣的'KFC超值午餐'。以这种方式，联邦政府秘密地彻底控制了网络，可悲的是，绝大多数人并不知情。他们只是悲观地认为，革命精神在互联网上逐渐消失——这也是联邦最愿意看到的。"

我感觉后背发凉。这时墨西哥人走了进来，把脏毛巾丢在我的肚皮上："老家伙，你应该偶尔参加一点集体活动。"

"闭嘴！"我用尽全身力气叫嚷。墨西哥人愣了。他的表情由惊诧、愤怒变为恐惧，挪开了视线，不敢看我充血的眼睛。我的手指颤抖着在《哲学史大观》的扉页上移动。

"随着'以太'的成功，联邦政府对广播、电视和纸质出版物的控制成为顺理成章的结局，对部分不肯配合信息安全法案的媒体人士，则以与'以太'同源的信息欺骗技术进行隔离。纳米微电子技术被用于信息欺骗，很快，权力者意识到纳米机械在肉眼可见光范围内存在信息替换方面的潜力，在第三十三条修正案颁布后的第七年，他们决定向空气中散播纳米微机械。这种微型设备悬浮在空气中，利用土壤和建筑材料中的硅进行自我复制，直至达到预定浓度，它们仅具有简单的机械结构，浓度达到规定浓度后则进入工作状态；它们会自动侦测具有潜在威胁的文字（可见光信号）和声音（音波信号），将之替换为无害信息，并将发布者记录在案。它们附着在印刷文本和标语牌表面，通过偏振光向除发布者之外的观察者发布欺骗光学信号；它们改变声波的扩散形态，向除发布者之外的倾听者发布欺骗信号，当然，发布者本身因为骨骼的传导作用，听到的还是自己的原本想说的话。飘浮在空气中的小恶魔使'以太'无所不能、无所不在，如同哲学家口中人类无法察觉却充满一切空间的神秘物质——'以太'本身。"

"我看到的，是社会与民主的进步。"我想到心理医生的话，握紧拳头，牙齿咯咯作响。

"这就是我们生活的时代，我的朋友。一切都是谎言。网络讨论组是谎言。电视节目是谎言。坐在你对面说话的人，说着谎言。高举的标语牌，刻着谎言。你的生活被谎言包围。这是享乐主义者的美好时代，没有争执、没有战斗、没有丑闻，当阴谋论者被关入精神病院，最后的革命者会在孤独的电脑屏幕前郁郁而终，等待我们的是脆弱而完美的明天，彬彬有礼的悬崖舞者，建在流沙上的华美城堡。"

"我是谁？我是无名小卒，参与编织'以太'黑幕的罪人，我并不重要，重要的是你察觉到这一切变化、有权利得知真相，现在真相就在你手中，由你选择接下来的道路。手指是我们最珍贵的礼物，因为在可预见的二十年之内，纳米机械没有欺骗人类精密触觉的可能。若你下定决心的话，随时可以通过你的介绍人加入'手指聊天聚会'，加入'以太'无所不在监视下唯一的、最后的反抗组织，加入虚假世界内的仅有的真实。

"'手指聊天聚会'欢迎你，朋友。"

我合上厚重的封皮，一幕幕画面在脑海中串联起来。我看到了真相，却产生更多的疑问。这一切疑问，只有写下这些文字的人能够给予解答。我用手掌抚摸长出短短灰色发茬的头皮，知道自己早已作出选择。

晚餐时，我见到红头发的同性恋者，径直走过去拉起他的手。餐厅里一片哗然，我们成为嘲笑的对象，但我视而不见，在他的手心写道："我加入。"

他露出一个意味深长的笑容。"欢迎你。第一次聚会在两天后集体劳动时举行，木器厂东北侧。内部刊物在哲学第二书架的底层，尼采文集的扉页，每周更新。对了，女监区亚麻色头发、长着雀斑的小妞向我传达'对性感光头大叔'的问候。我想，我没找错人。"

我张大嘴巴。

那一刻，我想了很多。我没有想使用幼稚的交流方式给世界带来变化，而是想着父亲留给我的一切。我以为父亲的棍棒与责骂让我不懂得怎样去爱，但我发现，爱是人类无法割除的灵魂片段，而不只是荷尔蒙的颤抖；我如此憎恨我的父亲，以至于年复一年抗拒着有关他的所有回忆，但我发现，责打孩子的父亲未必不能养成健全的人格，疼痛起码是真实的，我更憎恨（即使是善意的）欺骗。

我需要做的是像二十三年前一样，大声对那个用尽一切办法控制我人生的家伙喊出："去你的！"

　　她给予我勇气，有着亚麻色头发、蓝眼睛的她。我握紧红头发的手，仿佛透过他的皮肤，感觉到她的体温。我们的手心里写着爱与自由，滚烫的爱与自由，烧破皮肤、镌刻在骨骼的爱与自由。

　　"我爱你，黛西。——不是对你说，请别会错意。"众目睽睽中，我在红头发的手心写下。

　　"当然。"红头发早有准备地以一个熟悉的、调皮的笑脸回答。

以
太

开膛手在风之皮尔城 / 程婧波

我们住在岛上，不是城市里，所以风之皮尔城是岛的名字。

它的四周是大海和大海还有大海，大海是鸽子眼睛的灰色。

一八九一年，破产珠宝商人之女瑟芬尼·安德斯加乘坐巨轮去往纽约港。她在那里遇到一个奇怪的养鳗人，这个人后来成了她的丈夫。

养鳗人问年轻的瑟芬尼·安德斯加："你知道为什么自由女神总是站在纽约港？"

女人回答："因为她高举的是象征自由的火炬。"

养鳗人说："不，因为她没法坐下来。"

养鳗人还问了瑟芬尼·安德斯加一些其他的问题，他并不刁难她，总是把那些古怪的答案老实地告诉她。

后来有一次，轮到瑟芬尼·安德斯加提出一个问题。

"你养的是什么鱼？"

"一些不寻常的鱼。"养鳗人说，"这些盲鳗能从大鱼的鳃钻进它们的肚子里，吃它们的内脏……有个家伙曾经在一条鳕鱼的肚子里找到上百条盲鳗，鳕鱼的内脏已经被吃得干干净净。"

"就像秃鹫撕扯原野上的尸体？"

"不，不只这样。盲鳗吃完之后会咬穿大鱼——肚子、脊背，或者别的什么地方，然后钻出来，寻找下一个猎物。"

瑟芬尼·安德斯加又问了一个问题。

或许她其实不该这么问。

"它们来自哪里？"

养鳗人指给她看一个漂流瓶。

瑟芬尼·安德斯加从来没有见过这么巨大而精致的漂流瓶。它像一件皇家摆设，却在养鳗人简陋的家中被尘埃蒙蔽为一件枯萎的器皿。

　　"没错，它们当然来自海洋。"年轻的女人抚摸着漂流瓶喃喃自语。

　　养鳗人告诉她，漂流瓶里还曾经装着一沓纸。他不认识上面的字，但纸上标出了一座岛屿，那或许是一张寻宝图。出于这种想法，他把这些写满了奇怪文字的纸全部保留了下来。

　　瑟芬尼·安德斯加向他索要了这些纸。它们全都泛黄了，有一种非常遥远、古老的气息。写下这些字的人有一种透彻的绝望，这种绝望穿透纸张，那个未知的故事跨越了茫茫海洋，扑面而来。

　　她感到那是另一个女人的笔迹。翻阅这一沓纸，就好像翻阅一本神秘日记。日记的主人从自己的少女时代写起。

　　这一夜，瑟芬尼·安德斯加在冰冷的纽约港的养鳗人小屋里坐到天亮，她感到自己正慢慢接近一个可怕的真相。

　　她在昏暗的灯光下感受着一个与自己如此不同的女人所经历的一切。虽然瑟芬尼·安德斯加懂得这种文字，但是她却无法翻译出那个小岛或者城邦的名字。

　　一个夜晚之后，她在晨曦到来的微光中抬起头，看到蓝色的大海在窗外起伏呼吸，大海之上矗立着自由女神像。她盯着女神灰色的眼睛，不断重复着脑海中的几个音节，它们在那个女人的笔下反复被提到，这些音节最后终于凑成了一个名字：

　　风之皮尔城。

　　一个有月光也有流血，有亲吻也有死亡，充满了疯狂、罪恶、熟悉的气息，还有冰冷绝望的温柔之乡。

一、尸体化妆师

本来，我可以成为风之皮尔城最年轻的尸体化妆师。

但是在我费尽力气长到十三岁的时候，我的姐姐却也仍旧活得十分健康。她刚满二十岁，看起来还要活上很多年才会死掉的样子。所以，当人们说起风之皮尔城最年轻的化妆师时只会想起苏。我讨厌我姐姐！

我们这个家族是风之皮尔城里唯一世袭的尸体化妆师家族，按照古老的传统，每一代只能有一个尸体化妆师。他的名字会在洗礼的时候被确定下来，沿用尸体化妆师专用的姓氏。到了苏这一代，这个姓氏属于我。

听说我出生的时候，脚先出来了。这带给我的家族一场灾难——我的母亲难产死掉了，而我的父亲，他在赶去医院的途中车祸身亡。

我就在风之皮尔城乱成一团的那一刻出生了。

我响亮的哭声已经不再有"生"的意思，它被各种各样的哭声所掩盖。那些哭声自然是冲着"死"而去的。

人们都来吊唁，父母那还没有被清洗干净的身体就摆在产房的地上。伤口处凝固的血液在这一天的傍晚时分看上去浓艳无比，好像散落在地板上的字母玩具。

我被手忙脚乱的护士用纱布包裹成一个硕大的茧，只露出一张脸来。他做完这些之后立刻把这个几乎不会啼哭的东西忘记了——所以我人生中的第一天是在产房的角落里独自度过的，而房间的中央躺着我死去的父母。

这个重大的疏忽导致那位世袭护士判断错了我的性别。在风之皮尔城精确的世袭系统之中我被登记为了男孩，拥有了法定的专有姓氏。

风之皮尔城突然失去尸体化妆师的混乱导致祖父只好违背传统，首先教会七岁的苏成为一名尸体化妆师。在此后的十三年中，全城的人都在翘首盼望着我赶快长大。他们那顽固不化的脑袋中还是希望有着专有姓氏的人来为死去的亲人修整面容，好像那样死掉的和活着的都会更心安理得一些。

为了这种期望，我像一个男孩那样长大了。我穿男孩的衣服，玩男孩玩的游戏；人们叫我时，那个名字其实属于一个男孩；而我最好的朋友，也是个男孩。

我的祖父却再也不可能拥有一个真正配得到他姓氏的孙子。他为那对可怜的儿女画上了人生之中最后的油彩。他们双双带着诡异的微笑入土，被埋葬在风之皮尔城的地心深处。

二、马戏团

春天的时候来了一个马戏团。

那天，我正在马修家的火药店里帮他分拣不同的火药。马修是我唯一的朋友，他的家族是风之皮尔城的世袭火药制造商。

马修今年十四岁，精通各种火药的制造方法和用途，过不了多久就会接替他的父亲成为一名烟花师。当他看着那些黑乎乎的玩意儿的时候，仿佛就已经可以看见它们死在天空的模样。他的血统让他可以一眼看尽火药的一生，就好像苏和我天生就懂得如何给各种丑陋诡异的脸庞画上漂亮的油彩一样。

我们这儿的火药只有一种用途，那就是做成烟花。火药变成烟花只是一瞬间的事情，然后它们就死了，变成永恒的、黑色的灰烬。

我们正在作坊的阁楼上忙着做烟花，奇异的弦乐就是在这个时候传进我和马修的耳朵的。

我透过阁楼的窗户向外望去，一队穿得花花绿绿的外乡人正穿过白色花岗岩雕琢成的街道和楼梯朝着这边走来。不少窗户打开了，很多人都伸出头来看这群热闹的家伙。

这个奇怪的队伍里有一个双头侏儒、一个魔术师和一个胖子。也许他们是个新来的马戏团。

偶尔有外乡人的船只在风之皮尔城的码头停留，从上面下来的不仅是盐、布匹和珐琅烟斗，还时不时有些怪人，比如一个金发的驯兽师或者一个逃亡的异教徒。这些外乡人不收岛上的贝币，而是使用一种更加坚固、色泽各异的"蜡币"。它们不像珍珠、玳瑁，或者我见过的任何一种天然宝石。它们有大有小，并不规则，按照重量来计算，<u>重量越大越值钱</u>。除此之外，他们还会带来各种奇妙的把戏。他们统统来自风之皮尔城之外，来自浩瀚海洋上的某处。他们用来制造船只的材料也是风之皮尔城没有的，所以我们的人从来不出海远航——这儿的人造不出那样坚固的龙骨和甲板。

走在马戏团队伍前面的估计是个重要人物，穿着艳丽又拖沓的礼服，不断地挥着帽子致敬。最末的一个却是个小丑，他的个子非常小，一路上都在蹦蹦跳跳地乱扔着传单。

那个魔术师套在一张巨大的扑克牌服装里，戴着一枚白色的面具，这使得他看起来很修长，他走路的样子像极了一张苍白、高挑的纸牌。无意间，我被一副面具在阳光下闪出的亮光刺痛了双眼，发觉魔术师的眼珠子正藏在面具背后盯着我。

"马修！"我大声怪叫。

马修不耐烦地放下手里的火药筒，走过来问："见鬼啦？"

"来了个马戏团。"我说，"你看……"

可是当我扭过头去，却发现魔术师看向别的地方去了。他的面具因为不再朝向我，所以刚好被某处投下的阴影所笼罩。魔术师的面具上只露出了瞳孔，没有嘴。那片阴影从面具上扩散开来，像一个无声的符号。

这个安静的剪影与所有的欢乐气氛相对比起来显得那么格格不入。

三、风之皮尔城

我们住在岛上，不是城市里，所以风之皮尔城是岛的名字。它的四周是大海和大海还有大海，大海是鸽子眼睛的灰色。

四、侏儒之死

风之皮尔城每天都在死人。

同时婴儿也以不可思议的速度降临，生长、成熟，然后又死亡。

婴儿出生的时候护士把他们包裹起来，放在育婴室里。若干年过后，当他们死亡时，烟花为他们绽放，而尸体化妆师也将登场，为他们画上生命结束时那温暖又湿润的油彩。

产房的隔壁躺着死去的人们。新生的婴儿和沉默的死者只有一墙之隔，一切都像沉睡在豌豆荚里的两排豆子一样精确。

就像水手被叫作"哈努曼"，烟花师被叫作"佛兰尔"一样，人们把尸体化妆师叫作"泽昂珐"，这是一个专门的姓，意思是跟在死神脚后的人。死神光临过的地方，接着就会有尸体化妆师登场。

我从小就跟着祖父在风之皮尔城里到处转悠，去那些刚刚失去了亲人的人家中，听他们在窃窃私语中小声哭泣。他们往往把亲人的遗体停放在客厅，上面蒙着黑色的丝绸，不留神的话你会以为那是一架钢琴。

死人往往是最低调的人。

不过这一次，死的是个外乡人。这下可由不得他，风之皮尔城前所未有地热闹了起来。

苏出门的时候絮絮叨叨地整理了她那个装满了蜡和刷子的工具箱，她拿不定主意到底要不要去看看那个死人。

马戏团里的双头侏儒死了，这是以前从没发生过的事。死在风之皮尔城的总是风之皮尔城的人——但是现在那个侏儒死了，就像一只死耗子卡在了齿轮上，精确运转着的风之皮尔城突然陷入了无法控制的小小疯狂之中。

对我来说，一点不觉得介意。我喜欢跟在苏的屁股后面偷偷看她愁眉苦脸的样子。

侏儒死在昨天，今天几乎所有的人都知道了。他们从马戏团所住的大篷车那里漫出，直到十字街的裁缝店前都还站着不少人。

人人都在讨论着死去的外乡人。

我和苏挤到大篷车跟前的时候已经累得浑身是汗。到处都是人，活人把死人包围了。可怜的马戏团老板，他多么希望这些人其实都是来买票看戏的！

这会儿，我既没有兴趣去看苏怎么收拾一个死人，也没有兴趣看外乡人的马戏——何况现在他们都在围着死去的侏儒打转，已经暂停马戏表演了。

我从帐篷肮脏油腻的下摆底下爬了进去，爬进没有人看守的马戏团。

这是一个空荡荡的巨大帐篷。舞台正中有一束光，没有观众，也没有表演者。啊，不过也无所谓。至少现在这个地方是我的了。我一直梦想着可以一个人坐在帐篷里，哪怕没人出场来为我表演。这样的情景就像风之皮尔城一样捉摸不定又实实在在。我一直觉得我所长大的地方其实只是一个更大些的帐篷而已。千百年来精确上演的生老病死只是光阴的一瞬。我们住在这个封闭的空间里面，等待着观众进来，而这些冷漠的看客却从来不曾真正融入我们的生活之中。

我没有告诉过任何人这种荒唐的念头，包括马修。他是一个好男孩，诚实善良，如果他知道我这样想会很难过。

我没有告诉过他我一直盼望着离开风之皮尔城。

那些外乡人总是神神秘秘的，说他们来自遥远的大陆。

因为海平线是弧形的，海水会落到我们看不见的地方去，所以风之皮尔城的人永远不可能用望远镜看到外乡人口中的"故乡"。

是的。就连最高的白色灯塔也无法让你看到他们的故乡。

他们只说愿意说的话，这无疑使这些外乡人隐藏在内心之中的冷漠加倍地表现出来。所以除了提问和听取千篇一律的回答，我不愿意和这些人打交道。

然而此刻，当我独自一人坐在马戏团帐篷里，心情已经开始愉快起来。这些木头做成的长条木凳被来来回回的观众们（确切地说，是他们的屁股）擦得油亮油亮的。曾经涂过红漆的地方，看起来就像是鸡血似的，有点儿难看，但叫人快乐。

我闭上眼，再睁大。这是一个游戏，四周没有人的时候，我经常这样玩——闭上眼，再睁开，下一个出现在我面前的人，可能就是开膛手。这个被称为"开膛手"的男人神出鬼没，从不按常理出牌，我相信他会比外乡人友善得多。他是我"离开风之皮尔城"这个伟大计划的一部分，我对这一点深信不疑。

当然，大部分时候我睁眼看到的都是祖父和马修。

突然，我看到在深红色的帷幕之后露出了魔术师的脸——那张戴着白色面具的、毫无表情的脸。

魔术师的瞳孔透过面具上的孔洞盯着我。我站了起来。这时他伸出一只食指，竖在面具上原本应该是嘴唇的位置。

"嘘——"我仿佛听见他这样说。

接着，他整个人消失在了帷幕的后面。

我追了过去，那里却什么也没有，只听见帷幕外面的人正吵吵嚷嚷地议论着死去的侏儒。

"可怜的人。"他们说，"凶手把他从头到脚对剖成了两半儿。"

五、乌贼、抹香鲸、盲鳗

我们只在一种情况下会把对方从头到脚对剖成两半儿，那就是当出海的人归来，渔获里有乌贼的时候。

对剖开的乌贼方便晾晒，风干的乌贼皮可以用来制作一种叫作"呜朗"的乐器。它发出的声音有点像木棍打在一堆湿衣服上。

乌贼还有一个用处，就是用来喂养抹香鲸。抹香鲸是海里的大块头。它们有时候会吃下乌贼这样不好消化的东西，肚子实在受不了的时候它们会分泌出一种像蜡的东西，最后变成名贵的香料：龙涎香。并不是每一头野生抹香鲸肚子里都有龙涎香，所以风之皮尔城的香水制造师会把买来的抹香鲸圈养在靠近岸边的海水围场之中，用乌贼来饲养它们。饥饿的抹香鲸总是会吃一肚子乌贼，却无法消化它们的鹦嘴。这样，它们就分泌了一肚子的龙涎香。

围场里还养着一些盲鳗。盲鳗是一种没有颌的丑东西，有些像海蛇。

我不知道乌贼、抹香鲸、盲鳗最后怎么变出了香水，但是我见过一些裸露在沙滩上的巨型骨架，那是被盲鳗啃噬得干干净净的抹香鲸骨架。

其中一次，鲸鱼那巨大的眼窝里还残留着一些带血的肉丝。一只食腐鸟从空中落下，准确地落在了那个悲伤的空洞里，开始优雅地享用一顿美餐。

马修说盲鳗是一种没有感情的生物。它们钻进抹香鲸的肚子，吃光这些大块头的内脏——其实抹香鲸吃起来就像木屑的味道，只有盲鳗愿意吃木屑。它们一生中除了在和自己交配之外，就是吃、吃、吃。

但是它们不会碰龙涎香。所以香水制造师只需要每个夏季去他的海水围场撒网就行了，这样他就能从浑浊的海水中拉上来好几百公斤的龙涎香。

当一个海水围场里的抹香鲸被盲鳗啃得精光，香水制造师就会撤掉围栏，让这里荒废掉，然后沿着海岸线建一个新的围场。旧围场里的巨大骨架总是在退潮之后显露出来，几十甚至上百具阴森森的白骨散落在沙滩上。它们的近旁是再也回不去的、蓝得发亮的大海。

而那些圈养在新围场里的灰色皮肤的大块头，它们静默着待在水中，连一丝细微的哀号也没有。

开膛手在风之皮尔城——

六、又死了一个

处理一个从中间被剖成了两半儿的人，这让苏愁眉不展了好几天。但是我也怀疑那些人是胡说，因为把一个人分成两半儿需要无比大的力气——而且即使你做到了，他的内脏也会流得满地都是，神经和血管像虫子一样蹦跶出来。没有凶手愿意挑战这样恶心的场面，除非他在黑暗里这么干。然而漆黑一片的情况下，谁又能把人准确地分成左右两半儿呢？

"或许是某个夜游的人。"

有人这样认为。因为那些夜游的人没有视力，却可以在海边最高的白色围墙上狂奔——围墙顶上的宽度只有小孩的手掌大。

当这些市民之中的阴谋家前来询问苏的时候，她没有让他们得到满意的答复。

"那个侏儒本来就是两半儿。"苏说。

我的家族有一本书，上面用图画的形式记录着我的祖先所修补过的每一张面孔。苏从这本书里找到了很多个几乎相同的案例。那些死于二十九年前、五十八年前、八十七年前……或者更早更远年代的可怜虫刚好也是被人剖成了两半儿。

似乎每隔二十九年，风之皮尔城就会发生一件古怪的事。

最古怪的地方在于这些事件有着如此多的共同点：死去的外乡人、剖成两半儿的尸体、精确的时间间隔。

后来，我从别人的说法中进一步了解到刚刚死去的那个侏儒——他的身体器官完全对称地长着，包括他用来吃饭赚钱的那两个头！而他的身体当中，有一扇竖立的膈肌，这扇膈肌很方便让他的左右两个身体一会儿合拢，一会儿分开。

如果凶手不那么早杀死他，风之皮尔城的观众就可以在马戏团的帐篷里观看到这项奇异的表演了！

马戏团老板声泪俱下地告诉那些爱管闲事的人，他用九百二十一克蜡币换来的这个侏儒是多么出色。于是，那些听了这几句哭诉的人又开始到处绘声绘色地讲述双头侏儒如何会表演：首先，他走上马戏团的舞台中央朝大家挥帽子致意，然后他会跳一段舞或者玩一会儿扔球的小把戏。接着，他开始表演魔术：一个分裂成两个。当观众们鼓掌认为这是一个真正的魔术，并且确信马戏团拥有一对双胞胎侏儒的时候，他会旋转三百六十度，让大家再看个真切——天哪！我们以为的两个侏儒，其实是同一个侏儒的这一半和那一半！

这些人议论纷纷，仿佛他们亲眼看见过这场表演似的。而对于死者尸体的处理，因为他是个在风之皮尔城死去的外乡人，所以大家把这个像葫芦一样被剖开的人沉到了水里，算是海葬。

不久之后，为那场海葬吟唱的诗人就暴毙了。

风之皮尔城短暂地恢复了以往的静默。人们在第二个人死后的大部分时间都选择闭嘴。

毫无疑问，现在人人都相信开膛手已经来了。

七、开膛手

我对开膛手的故事很着迷。

但是其实最困扰我的并不是开膛手，而是风之皮尔城。这就是我在讲到风之皮尔城时，只说了两句话的原因。

因为，我无法解释那些让我感到不安的东西。

比如，风之皮尔城为什么如此之白。它是一座纯白色的岛屿，经年的白色花岗岩被雕琢成它的嘴唇、手指和躯干。我们住在纯白色的屋檐之下，走在纯白色的街道之上。而这座白色的岛屿四周却有三十七个热气球——五颜六色、硕大老旧的热气球。

它们各自从天空中垂下一条坚固无比的绳索来，绳索的一端牢牢地埋在花岗岩之中——这会是谁干的呢？那些热气球一个个都巨大无比，它们所需要的火焰和气体却似乎永远也无法用尽。在我出生之前的某个久远的时代，这些颜色绚丽的东西就已经开始飘浮在岛屿的上空了。

剩余的不安来自海水。

海水到底盛装在一个什么样的容器里？为什么无论朝哪个方向望去，海平线总是一条弧形？如果盛装海水的是一个古怪而不稳定的容器，那么我们的风之皮尔城势必也有一个古怪而不稳定的根源——因为这个容器同样盛装着这座岛屿。

几乎所有人都反对我提出的诸如此类的古怪问题。

除了马修。

他既不反对，也不支持。有时他会叹口气，看着我，什么都不说。

从遥远陆地来到岛上的外乡人对此有着自己的见解。他们说，海平线之所以是弧形，那是因为我们的世界是一个圆球状的大土疙瘩，风之皮尔城只是其中很小的一粒沙。

我喜欢这比方。它一下子解决了两个问题：首先，风之皮尔城并不像那些用木材造成的船一样——它是用沉重的花岗岩做成的，所以必须得有谁用热气球把它吊起来，这样我们的岛屿才不至于沉没；另一方面，幸好如此沉重的风之皮尔城只是更广阔世界中的一粒沙，不然它就会因为太重而落到世界的另一面去——那真是可怕的事情！等我长大了，就只好倒着给死人化妆，而马修就得学

安琪的行星

会倒过来放烟花！

然而事情没有这么简单。奇怪的事不止一件——风之皮尔城是一个只有入口的地方。只有外面的人来到我们这里，我们这里的人却从来没有出去过。

那些外乡人管这里叫作"世界尽头的风之皮尔城"。诗人则说在波涛的长诗中，这里是最后一个句号。

曾经有个喝醉酒的码头工人，他的名字叫作窦禄，是世袭的码头工人。有一次，他不小心昏睡在了一条外来的商船里，夜里商船起航后他醒了过来，看见天上有两个月亮。正在他吃惊的时候，假的那一个月亮落进了海里。

窦禄现在还是在码头上工作，他的话却没有人信。人们说酒鬼什么都能看见，但没一样是真的。醉酒的人在野地里看见鹿和狼走在一起。有时，在夜里他们还能看见青蛙一样的人在发着银光的海里沉浮。这些都是瞎说，就好像窦禄看见假的月亮从天空中掉下来一样。

可是我喜欢听那个酒鬼讲的故事。

"假的那个月亮不怎么发光。"窦禄对我说，"屁股上冒着一团火……"

"掉下来之后呢？"

"不知道，后来我又迷迷糊糊地睡着了。"

我想开膛手讲的故事一定比窦禄的还好听。

我相信开膛手并不是真像传说中的那么残忍。

然而不管关于他的传闻有多么丰富，人们却连开膛手的一根头发丝都没有见过！

传说，这个被称作开膛手的男人喜欢沿着海岸线旅行。他轻轻松松地就能乔装成一个浪荡公子、钻石商人、淘金者或者拳击手。他向每一个水手和酒保挑战，也乐于向每一个良家妇女和艺妓讲述自己的故事。他的故事包括各种丰富的桥段，充满传奇色彩，并且被一位世袭的诗人概括成了十四行诗的结构。

然而你当然不能依凭着这点线索去找他。只有蠢货才会以为开膛手有可能露出蛛丝马迹。

他走过一个又一个地方，以不同的身份认识人、杀死人。这些人也许曾把他当成一个真正的兄弟、英雄、恋人或者别的什么。但他其实只是他们的死神。

他会在心里像他们爱他一样，真心爱过一次吗？也许吧。

连真正的死神都无法追上开膛手。如果你听见传令者的声音在海风里大叫着那些枯萎的死者的名字——开膛手或许已经到了另一个大陆，开始他的旅行或者新生。

他是海洋和大陆上最有名的人，传闻说他已经来到了风之皮尔城。

人们都叫他开膛手，却没有谁真正见过此人的模样。

八、梦境

"很显然，那不是开膛手干的。"马修说。

我忘记了这么说过没有：他是个除了脸色稍微苍白了点外，浑身上下都让人觉得踏实的家伙。所以我同意，或许这两起谋杀都和开膛手无关。要么他还没有动手，要么他根本就还没有来。

但是他可能已经来了。

他藏身在裹挟着盐粒的海风中。当人们在咸涩的空气里谈论着海上昏沉沉的太阳的时候，他拉紧自己的风衣领子，低着头，缓缓地走过风之皮尔城永无止境的白色街道。他的到来使风之皮尔城在夜晚显现出别样面貌，塔楼、房屋、旗帜、井架、泊岸的渔船，它们在奇异的灯光和乌黑的夜空下好似巨大的刑具。它们沉默地矗立在原地，鲜血的味道却从这些沉默里涌出。

我想他此刻就在风之皮尔城这座白色的岛屿之上。

他是谁？

他从哪里来？

为什么人们如此惧怕他？

我一个问题都回答不上来。

谈起他的名字，我从来没有感到过恐惧。相反，我一直渴望见到他，让他认识我。从我发现风之皮尔城是广袤世界里的一座孤岛那天起，就一直希望有人可以带我离开这里。

离开风之皮尔城。

偶尔到来的船只不会带走这里的任何人。窦禄是迄今离开风之皮尔城最远的人。他的见闻本来应该写进关于我们的岛屿的某本书里，但是风之皮尔城从来没有任何有关历史的记录——由于我们没有世袭笔录官，所以在窦禄死后，他的疯话将再也没有人能够听到了。

因为我把离开风之皮尔城的一切希望都寄托在一个可以神不知鬼不觉地穿梭在浩瀚海洋和神秘大陆上的男人身上，所以我由衷地期望这个男人千万不要真像传说中那样是个冷血的刽子手。

我曾经梦到过他三次。有两次他都是以马修的样子出现——十六岁的马修和接近三十岁的马修。当然，我还没有见过这两位马修，但是在梦里我却知道那就是马修。我问过会玩纸牌的张素贞女士，她说这样的梦表示我希望不仅是我自己，风之皮尔城的其他人也都应该离开这里。

她几乎什么都知道，但却不肯告诉任何人有关开膛手的具体情况。

"他是个脸色苍白的男人。"只有一次，张素贞女士不小心泄露了这样一句天机。

我的祖父因为常年在地下室工作以及和死人打交道，有着一张苍老且泛白的面孔。新来的那个马戏团里，神秘的魔术师总是戴着一张白色的、没有嘴巴的面具。另外，马修也长着一张苍白的脸，不出意外的话，他长大后也会是一个脸色苍白的男人。

所以，张素贞女士的提示可以说毫无用处。

马修认为这只能说明连她的陶瓷碗都无法揭示开膛手的真面目。

另外，她无法接近死人。

一旦知道某处有死人，她会立即晕倒。所以风之皮尔城的世袭治安官对她不怎么尊重，因为他是个实用主义者，如果这位灵媒在破获谋杀案方面很有帮助，他求之不得——反过来，这位灵媒一靠近凶案现场就会不省人事，那么他绝不肯示好。

所以，和实用主义者打交道的时候你得学会胡说八道。你的每一句废话都会被他小心翼翼地记录下来，记得越多他越开心。

鉴于此，当治安官问我侏儒死去的那个傍晚在做什么时，我故意说我在和马修钓鱼。

"你确定你们是在东南方的那个废弃船坞里待着，直到星星出来？"

"没错。马修钓的比我多，而且那些大马哈鱼很喜欢他，他钓的几乎全是大马哈鱼。"

事实是，那天从下午开始我就没有出门。我待在家里帮苏做了很多傀儡娃娃，晚饭后我就回到自己的房间睡觉去了。

我不记得自己是怎么睡着的。有时候，我会搞不清楚醒着和做梦的区别，搞不清楚现实和梦境的区别。就像我搞不清楚那么多次"闭上眼，再睁开"这个游戏里，那些"脸色苍白的男人"中到底谁是真正的开膛手一样。

九、夜游

你害怕夜游症患者吗？

我的祖父总是睡得很浅，所以他能在夜里看见一些可怕的事情。

比如，某位他挚爱的家人毫无表情地从窗户外面爬进来，慢慢地走向房间的深处，接着藏在窗帘底下，像猫一样蜷曲成一团，舔着自己的手指，空气里会弥漫微微的腥甜。

记着，不可以叫醒夜游人。不管他是孩子还是大人。所以我的祖父从来不会在我舔着自己手指的时候叫醒我。在他浑浊的眼球里，总是映现出窗帘的马蹄莲色和那个熟悉的孩子的黑色剪影。一些带着腥味的红色液体沿着她的黑色短发和小腿滴落下来。

他试图阻止她在夜里出去。然而他至今都不知道她到底去过什么地方。而他那苍老而又警惕的嗅觉，总是让他的内心一阵战栗，不敢猜测那气味到底是什么。

十、争吵

隔天吃饭的时候，马修没有像往常那样站在他家的窗户边冲我打招呼。

过去每次开饭前，他总会探出半个身子，用全风之皮尔城的人都能听见的嗓门喊我的名字："我闻到你在吃什么了，炸南瓜的滋味真不错！"或者，他会说："今年的冬花鱼太瘦小了，你觉得呢？"

只要我走到窗边就能看见他，脸色苍白，快乐无比。

这天，他没有站在窗户边冲我喊一个字。

苏用汤匙敲着盘子，不停地看我。

这让我很不耐烦，终于她先开口了。

"你的办法也不错。我差点做了不该做的事。"

"你在和我说话？"我抬眼瞄了瞄她。

"当然。"她放下汤匙，"我不知道你是怎么想的。但你要明白，我们不能失去你。"

"你是说死人的事吗？"

"是的。"

"我不会死。"

"对，这也是我要告诉你的。"苏看着我，不自觉地停顿了一下，"也许……你出卖朋友的行为会让祖父和我为你难过，但是至少现在没人怀疑你——这很好。"

"出卖……你在说什么？"

"没关系，我们原谅你了。毕竟你才十三岁，救赎的道路还很长。"

她说着话，很奇怪地哽咽住了。

这副表情让我厌恶，我把椅子往后一抽，站了起来。

"苏，你神经衰弱。"

她哭着想抓住我的手，我躲开的时候手臂被她的指甲划出了两道血印。

"我们不能失去你。"她看起来真的很像突然失控的疯子，"如果他们相信死人的事情是马修干的……那我们从此就闭嘴，再也不说一个字……"

"马修？"

"是的。"苏重新用她那双让人讨厌的充满泪水的眼睛望着我，"幸好你对治安官撒了谎。你没有告诉他你那个傍晚是在和我一起

安琪的行星

108

做傀儡娃娃吧？治安官去询问了马修，马修告诉他自己在阁楼里搓火药的绳子。他没有证人，但你有。治安官相信你们一起撒谎了。"

"我……"我吃惊地望着苏，"你疯了！你对治安官说了什么？"

"我说我们一整夜都在做傀儡娃娃。"苏用手背抹了一下眼泪，难看地微笑着，"那天夜里你没有独自出去吧？"

"他就为这个怀疑马修？"

"是的，侏儒死去的房间里发现了一些可疑的火药粉末。世袭火药制造商之子，案发时间没有人做证到底在何处，还教唆朋友撒谎——你知道，这让治安官的注意力完全从查找夜游症患者上转移过来了。"

我的目光落在苏平坦干瘪的胸口上，我不想再和她说话。我远远地绕着她走近桌子，拿走了我的盘子。

苏并不知趣，她还在我背后絮叨不停。

"从现在开始，你不能离开家半步。"

"你又在发什么神经？"

"回到你的房间去，祖父已经把你的窗户钉死了。你进去，过会儿我要来锁门。"

"祖父？不可能，他远远没有你糊涂。"

"你去看看就知道了。你这个……吃生肉的夜游症病人。"苏突然歇斯底里地对我喊。

109

开膛手在风之皮尔城

十一、苏

苏是我认为最应该死掉的女人。

她有一具滑腻的身体。我小的时候被她抱在怀里，感觉就像挨着一条呼吸急促的、躺在岸上垂死的鱼。她的脸呈现出一种很轻盈的姿态，那是我见过的，世界上最轻盈的椭圆形。

她的脸上没有血色，少有表情，多数时候，你会从那张脸上看见盛开在冥界大门前的百合花。而一旦苏成为一个死人，这一切都会改变——我对她的憎恶，还有那些滑腻腻的恶心，都会消失。

我相信那些醉酒的水手是因为我也看见过奇怪的景象。在夜里，我看见夜幕那黑色的穹顶好像旋转木马似的转动起来。一个星座追赶着另一个星座，直到它们变得越来越快，最后连成一条条银亮的线。我看见我的父母。他们起初挂在遥远的天空里，好像夜幕中有小衣钩钩住了他们的衣服领子。然后，他们也随着巨大的星空转了起来。

那个时候，我心里却比以往任何时候都更加明白，我的父母已经死去了。他们下垂的手脚在夜空中像风筝那样摆动，他们越转越快，越转越快——直到我再也无法从那些银亮的线和墨汁一样黑的宇宙深处认出他们来。

我只把我看见的告诉了两个人，其中一个是苏。

我以为她也看见过我们的父母挂在夜空中的景象。

结果，那个女人给了我一记耳光。

十二、禁闭

我一整天都待在空荡荡的房间里。

窗户因为被无数的木条封锁，只能透进一点点阳光。这些阳光在抵达我眼睛的路上，被窗帘又遮去了大半。

光线渐渐暗下来之后，我点了一支蜡烛。它燃烧的气味让我想起三个人：苏、祖父，还有马修，接着我想起了更多的人。

我在心里想着他们，时间就不知不觉地过去了。

苏在门底下开了一个很小的口子，递水和食物进来。她来送过两次晚饭，都被我塞了回去。

我光着脚坐在大理石地板上，额头冰凉，脚心却滚烫。

屋子空空的，阴冷而昏暗。

这一切都让我感到很失败。苏控制了我。这个无耻的女人，她还污蔑我是夜游症患者，还是那种夜里总是跑出去吃生肉的人。

我发誓——如果我真的吃生肉——我会先吃掉苏。

祖父在傍晚时分回到家。让我失望的是，原来把我关起来真的是他的主意。他来到我的房间用缓慢低沉的嗓音说了很久，主要是回忆生下我的那两个人。他说他们是世界上最好的父母，他们本来不应该死去。

最后，他说了和苏同样的话，"我们不能失去你。"

祖父是唯一一发现我在夜里会出去游荡的人。所以他和苏——我的另一个亲人——商量之后认定，那两桩夜里的谋杀案很可能是我干的。

这真是荒唐！

风之皮尔城的人都是些死心眼。如果他们认为你是夜游症患者，那么很自然就会因为你身上残留的那些带着腥味的液体而认为你有吃生肉的习惯，接着他们会把你和一场新近发生的无头谋杀案联系起来——真是完美的推测，正是你这个"吃生肉的夜游症患者"弄死了那些可怜虫。

人人都会这样想，哪怕是你最亲近的人。

风之皮尔城总有一天会变成一座疯人岛。我毫不怀疑在自己的有生之年能够有幸见证这一天。

夜深人静之后，我还是睡不着。失控的局势总是提醒人更要保持清醒。为了不在昏昏沉沉中错过什么事，我尝试闭上眼睛在脑海里回忆曾经的梦境——这样我就能随时"醒"过来了。

在我那有关开膛手的三个梦里，有一次是这样的：先是和苏在厨房里大吵了一架，然后我跑了出去，在海边遇见了穿着灰色衣服的开膛手。他正在用面包屑喂海鸟——从叫声判断，是食腐鸟。梦里一直响着一种单调而快乐的弦乐，音色却不知怎的又有些像"呜朗"。这个时候，一个巨大的热气球落下来，里面掉出六个治安官，他们像一个模子里出来的。治安官们吹着口哨，场面一片混乱。

有人在喊："抓住他！他就是开膛手！"

然而这一切在我眼里是那么简洁、缓慢。我勇敢地走向开膛手，带着他用不可思议的速度跑掉了。

我清楚地记得这位开膛手的样子。他是十六岁的马修，比现在的马修强壮一些，皮肤是小麦的颜色，手指还是那样苍白，握在我的手里很温暖，甚至出了点汗。

那六个从热气球里爬出来的治安官在我们身后追赶。我和我的开膛手——十三岁的我和十六岁的马修——在这个错愕的时光中奔跑。洁白的街道一直绵延下去，所有的曲折都变成扣人心弦的转机。

我们跑啊跑啊，跑出了一身的汗水，就像海水的味道。腥甜的，从我的头发和小腿上滴落。

是的，汗水和海水混在一起产生了一种熟悉的味道。

它开始在空气里弥漫，越来越接近我。它从房间的某个角落里散开来，一步一步，从梦境之外走向我。

就在它扑面而来的那一瞬间，我睁大了双眼。

"马修！"

马修伸出手掌，捂住我的嘴。

他的手心里全是汗。

他的身上也都是汗。他一定刚从海边的某条街道过来。月亮在夜里牵动着波涛的变化，于是这些夜行人的衣衫会浸满大海的味道，变得腥甜而潮湿。

"跟着我。"他松开手，看都没看我一眼。

"你打断了我的梦，"我小声问，"你怎么进来的？"

"还记得衣橱里那个耗子洞？"他走向屋子的一角。

"记得，可是难道你会魔法，能把我们变小？"

他停住脚步，回头看了我一眼，然后短促地叹口气。

"我把它挖到足够大了。"他说。

十三、死人

老实说，我并不害怕死人。因为你知道死人什么也不会做，却完全无法想象活人会干些什么。

在我还是个摇篮里的婴儿的时候，苏就常常拿着死人的东西逗我，一只折断的手指或者一块肿胀的耳朵，上面总是挂着一些金光闪闪的装饰品，我一边挥舞着手在空气里乱抓，一边发出急不可耐的尖叫，直到苏把这些手指、耳朵或者别的什么塞进我肥胖的手里。我用一个婴儿可能有的最快的速度把那些金光闪闪的东西捋下来，趁苏不注意的时候放进嘴巴。

是的，有些东西是注定的。我注定会出生在尸体化妆师的家庭；注定会因为一场可怕的事故而拥有一个本不该属于我的姓氏；注定不会像苏一样，一点也不。我会像个男孩那样长大，而她是个女人。

我的祖父喜欢把我放在他工作室西北角的一张吊床上。

他在工作的间隙会抬起头来，无限慈爱地看我一眼，然后接着躬下身去为死者涂抹油彩。

最初，我并不明白祖父和苏到底在做什么。等我稍微长大一点，就总是冲着他们笑。

对于他们当着我的面所做的任何行为，比如，用温热的蜡来重塑一张被风暴毁掉的脸，或者用尖角的工具在死者面部雕刻出一条生前被人们所记得的皱纹——以便他死后依然被人们所认得——我都会发出婴儿那含混不清的笑声。

等我再长大一点，我明白了我为什么会笑，因为我从骨子里喜欢那份工作。

这栋老房子的地下室里堆放着大量的用具，其中最多的就是蜡，这和外乡人所使用的蜡币完全是两种不同的东西。他们的蜡币坚固、艳丽、昂贵，而我们的蜡柔软、晦暗、低廉。这些蜡总是呈现出一种微微湿润的样子，让人觉得既恶心又兴奋。

给蜡加温并不用太高的温度，祖传的做法往往是把蜡块放进一口铜锅里，再把锅架到火上烤化。做这些的时候需要炭火，而不是别的任何一种火，你得保证蜡总是在温热的状态。

不能蒸发。

不能燃烧。

不能沸腾。

只能温暖而柔软，好像一锅煮烂的肥肉。这种工作完全不同于马修家族的工作，因为他们需要的是一瞬间的爆发而不是持久的热量。

这也决定了我们是两个命运不同的人——我以后会成为风之皮尔城唯一的尸体化妆师，而马修则会成为一个放烟花的。

所有的一切在我们出生的时候就已经注定了。

从这一点上来看，死人和活人倒是完全平等的。人的去向并不是由自己决定——对于死人，他的亲属为他选择墓地；对于活人，他的一生已经被风之皮尔城精确而悠久的传统安排得满满当当。

这是一种微妙的平衡，连我都看得出来。

所以，我将来所要做的工作，其实在我出生前就已经被一双冥冥之中的手安排好了。

我唯一的不满是，为什么要有苏这个姐姐？如果没有她，我已经开始为死去的人捏着蜡做的嘴唇了。

十四、船坞里的对话

现在，一切都和梦里相反了。

我没有从厨房飞奔出去，而是从自己家的衣橱里爬进一个黑暗、肮脏、狭长的耗子洞。

我没有能够拯救开膛手，倒是马修来救走了我。

他也没有穿着开膛手的那件灰色衣服，而是平时常穿的那件灰白色的薄衫。衣服背面画着两根交错的鱼叉，那是有一年夏天我用一块少见的蓝色石头涂上去的，竟然还没有褪色。

在我们逃出很远之后，趁着可以稍微放慢一点前进，我在月光下观察了身旁的马修——我最熟悉的马修——发现他的脸色没有变成小麦色，个子也没有长高。

原来，我的梦境预示了完全相反的事情。

可是那六个治安官又怎么办呢？这么说来马上会出现六个手

捧丰盛晚餐的妇女？

然而在我们沿着白色的海岸一直走到东南边的废弃船坞时，这六个天使般的妇女都没有出现。我饿得打哆嗦，月光好像冷霜一样。

在进入船坞之后，马修拿出他藏在破木箱里的一些吃的给我。

"治安官怀疑我杀了人。"他的声音像往常那样平静。

"我听说了。"我仰着头把鱼子酱从锡盒倒进嘴里，"苏和祖父都知道那不是你干的。他们以为是我干的。"

"为什么？"

"因为他们说我……"我含了满满一口鱼子酱，虽然这种时候本应表现得严肃而愤怒，"说我是夜游症病人！"

马修看着我。他的眼里浮现出我所熟悉的笑意，但是这种笑意渐渐消失了。

"你相信吗？"他问。

"这当然跟说白乌鸦会降落在张素贞女士的屋顶上一样荒唐！"

"如果……我是说如果……有人曾经看见过呢？"

"……"

他犹豫了一下，还是开口道："不要害怕，我跟踪过你几次，你只是从沙子里捡了一些牡蛎来吃。不能叫醒夜游的人，否则会很危险。后来，我会赶在你之前把海滩上的牡蛎都捡走……"

"原来那种熟悉的气味。"我渐渐明白过来，"那种腥甜的气味，真的是来自大海。"

"是的，所以，你知道之后不要觉得害怕。"

"我不害怕。"

"这很好。"他说。

"明天一早我们就能回家了吗？"

"不行。治安官会把我们抓走。"

"别担心，我会每天带吃的来给你——如果你真的被抓起来了的话。”我说。

"不只是我，你还不明白吗？不能回家，因为他们要找的人不只是我。治安官一开始只是怀疑……但是不知道什么原因，他现在对此深信不疑：是我谋杀了侏儒，而你谋杀了第二个——那个诗人——逮捕令上有我们俩的名字，所以我们不能回家。"

我瞪大眼睛——风之皮尔城越来越不可思议了。

"真可笑！"我说。

"他偏偏相信这一点。"

"祖父和苏还以为你转移了治安官的注意力，他就会忘记调查夜游症患者。可是我们忘记了有两个死者——你和我，刚好一人干掉一个。"

马修忍不住笑了起来，接下来他又说道："至少还有一个人知道真相。我们可以从她那里寻求到帮助。"

"是的，是的，多么奇妙啊，我们将像两只白乌鸦一样降落在她的屋门前。"

十五、女巫师

风之皮尔城有一位人人都认识的张素贞女士，她什么都知道。比如，她告诉我们这个世界上并没有白色羽毛的乌鸦。

她还总是喜欢花大价钱去买龙涎香制成的香水。她用三个房间来储存各种气味的香水，却从来不真正使用它们。这多半是因为她已经八十四岁了。

另外，她还是位玩纸牌的行家，不仅会玩赌钱的纸牌，还会用纸牌占卜。我也曾把看到的那些奇怪的景象——告诉过苏的那些——告诉她。她同样不相信我，不过并没有给我一记耳光。

"这就是为什么我不生孩子。"当我告诉她关于旋转的夜空和变成银线的星星时她说，"孩子总是不可理喻。"

张素贞女士家里有一个跟人的脑袋一样大的陶瓷碗和一只黑猫。她没有孩子，所以也就没有继承人。她是这里少有的拥有"专有姓氏"的女性，在她之前，她的家族总是由男人来承袭巫师之名。她是风之皮尔城的第一个女巫师，也是这里最后的一个巫师。

有人相信只要你够惹她喜欢，她就会把陶瓷碗借给你，让你瞧见自己临死时的样子。

她说风之皮尔城的大部分人都不会死在自己的床上。"他们会死在恐惧的高潮里。"她这样说。

人们喜欢听她描述她从陶瓷碗里看到的一切，而她那神奇的占卜法力也让人着迷，聚众的占卜活动总是会不定期举行。

我和马修去过几次这样的占卜会。大部分时候是在世袭钟表匠奥古斯都家的地下室里。在那里，每一个求问者都会得到一张字条和一支笔。张素贞女士会指挥所有人把问题写在纸上，并且要求写的时候不能给别人看到。当人们写好之后，要把字条揉成一个小纸团。接着，她把这些纸团收集进一个据说蕴藏着不知名的力量的大海螺里（当然是死的海螺）。张素贞女士的招灵行动就此开始——

她朝陶瓷碗中注入一些清水，对着碗里念大约四十分钟咒语。那是和另一个世界沟通的一种语言。与此同时，所有人都埋着头等待结果。每当这个时候，张素贞女士的黑猫总是躺在火炉边的地毯上，用一种尖刻的眼光扫视着每一个人，让你恨不得被它撕碎也不想再被它多看一眼。直到女巫师停止念咒，开始用双手的指甲刮着海螺壳，发出一种刺耳的摩擦声，那只黑猫才会腾的起身，伸个懒腰，跑到别的什么地方去。

她从海螺之中挑选出一个纸团，握在手里，感应着冥冥之中的某个声音。

张素贞女士开始说出她冥想、念咒、占卜后的结果。那些都是来自另一个世界某位灵异的先知通过陶瓷碗告诉她的。

"奥古斯都。"她总是从那些捏成一团的字条之中准确地挑中主人的纸团，"我想这个纸团是属于你的。你想问我，会生金蛋的蛇是否藏在十字街朝向地心的地方，是吗？"

钟表匠满心虔诚地低着头答道："正是这个问题，伟大的张素贞女士。您是如何感应到我的问题的？"

人群中传来一阵惊呼。

"通过与我所托付的一位神灵的对话。"张素贞女士一边回答，一边打开字条，确认那的确是钟表匠奥古斯都的字条，而他也的确问到了生金蛋的蛇之后，满意地微笑了一下。

她对他说："流言总是不可信的，事实往往更加简单。去白色灯塔试试运气吧。不过，那种蛇非常具有灵性，通常只会被它们喜欢的人见到。"

"神灵保佑您，张素贞女士。"

张素贞女士把已经打开过的字条放进另一个海螺里，从揉好的纸团中挑选出下一个。短暂的冥想过后，她占卜出了这张字条的主人。

"马修。"她说，"风之皮尔城唯一获准持有火药的年轻人，是的，我猜这个纸团是属于你的。你想问我，你能否照料某个事物，并且使其永恒不朽，是吗？"

"我真希望您不是当众把它说出来。"马修说，他的脸在露出来之后显得更加苍白，"不过，这确实是我的问题。"

人群中又响起一阵骚动。

"介于瞬间与永恒之间的一种冥想。"张素贞女士回答说，"愿望能否达成是最难以预测的一种问题。不过，你至少会在有生之年照顾到某个事物或者某个人，使其比焰火更加绚烂夺目，也比焰火的生命更加长久。"

张素贞女士打开纸团，已经确认过那的确是属于马修的纸团，而问题也和冥冥之中的对话所告诉她的相差无几。她微笑着看着他。

马修在惊讶之中仍然保持着平静的语气，他说："神灵保佑您，张素贞女士。"

就这样，每当张素贞女士准确地感应出了在场某个人的问题时，人们就抑制不住地发出惊呼。前者则对此习以为常，平静得好像这种奇异的能力存在于宇宙中的任何地方、任何人身上。

而我一直想问的，其实是与开膛手有关的问题。虽然我一直都没有这么干过。女巫师一定会觉得我疯了——比起我亲眼所见的那些奇异的景象，开膛手更是一种虚构和臆想。而且万一我比马修先被抽出来，他就会从张素贞女士口中知道我有多么在乎开膛手——如果那样的话，一连几天他都会给我摆出一张别扭的臭脸看。

然而对于大部分人来说，他们更愿意花点代价去预知别的事情——那些在他们看来显得意义重大的事情。比如，酒馆里的哪个女人今天晚上愿意和他们上床，或者这一季的鱼群是否还会顺着洋流来到东南边的海湾，等等。

"那些毫无意义的事情在别人眼里却成了至关重要的部分。"马修说，"这就是我们和他们的区别。"

我在一边帮他搓着亚麻绳子，不知道怎么接话。

"这只是大人和小孩的区别。"过了一会儿，我想到可以这样说。

对于未成年人来说，另一些事情要更具诱惑力一些。

比如开膛手的故事。比如盛装着风之皮尔城的容器。比如突然到来的马戏团。比如被人对剖成两半儿的侏儒。

比如我们自己。

安琪的行星

十六、救赎

趁着天还没亮，我们来到了张素贞女士的家。

她睡得很轻，夜里一丁点儿动静都逃不过她的耳朵。虽然这对耳朵已经毫不停歇地使用了八十四年。

在邀请我们进去之后，张素贞女士为马修和我煮了一壶热腾腾的海藻茶。（真可怕，也许正是这种难喝的饮料保持着一个人清醒的睡眠！）

"你们看起来很憔悴。"她陷在沙发里，用一种老年女士特有的耐心口吻说。

张素贞女士一生未婚。也许她从注满水的陶瓷碗中看到了自己将会生下一个男孩，她害怕失去一根肋骨，然后把命丢在孩子降生的时候。

此刻，在她空荡荡的大房子里，我和马修却指望着这位连自己的孩子都不想要的老女士的帮助。

"我们遇上了麻烦。"马修看了我一眼，"我们明天一早就要被逮捕了。治安官怀疑我们是杀人凶手——只有您能够证明我们是清白的。"

"为什么你们相信我能证明呢？"

"因为您有扑克牌和陶瓷碗，即使您不在现场，您的魔法也可以说出到底发生了什么。"

"我已经很长一段时间没有看过陶瓷碗了。"

"女士，请相信我们。"马修的声音还是那么平静。

"可是我却没有请求过你们相信我。"

"您一定知道真相。"我说，"只需要说出真相就行了。"

"真相……"女巫师面朝着我，她在微笑，"真相不过是一只飞鸟，你或许看见过，也或许没有看见，又或许看错了。"

我不再说话。很显然，这位老女士辜负了我们的信任，她甚至根本不需要谁的信任。

"如果你们留意过的话……"张素贞女士又开口了，"在我的占卜会上，奥古斯都从来不缺席。"

她意味深长地看着我们，但是我们已经没有那么多时间和她猜谜语了。

"那么为我们占卜一次吧，哪怕这是最后一次。"马修轻声说。

马修永远用那种苍白的姿态和人讲话，真难想象他以后怎么去放焰火。

或许为他的苍白所打动，张素贞女士站了起来，说："或者真的是'最后一次'。不过孩子们，我们试试看。"她慢腾腾地上了楼，过了一会儿走了下来，手里拿着一副纸牌。

这时，窗台上落下一只灰隼——这是我第一次看见真正的大鸟，于是，我的注意力有那么一小会儿完全被这只灰色的鸟吸引了。直到张素贞女士惊恐的叹息声重新引起了我的注意。

"这怎么可能！"她下意识地捂着嘴说。

她面前的桌子上放着一壶海藻茶，两个杯子，三十六张牌。

"第二个死者……"她瞪着那些牌，好像完全看不明白似的说，"正在……走来——这是……什么意思？"

她抬起头，我看见她苍老的瞳仁里有一种恐惧开始泛滥开来。

"是说死人吗？"我问，"丧葬队可能刚刚出发？您知道，埋葬死者的时间总是挑得有几分古怪。"

张素贞女士摇摇头，她好像很疲倦，闭上眼睛不再说话。

马修看了我一眼，我们不约而同地去看桌子上的牌。

在牌阵的中心，躺着一张金边的牌。牌面是漆黑的，上面画着我再熟悉不过的人物——尸体化妆师。

"跟在死神脚后的人"，这是牌面的含义，但是那是一张逆位的牌。

第二个死者正在走来。这真是古怪的释义。

"张素贞女士。"马修说，"或许牌意不是这样的。这解释不通，已经死掉两个人了，死人不可能从棺材里走出来。这张尸体化妆师的牌逆位了，或许是在说——死神就要来了。'尸体化妆师'代表了'现在'，'现在'逆位了，不再是跟在死神脚后，而是走在了死神之前……牌面的意思只可能是：死神已经上路了，他就要来了……"

张素贞女士没有回答。她专注地闭着双眼，双手放在胸口，嘴里念着什么。

也许她根本就没有听到马修的话。

但是就在马修说完之后，窗外突然吹起一阵让人毛骨悚然的风。

那只灰隼"哇"的一声，扇动翅膀飞向了夜空。

似乎过了一个漫长的世纪，张素贞女士突然睁开眼睛，用她那双惊魂未定的玻璃似的眼珠子盯着我们说：

"好吧，年轻的尸体化妆师和……烟花师……孩子们……你们似乎的确没有杀人。"

十七、孩子

孩子从哪里来？

当然是从他们的母亲那里。

没有生育过的女人是可以老去的，比如老姑娘张素贞女士。

然而生育过的女人却有死亡的风险，当她生下的是一个男孩——而不是女孩的时候。

所有的男孩都没有母亲。

因为所有的男孩都是用他们母亲的一根肋骨做出来的。母亲并不需要抽出一根肋骨来制造一个女孩，所以生下女孩的母亲还可以继续活很多年，直到她们生下一个男孩。

当一个男孩出生的时候，他的母亲会像摔在地上的熟石榴一样，从内部裂开，露出晶莹饱满的直肠、胎盘、子宫、肝脏、肺叶、心脏……而这个男孩会被他的家人从这悲伤的血泊中接回家去，按照风之皮尔城精确的传统，获得一个专有姓氏——获得一种既定的人生。

我注定要像一个男孩那样长大。

我穿男孩的衣服，玩男孩玩的游戏；人们叫我时，那个名字其实属于一个男孩；而我最好的朋友，也是个男孩。

他和我一样都没有母亲。

十八、死去的女士

我们和张素贞女士约定，第二天中午去治安官那儿说明她所占卜到的真相。那是一栋刷成红色的大房子，我们管那儿叫"红房子"。

但是当白天来临，我们小心翼翼地靠近那个街区时，却发现已经没法前进了。

街上有太多的人，马修和我根本不可能不被发现。我们只好蹲在一家烤马铃薯店背后的街巷里，那里弥漫着呛人的味道。

过了一会儿，附近渐渐看不到什么人出没了。真奇怪，人们似乎也都在往红房子那儿跑。现在，我发誓全风之皮尔城的人都聚集到红房子那儿去了。

街巷里安静得空洞而凄凉，有几张褪色的报纸被风卷着到处飞，看起来像闹鬼一样。

"马修，看样子除了红房子，现在我们可以去想去的任何地方。"

"真可怕。"他看着空无一人的街道说。

"也许他抓住了真正的凶手？"

"那将是几天来最好的事情。"

"也或许发生了什么糟糕的事情。"我突然有种不好的预感。

"那会……非常糟糕——糟糕到全城的每一个人都非去不可。"

"你说得不对。"我说，"苏不会去，她从来不看热闹。"

"那么说，她现在留在家里？"

"你该不会提议让我们去找那个女人吧？"

"没错，即使她不关心，她也一定知道发生了什么。"

虽然这个主意实在说不上好，但是我还是同意了。

一路上都畅通无阻。这反而让我的心情更加忐忑不安。到底发生了什么事情？张素贞女士对治安官说了什么？我不知道。

无论她说了什么，现在看上去情况变得更加危险，无法确知事情的进展，就如同走进一片浓雾之中。

虽然我们很肯定自己不是凶手，但是却不能肯定张素贞女士的陶瓷碗会有完全相同的看法。所以，已经被人塞得满满当当的红房子对于两个凶杀嫌疑犯来说，无疑像一口等待着野兽掉进去的陷阱。

而当我推开自己家的门时，却发现家里也跟街上一样，空无一人。

地下室的门开着，猩红的灯光在暗处闪烁不定。

"苏？"我一边小声地叫着那个女人的名字，一边走下楼梯。

没有人回答。只有隐隐约约的喘息声，好像有什么人快要死在这儿了。

有一瞬间，我猜想我会看见地下室里躺着一具温热的尸体。

不过这种想法很快就消失了。我看见那个女人赤裸着躺在地下室里的工作台上，被压在另一个光着身子的人身下。

他们喘息着，身体随着喘息不规则地起伏，好像两个挨了一顿打的哑巴。

"苏！"我刚刚叫出她的名字，就被马修一把拉住了。

可是已经来不及了，他们发现了我们。

压在苏身上的男人立刻抽离了身体，离开了工作台，藏身到一块暗影里。苏长长地呻吟了一声。

马修站在我身后没动。我走过去，苏已经坐了起来，开始穿衣服。她的脸上是那种不知羞耻的表情。

蜡烛的微光照着苏。她脸上和脖子上的绒毛清晰可见。她好像刚刚涂了蜡，或者用蜜洗了澡，浑身散发着一股甜得发苦的味儿。但我知道其实她什么也没有涂，那只是她的汗。细密的汗珠让她的皮肤闪闪发光，没有来得及扣好纽扣的胸口露出一片春光。

我注意到暗影中的男人也穿好了衣服——因为此刻他已经再也无法躲藏了，他的衣服暴露了他。他静静地站着，像一张苍白、高挑的纸牌。

我不敢看他的脸。我害怕看到那张没有嘴巴的面具。我也从来没有像现在这样后悔过自己竟然选择了回家。我应该鼓起勇气去红房子的。可是此时此刻，我只剩下不知道从哪里冒出来的懊恼，马戏团的魔术师有那么一丁点儿可能会是开膛手吗？不，不再可能了。我在他这个选项上打了一个红红的叉。

"苏——"我有气无力地说。

这个刚刚在我的想象中死过一次的女人抬起头，立刻露出了让人讨厌的波澜不惊的表情。"治安官在找你。"她说。

"我知道。人人都去了红房子那儿。"

"你一个人来的？"

"还有马修。"我指指身后。

"你们得立刻离开这儿。"

"去哪里?"

"随便哪里!越远越好,被人看见你们就会被抓进大牢。"

我笑了起来。风之皮尔城,混乱的白色之城。我还没有遇到开膛手,我能去哪里?

"街上的人为什么都去了红房子?我们原本和张素贞女士约定……"

"张素贞女士!这么说你们也知道了?"

"知道什么?"

"她死了。"

"她死了?!"我和马修异口同声地叫了起来。

"是的,她死了。"苏仰着她那张讨人厌的脸,"她是被谋杀的。就在昨晚,在她的家里。凶手后来把她的尸体搬到了红房子那儿——想想今天早上治安官起床后脸上的表情吧。红房子里有一具尸体!我一会儿正要过去看看呢。"

她那种恬不知耻的口气就好像魔术师根本不存在于这个房间似的。

可是我知道他就在那里。在烛光照不进的暗影里,穿着他扑克一样的白衣,戴着他只露出两只眼睛的白色面具。

有一刻,我甚至知道他竖起了一根食指,放在面具前那并不存在的嘴巴上,无声地说:"嘘——"

我不敢看他,但我就是知道。

马修站在一旁,他的头歪在肩膀上,看上去累坏了。不过,他还是开口了:"可是昨晚我们曾经到过张素贞女士家里。那凶手会是谁?"

"这还用问,对于治安官来说,当然是我们!"我瞪了马修一眼。

张素贞女士家有我们昨晚敲门留下的指纹、我们的鞋印，还有我们用她的杯子喝海藻茶时留下的唇印。治安官很容易就会提取到这些"证据"。

两个疑凶深夜拜访全城最年老、最没有还击之力的女士。他们离开之后，她成了一名死者。

这真是一个天大的玩笑！几个小时前对于我们来说是最关键的澄清罪名的证人，此刻却变成了一个可以再往我们头上添一条罪状的死人。

"苏，让我去。"

"什么？"

"你在工作的时候可以和死者独处。所以，把我装在你的大工具箱里，带我去看看女巫师的尸体。"

"你真想这么做？"

"或许有些线索，或许她身上带着占卜工具，或许她已经证明了我和马修是无辜的。"

"别傻了。"苏开始熄灭炭火，把蜡倾倒进一个琥珀器皿里面，"带你去红房子？那和把抹香鲸带进海水围场有什么区别。"

"你不会让他们发现我的。"

她的手停下了。我的姐姐看着我，脸上浮起了一丝笑意。

而那位隐藏在暗影里的魔术师，不知道什么时候已经消失不见了。

十九、傀儡娃娃

世袭尸体化妆师的必要练习，就是给假想的死人整理遗容。

祖父教我和苏把牛皮纸包在现成的硅胶模子上，然后使劲揉，直到牛皮纸变得像皮肤一样柔软。接下来祖父就会在这些傀儡娃娃的脸上用蜡、刀、钩子和笔来化妆。他为它们穿上衣服，让它们越发像个真正的死人——傀儡娃娃的关节被做成和真人一样，祖父会俯身上去，很小心地把它们的腿并好，手肘弯到一个礼貌的角度，平放在胸前。

　　祖父这种以假乱真的技艺，有时让我不禁想到，也许风之皮尔城的人也是某位世袭技师制造出来的，我们不过是懂得吃喝拉撒、会哭会笑的傀儡娃娃。

　　但风之皮尔城当然没有这样一位世袭技师。人们也不觉得自己跟那些牛皮纸和硅胶做成的假死人有半点相似，就连祖父和苏也不觉得。

　　我们的世界太过精确，以至于当你置身其中，已经很难察觉。

　　有时祖父不在，就只有我和苏。

　　和你想象的不太一样，这种时候恰恰是我最开心的时光。或许苏长得像我的母亲，一起做傀儡娃娃和练习化妆的时候，她很像一个母亲。但是如果我的母亲像苏——那上帝保佑，幸好两个女人中已经死掉一个。

　　无论如何，我都讨厌苏。这种讨厌从我出生那天起就存在了。

二十、另一个我

　　"你确定要这样做？"

　　在我躺进苏的工具箱之前，马修问。

　　工具箱里挂着各种尺寸的刀和刷子，我坐在里面，闻到十三年来每天都会闻到的气味，这真让人安心。

"我必须看一看张素贞女士的尸体。"我说，"已经死了三个人了，前两个我都没有看到。既然治安官认为是我干的，多少总该让我这个杀人凶手看看死人的样子。"

"如果你被发现了……"

"我会没命地跑。"

"不可能。"苏说，"人们把红房子围得水泄不通。我只能保证我和尸体独处的时候没人能发现你。可是一旦你跑出去……全城的人都在外面守着！"

"听着，我没有杀人。所以即使抱最坏的打算——我被抓住了，好吧，让治安官拿出证据证明他那些愚蠢的推断。"

"你最好别被抓住。"

我躺进那个箱子。天啊，它又窄又小，就像一个装满了陪葬品的小棺材。

"可以出发了吗？"我说。

苏"啪"地一声关上了盖子。

在这个小小的世界的幕布被飞速地拉上之前，我看见了马修的脸。在"啪"地一声之前，这张脸被流动的空气虚化成了小麦的颜色，像极了我梦里那位十六岁的开膛手。

在这完美的一瞥之后，一切都沉入了黑暗。不仅是我的视觉，我的听觉、触觉、嗅觉……我的身体，每一寸皮肤，都沉入了潮水一样的黑暗。

当光亮重新回来，世界的幕布一点点地重新拉开。我看见一个横亘在眼前的世界：红房子大厅的棕色走道。

等我从箱子里爬出来，世界渐渐清晰，而且也立体了起来。

地板上干干净净。或许这就是治安官推断这里不是第一现场的原因。

"好吧，张素贞女士在哪里？"我问苏。

她盯着我的头顶，她的脸比以往的任何时候都要难看，"你背后。"

我回过头。

——那真是一副令人难以置信的景象。

张素贞女士，她被吊在离地十几米高的地方。一些白色的丝线把她从大厅的天花板上悬挂下来，靠近她身体的部分，线都被染成了深红色。这些线一定是非常坚韧，它们穿过张素贞女士的肉和骨头，让她保持着一种屈膝飞翔的姿势。

日光从十几米高的气窗透进来，散碎的彩色玻璃让这幅景象有些失真。

张素贞女士还穿着我见她时的那条睡袍，胸前那块被血染红了，远远看上去像是一枚巨大的、蔫掉的花朵。

我仰着头，看着悬挂在空中的女巫师的尸体。天花板开始晃动起来，它在我的瞳孔里旋转，旋转，越来越快。那些粘在天花板上的污渍仿佛是死者的血迹，可是后来它们变成了黑夜里闪烁的星座。一个星座追赶着另一个星座，最后连成一条条银亮的线。我看见我的父母。他们起初挂在遥远的天空里，好像夜幕中有小衣钩钩住了他们的衣服领子。然后，他们也随着巨大的星空转了起来。

我的头痛得要裂开。我站在那里，无法动弹。世界在不停地转啊。我的眼睛在张素贞女士的白色身体上模糊了焦点。我再次看到了死去的父母，他们下垂的手脚在夜空中像风筝那样摆动，他们越转越快，越转越快——直到我再也无法从那些银亮的线和墨汁一样黑的宇宙深处认出他们来。

我突然记不起自己的名字。

我的专有姓氏是……我有专有姓氏吗？我是谁？

开膛手在风之皮尔城

是的，我的脑子被好多东西塞满了，它们像一锅架在炭火上的蜡，黏稠地四处流动。

尸体化妆师、苏、祖父、死去的父母、精确的规则、疯狂而有序的白色之城……我的脑子里塞满了一切，却没有自己的名字。

我经历过什么？还将经历什么？一切是已经注定还是终究要因为一些古怪的疯狂而发生天翻地覆的改变？

只有在这样头痛欲裂的时候，我才发现正视痛苦的人会是多么脆弱。过去，当我始终记得那个与我父母的死联系在一起的"专有姓氏"，从来没有发现自己会像现在这样无力。可是，或许另一个"我"开始觉醒了。

她在我的身体里醒过来。一个脆弱的、甜得微微散发着苦味的我，一个闻起来像苏一样的我。

她不知不觉就醒来了。真不是时候。在以前，看到眼前这一幕，我只会说："哇噢！"

而现在，我的脑袋已经痛到眼珠子快要掉出来。我很想哭，想呕吐，像生病了一样。我感觉到自己发抖得很厉害。我的头顶上是浓墨一样的星空，那里悬挂着我的父母。

而在这样的时候，我找不出任何一个人可以一起承担所有的痛苦。我什么也说不出来，眼泪，呕吐，疾病，发抖。我无法描述这些现象背后的原因，所以不会有人站在我这边。

直到我想到马修。

他苍白的肤色好像一粒止痛的药片。想起他，就觉得好多了。

我不知道这样的感觉前前后后过了多久。总之，后来我终于可以重新理智地思考，而苏似乎根本没有发现刚才我有多难受。

"她错了。"我说。

"什么？"

"昨天晚上张素贞女士占卜出了一张逆位的尸体化妆师，她说这是'第二个死者正在走来'的意思。她错了。看来马修是对的，扑克牌占卜的结果预示了死神的到来。在我们离开后不久，凶手就杀死了她。"

可是，凶手为什么要如此残忍？年老的张素贞女士，她的血只够染红自己的睡袍和凶手的绳子。她的每一处关节都被线穿透了，似乎随时都可能再动那么两下子。

"她和前两个死者有什么相同点吗？"我问，强忍住胃里翻江倒海的不适。

"和第一个死者没有什么相同点。毕竟一个被剖成两半儿的尸体还是极其罕见的。不过，第二个死者也是这样。"

"也是这样？"

"被线穿过，被悬挂起来，被打开腹腔。"

"变态。"

"是的，第二个死者是在梦中被杀死的。和张素贞女士一样，他的腹腔是空的，内脏被掏得干干净净。"

"像是夜游症患者干的？"我用一种嘲弄的口气说。

"至少治安官得出的结论是这样。第一个死者的尸体附近有火药粉末；而第二个死者被人开膛剖肚。治安官相信杀死侏儒的人是唯一获准拥有火药的人；而杀死第二个人的凶手则是一个典型的夜游症患者，也许她以为她所做的只是打开书包寻找一支铅笔。"

我的眼睛一直没有离开过张素贞女士。我问苏："你觉得，凶手像是在死者的肚子里寻找什么吗？"

"或许是也或许不是。很明显，凶手翻检了死者的腹腔，但是他会把内脏拿到哪里去？"

"器官移植？"

"风之皮尔城不出产冰，只有那些外乡人的船上才有。在这儿谁会干这样的事？——一边杀人，一边开膛，一边取出内脏，一边给受移植者做手术。"

"那么会不会是外乡人干的？"

她耸耸肩："说不准。"

"治安官怎么看这具尸体？"

"他用了'极端冷血'这个字眼。除此之外，他连碰都不愿意碰尸体。"

"我们先让张素贞女士下来吧。"

接下来，我和苏搬来了一架木制的两脚梯放到张素贞女士身下。

她的血已经完全凝固了，深深浅浅的颜色就好像傀儡娃娃身上褪色的涂料。

这时候突然有人敲门："化妆师！化妆师！"

苏向我使了个眼色，我只好躺回黑暗的工具箱里。

二十一、秘密

所有的表象都对应着一个真相；所有令人惊叹、百思不得其解的事实背后都藏着一个秘密。

祖父曾经发现过奥古斯都和张素贞女士的秘密。

世袭钟表匠总是在他折好的纸团上做记号，这件事只有女巫师知道。当然，他们的秘密不只如此——女巫师并不会在所有人的纸团中第一个把钟表匠的纸团挑出来，反而尽力避开它，让它总是成为最后一个被挑中的纸团。

"奥古斯都，我想这个纸团是属于你的。你想问我，会生金蛋的蛇是否藏在十字街朝向地心的地方，是吗？"当女巫师这样问的时候，其实她手里握着别人的纸团。

钟表匠心知肚明地低着头答道:"正是这个问题,伟大的张素贞女士。您是如何感应到我的问题的?"

人群中传来一阵惊呼,正如他们所料。

"通过与我所托付的一位神灵的对话。"张素贞女士一边回答,一边打开字条,她看到了那个问题,也看到了那位提问者——来自马修的问题:我能否照料某个事物,并且使其永恒不朽?——女巫师满意地微笑了一下。不管她对着装满清水的陶碗念多久的咒语,她都没法不看字条就占卜出马修会问这个问题。

她总是从钟表匠的问题开始占卜和回答,而其实她手里挑中的是别人的纸团,她打开看到的是别人的问题,然后在握住下一个纸团的时候,她会冥想和通灵一番,再告诉大家她感应到的问题——上一个她已经打开看过的字条上写好的问题。

这是女巫师和钟表匠的秘密。

他们精确地配合着,就像嘀嗒作响的分针秒针一样,几乎从来没被人识破过。

"你至少会在有生之年照顾到某个事物或者某个人,使其比焰火更加绚烂夺目,也比焰火的生命更加长久不息。"

而我只能希望这是在她所有被当作预言的谎言当中最真实的一句。

开膛手在风之皮尔城

二十二、陷阱

世界重新关上了。在潮水一样的黑暗里,我听见一些轻微的响动,看到一些微弱的光。

就这样过了不知多久,我睡着了。

我在黑暗和光芒交替的时空中看见了一扇门。它孤单地立在无尽的白色荒原上，门后不远的地方有一株笔直的树。天空中飞翔着一头巨大的抹香鲸。灰色的，沉默的大块头。

怎么会回到这里？这是我关于开膛手的第二个梦境。

马修站在树下，这个世界开始闪耀出刺目的光芒。那是三十岁的马修，他的身体显得那么陌生，头顶的帽子似乎是黑色的。

我走近他，他伸出沾满血的手给我看。然后他转过身，点燃了那棵树。树不见了，很快天空下起了黑色的雨。

马修什么都没有说，但是我竟然很清楚地知道，这是他燃放的最后一束烟花。

在寒冷的雨水中，我蜷缩起身子。雨像镊子、夹子、裁刀和坩埚一样磕碰着我的皮肤，发出清脆的回响。

直到我重新醒来。

我摸索到那些熟悉的工具就在脸和脖子旁，它们在梦中坠落的时候都变成了雨滴。我使劲一推，工具箱沉重的橡木盖子露出了一条缝隙。真实世界久违的光芒扑棱而来，我在蜡的气息中分辨出这里正是我家的地下室。

用于烧蜡的炉火在远处发出微弱的红色光芒，那是永远不能熄灭的火。

我用力把箱子完全推开，爬了出来。也许蜷缩得太久，我的整个身体跌落到了地板上，手脚和每一处关节都麻木得无法动弹。

我看到在空寂的地下室中央，祖父和苏正垂眼看着我的身后。

他们的眼神和以往任何一次都不一样。他们光着的脚踩在一架发黑的木梯上。

祖父的嘴唇微微张开，似乎有些吃惊，但他什么也没有说。苏的脚踝上有一丝反光，映着远端的炉火。白色的裙子贴在她的身上，一动不动。苏从来没有像此刻那么简单干净过。

他们看上去很奇怪。

我试图叫她的名字，但是我只发出了几声空洞的喘息。我挣扎着想站起来，却根本不能动。我努力仰着头，大口大口地呼吸，尽力让祖父和苏注意到我。

他们居高临下，一言不发。

很久之后，我终于喊出了声："苏！"

她没有回答。

她的头发垂了下来，凌乱地散落在胸前。她裸露的脖颈上有一道像蛇一样又细又黑的阴影。那是我之前一直没有注意到的。这道阴影绕过她的脑后，绕过祖父的脖子，穿过了天花板上的横梁，又一直笔直地延伸到火炉的方向。

苏和祖父上吊了！

有一瞬间，我被自己这清晰的想法吓得几乎要死过去。

"苏！"

我听见自己的喊声，单薄、歇斯底里。

我的姐姐有一具滑腻的身体。我小的时候被她抱在怀里，感觉就像挨着一条呼吸急促的、躺在岸上垂死的鱼。这一刻，她的身体却有着从来没有过的简洁。她的脸呈现出一种很轻的姿态，那仍然是我见过的，世界上最轻的椭圆形。她的脸上没有血色，只有诡异的惊讶和笑意——连尸体化妆师也无法抹去的那种恐怖的表情。

她终于变成了一朵盛开在冥界大门前的百合花。

那些我来不及说出的话，永远无法说出了，对我的父母、我的祖父、我的姐姐。

炉火在角落里静静地燃烧。我总算能够动了。当世界重新以正确的角度出现在我眼中时，地下室比以往任何时候都要显得熟悉、晦暗和诡异。

我不敢去碰苏，也没有勇气再看祖父一眼。

苏和祖父用来上吊的绳子此刻就悬在我的头顶，那条黑色的蛇影笔直地攀过古老地下室的顶棚。我沿着头顶的绳子一步，一步，一步，一步……背离着他们的方向。

尽头有一口用来接蜡汁的铜锅。锅的形状不太规则，有的地方凹下去，有的地方凸出来，锅耳上系着那条绳子，腰上架着一枚铁片做的手臂，手臂的另一侧固定在墙里——这口锅十分像个扭曲的女人的身体。苏在铜锅的上方架着炉火，炉火上放着另一口漏斗形状的铜锅。蜡融化之后就从漏斗口里流下来，盛在下面的女人样的铜锅里。当蜡足够多，多到女人样的铜锅不得不下坠，绳子就收紧，沿着它的来路爬行，而另一头——苏和祖父的脖子便被脱离地面略高两厘米。

他们就是这样死去的。

在漫长的等待中，被一点一点地勒紧脖子，双脚一开始或许还可以踮着，但随着蜡块的融化，铁臂在慢慢下沉，女人样的铜锅终于抵达了地面——苏和祖父的双脚悬空了，他们就是这样缓慢地死去的。

我在脑海中惊讶地重现着自己的发现。

那几乎是地下室里全部的蜡了。它们一定很重、很重。我从来没想过这些温暖湿润的东西还能沉重到杀死两个人。

地板上有一摊水，我从里面看见自己的脸。火光映照在我的瞳孔里，这一刻，连我自己都觉得陌生起来。

我开始动手去解开绳子，设法先把苏放下来。

突然，地下室的门被打开了。几道雪亮的光束洞穿了悬浮在空气中的尘埃。狗的吠声，人的脚步声，伴随着久违的新鲜氧气一起涌了进来。

"住手！"有人这么对我喊。

我抬起手遮住半张脸，在刺目的光亮中看到一些变形的影子。

"发现被害人了吗？"是治安官的声音。

"天啊！"一个声音说。

"似乎下面有三个……"另一个声音。

"两个死的。""一个活的！"七七八八的声音。

"让验尸官来看看死的那两个。"治安官又说。

我的眼睛里出现了很多说不出颜色的光斑。人们开始变成模糊的色块，步步逼近。我蹲下来，坐在那摊水里，它们冰凉得像刀刃。

我闭上眼睛，听见有几个人走近的声音。他们粗暴地把我拉了起来。

"尸体化妆师死了。"他们这样重复着。

"不，我没有死。死的是我姐姐……还有祖父。他们用光了所有的蜡。"我睁开眼。

"这一切该停止了。"其中的一个冷漠地看着我，点燃一支烟，"吃生肉的夜游症患者——你再也不能谋杀任何人了。"

我被几个强壮的男人推搡着弄出了地下室，脑子里一片空白。经过苏的尸体时，我看到有个家伙正掀起她的裙子，把手探到苏的两腿间，紧接着，周围的几个发出一阵哄笑。

"不准碰她！"我大叫。

没有人理我，人们继续推着我往前走。其他人开始翻动苏的身体。他们把她侧过来，但是苏自己朝前倒去。她背上殷红一片。

什么东西把她的后背当成布丁似的舀走了一大块。森白的脊柱和肋骨在血肉之间若隐若现。心脏、肠子、肺和别的内脏七零八落地露了出来。

我听见一阵刺耳的轰鸣。几秒过后，那些落潮一般变得不太真切的声音又涨潮似的回到了我的耳蜗。治安官和别的什么人在现场做着笔记，翻动着物件，拍照、测量、交头接耳。这些声音逐渐清晰，我从刚才的幻觉中回到了现实。眼下这现实的世界，比幻觉还要陌生。

苏和祖父死了。他们不是自杀的。

而我却来不及和他们告别，甚至连祖父的样子我也没有勇气看最后一眼。

二十三、红房子

在我被关进红房子之前，风之皮尔城一共失去了一个诗人、一个女巫师、两个尸体化妆师。

治安官说是我杀死了他们。

在我被关进红房子之后，谋杀案就停止了。

现在所有风之皮尔城的人都说是我杀死了他们。

我一整天都待在空荡的房间里。只是这一次是个完全陌生的房间。

房间的墙上有灰白、淡蓝或者绯红的污迹。如果你拿额头抵在墙上，鼻尖贴着墙面，就能不费吹灰之力地闻到一股腥气。

这里曾经关过什么人？他们去了哪里？

这样的气味让我想起三个人：苏、祖父，还有马修。接着我想起了更多的人。

可是他们大部分都已经死去了。

马修呢？他在哪里？他知道我被抓走了吗？他现在安全吗？如果他逃走了，治安官会发现船坞吗？他会来救我吗？

风之皮尔城终于变成了一座疯人岛。

精确运转的白色城邦，每隔二十九年发生的离奇死亡，夜里水手看到大海上的异象——它们不会比我的梦境更离奇了。

香水师说抹香鲸群会跟着一头雌鲸在深海里游弋，它们彼此用鲸歌交谈。每一个抹香鲸群都是一个精密的母系氏族。可是，盲鳗还是轻而易举就让这些大块头肚破肠流。抹香鲸死去的时候，其他成员会为它唱起悲伤的鲸歌。但盲鳗什么感情也不懂，它没有眼睛也没有下颌，连卵蛋都没有，只有尖利的牙齿、牙齿、牙齿。

不管围场里的抹香鲸多么聪明，还是会被盲鳗开膛破肚。

其实，我倒很羡慕盲鳗。没有眼睛，睁眼和闭眼就都一样了。可我不敢闭眼，因为我一闭眼就会看到诗人和女巫师被丝线穿过的身体，看到祖父和苏被舀走的背部和内脏。

再也没有旋转的星空和黑得如同墨汁一样的宇宙。我唯一的愿望就是离开这座悬挂在三十七个热气球下的白色岛屿。

可是我再也离不开了。治安官决定明天一早就把我带到海水围场去行刑。到时候风之皮尔城的人们会把那里围得人山人海。他们都想看看这座岛上的最后一个尸体化妆师是怎么喂了盲鳗，被啃得一点不剩的。为了目睹这一奇观，他们甚至暂时放下了对失去尸体化妆师的焦虑。

开膛手已经来了，但我还是不知道他是谁。

如果我不知道他是谁，我又怎么离开这座疯狂的岛屿呢？

二十四、行刑

行刑的这天天气出奇的好。

渔夫们骂骂咧咧的，对治安官很不满。这样的好天气，他们原本应该出海打渔的，但是风之皮尔城的每一个人都不肯错过治安官安排的这出好戏。

我躺在行刑车上，头发和手脚上绑上了石块，没法站起来。行刑车从红房子一路嘎吱嘎吱地驶往海水围场，路的两旁挤满了人，我能听到他们毫不掩饰的议论声。那些声音像渔夫撒出去的网，慢慢地往低处沉。

我从来没有从这个角度看过风之皮尔城。

不是站着，不是跑着，不是蹲着，而是躺着。

我躺在它白色石头雕刻而成的怀抱里，风之皮尔城的街道原来是如此狭窄，房屋鳞次栉比，它们犬牙交错地从我眼前依次而过，露出被撕咬得有些凌乱的天空。天空蓝得纯净无瑕，让人忘记了要去哪里。

我闭上眼。

听见风声和海浪声，它们卷走了那些人声。

世界又安静了。

所有的声音都消失了。

取而代之的是风和海浪本身。

我感觉到风托起了我的身体，但是它此刻被系上了很多石块，太沉了。

我沉到了海浪中。我在海面起起伏伏。

我浮到了海浪之上，而海浪之上还是海浪。

我的头发和四肢没入了无穷无尽的海水之中。

已经无所谓方向。

突然，我感觉自己的手脚又轻盈了起来。

海水和天空又重新有了清晰的位置。

闭上眼，再睁开。

我看到在鸽子眼睛一样的灰色海水中，马修那无比苍白的脸。

他用刀割断了我身上的绳子，那些石块纷纷朝着海底坠下去，而我和他则朝着天空游去。

可是已经来不及了。关着盲鳗的栅栏已经打开了，那些丑陋的蛇一样的东西正扭动着身子，进入我们这片围场。

马修的脸上并没有惊慌的神色。

我快乐地看着他。在灰色的海水中，他抓住了我的手，在海面之下，我们都只能紧闭着嘴，无法说话。我看看他的脸，有波光在那苍白的颜色上闪烁。

他什么也不用说。我也是。

再也没有人可以在十五岁之前这么帅气地死去了。

二十五、魔术师

谁能解释这样怪异的景象呢？那些盲鳗像金枪鱼群一样，全体转了向。

在远处的海水中，有猩红色的花朵正在开放。

一头抹香鲸被人用锐利的鱼叉刺伤，它的血从伤口处涌出，像灰色的波涛里徐徐盛开的睡莲。

盲鳗朝着它游去，争先恐后地钻入它的伤口。很快，更多的睡莲在海水中盛开了。

血腥的暗流冲击着海床，把我和马修冲散了。

我们刚刚重逢，还没有来得及说一个字，就又分离了。海水里弥漫着危险的气味，眼前一片浑浊，什么也看不清。

我奋力游出海面换气，又怕被岸上看热闹的人发现。不远处泊着几艘外来的船只，我朝着那里游去。

而在我身后的海水里，噬咬开始了，缓慢的杀戮开始了。而那灰色的大块头仍旧只是沉默。

我不敢回头去看那些进食的盲鳗，那些绽放又枯萎的睡莲。

我也不敢大声呼叫马修的名字。当我游到那些外来的船只之间时，我才鼓起勇气回望刚才的方向，试图在一片浑浊的海水中找到马修的影子。

可是，海面上什么也没有。

也许在更遥远的大海深处，有一头雌鲸正带领着其他的抹香鲸，为同伴低吟起鲸歌。

而马修呢？他在旋涡和暗流中去了哪里？他被海草缠住了脚吗？他有办法浮出海面换气吗？他还在那片混沌里寻找着我吗？他已经比我先上岸了吗？

有人从船上伸出了一把鱼叉。

"抓住，我拉你上来。"魔术师的脸出现在船舷边。他那戴着面具的脸上依然没有嘴。

我抓住鱼叉，爬上了马戏团的船，倒在甲板上时已经筋疲力尽。

我的双手沾满了血，鱼叉上的血。我突然就明白过来魔术师做了什么。

二十六、占卜

虽然生在一座岛上，但大海对我来说其实是完全陌生的。我从来没有真正在海上航行过。

即使仍然没有遇到我的开膛手，但是我已经离开了风之皮尔城。我是有史以来比窦禄走得还远的人。

魔术师说服马戏团的船带着我离开了这座白色的城邦，开始在岛屿间航行。我跟随他们在别人的码头上停留，那些岛上的人也用着各种乱七八糟的货币，然而马戏团的人教他们认识了更加坚固、色泽各异的"蜡币"。它不像珍珠、玳瑁，或者岛上的人见过的任何一种天然宝石。马戏团的人并不贩卖盐、布匹和珐琅烟斗，而是贩卖冰、火药和马戏表演。

他们的队伍里有一个小丑、一个戴礼帽的、一个双头侏儒、一个魔术师和一个胖子。他们每到一处都大受欢迎，但没多久，侏儒就会暴毙。

这些岛屿与风之皮尔城是如此不同，唯一相同的是，他们也在流传着关于开膛手的传说，也在上演着精确的出生和死亡。尤其是每当马戏团的侏儒暴毙之后，岛上关于开膛手的传言就会和真正的死者一样在街头巷尾纷纷冒出来。我给陌生岛屿上陌生的死人们化妆，但已经没有人再叫我的名字，那个属于尸体化妆师的专有姓氏。

再也没有人认识我，我也不再认识任何人。

有时我会想起另一些死人，我熟悉的死人。

我说过，我并不怕死人。被丝线穿透的张素贞女士，她曾经占卜出过我的命运吗？她知道总有一天，我会离开风之皮尔城，流浪在这些陌生岛屿之间吗？

更多的时候，我会想起我的父母、祖父和苏。我也经常想起马修。

他还活着吗？还是已经死在了一个我永远回不去的年纪，在我们最后相遇的那个瞬间之后，变成了永恒的、黑色的灰烬？

烟花师应该死在天空中，对吗？

而当我望着大海的时候，我的疑问只会引来更多的疑问，困惑只会引来更多的困惑。

"瞧，我也会占卜的手艺。"侏儒对我说。他说话的时候从袖子里掏出了一副纸牌。

"猜猜看……"他把纸牌放在桌面上，抽出其中一张，"瞧，是一张逆位的尸体化妆师。"

"你根本就没有死。"我说。

他笑了起来，伸手抓起那张纸牌，在空中扇了两下："占卜多有意思呀，不同的人可以给出不同的解释。到底是第二个死者正在走来，还是死神即将降临……还是，他根本就没有死，哈哈哈哈。"

"你被剖成了两半儿，但是根本就没有死。你们用火药对伤口消过毒了。"

侏儒停止了大笑。

"可是为什么要杀死我的祖父和苏？我知道你们不是用蜡杀死他们的。你们用了冰。"

"没错，用冰。"侏儒耸耸肩，"可是我们要做得像是用蜡一样。不管是用蜡还是用冰，吊死他们就行了，你说呢？你们没有记录官，因为这不被允许。你们不能有历史。但是那本该死的册子，上面画满了死人的脸谱，那是你们的历史。这不被允许。你的祖父和姐姐为了救你，发现了这个秘密，所以他们必须闭上嘴，永远。"

"是我们的历史，也是你们的秘密。被对剖成两半儿的人，每隔二十九年的循环——还有开膛手的传说。你们精确地操纵着这些岛屿，然后去收割。"

"说得没错。"

"可是，为什么？"

跟着马戏团在海上航行的时候，我总是在想一个问题：到底是谁杀死了那些我熟悉的人？而当我渐渐想明白这一个问题之后，我的疑问只会引来更多的疑问。

既然他们为我们精确地安排了这一切，那为什么还要杀死我们呢？

二十七、小偷和羊

从前有一个小偷，他总是穿着白色的褂子，像一张苍白、高挑的纸牌。

他出没在夜色中的时候，非常容易被羊圈里的羊认出来。

然而，即使羊从黑夜里看到了他，却不知道他是小偷，反而以为他也是一只羊。

小偷每隔一个月，就会到羊圈里去偷走一只羊。他干得神不知鬼不觉，没有人、也没有羊发现过。

有时，他会在杀羊的时候抹一些羊血在袖口，一边偷羊，一边就把这些血抹在小羊身上。

羊是一种神经质的动物，它们以为羊羔在吃肉，是它吃掉了那些失踪的羊。

小偷干得很愉快，只要他不杀掉被孤立的羊羔，羊群就不会怀疑到他身上。

直到有一天，羊群决定不能再对羊的失踪视若不见，它们要处决那只吃肉的羊羔。所有的羊围住它，想用犄角捅破它的肚子。

正巧这天小偷又来偷羊。他已经决定偷完之后，就去另一个羊圈重起炉灶，于是他顺手偷走了那只本该被羊群处死的羊羔。

只有你、我和上帝知道，那只羊羔不知道听信了什么传言，也正一心盼望着被小偷偷走呢！

然而这次，小偷并没有把羊羔杀死吃掉。因为他还有个疑问。这就要讲到另一个故事了。

从前有一种没有下颌的丑东西，它也没有眼睛，所以有人管它叫盲鳗。

它经常钻进大鱼的鳃里，把内脏啃个精光再钻出来。

有人发现盲鳗可以把巨大的抹香鲸啃得干干净净，只剩下抹香鲸肚子里的龙涎香。

他们开始饲养抹香鲸和盲鳗，每隔几个月，就可以从巨大的白骨里获得不少龙涎香。

为什么讲这个故事呢，因为小偷有个疑问。请看第三个故事。

从前有一块大陆，它孕育出了一群文明人。

这群文明人最伟大的发现是一种理想的等价交换物。

当来自这块大陆上的某种寄生虫像章鱼一样进入人的体内，宿主就会产生一种结石。这种结石坚固而艳丽，它不像珍珠、玳瑁，或者你见过的任何一种天然宝石。它有大有小，并不规则，文明人规定这种结石就是最理想的等价交换物，作为一种货币；他们还制定了它的名字和价值，并且规定要按照重量来计算。重量越大，越值钱。

文明人坐上坚固的大船，在浩瀚的海洋中寻找适宜的岛屿，为岛上的人精确地安排好一切，并播种下这种寄生虫，每二十九年收割一次。一切都在掌控之中，像香水师的海水围场一样毫无差池。

他们沿着这些岛屿依次收割，于是有了开膛手的传说。

那种寄生虫会在宿主怀孕的时候发生排斥反应——仅仅是当宿

主怀了一个男孩的时候。所以在宿主生育的那一刻，寄生虫会抛弃宿主，方式很恐怖。

小偷的疑问是，为什么有个孩子没有获得这种必然的寄生，她的体内没有结石。在搞清楚答案之前，他必须让这个孩子活着。

在这三个故事里，羊羔、抹香鲸和孩子是同一种东西。

就好比小偷、盲鳗和开膛手，是同一种东西。

二十八、若干年

我总是在海上做一些梦。

这样又过了一些年，我跟着马戏团的船来到了一座纯白色的岛屿。岛的四周系着彩色的热气球。

然而这个岛屿已经变成了一片活人的坟场。

他们说已经很多年没有放过焰火了，因为烟花师还被关在红房子里。

我在船上住了很多天，在漫长的航行中我已习惯了摇晃和遗忘，不肯踏上风之皮尔城白色的土地。

这样又过了一些年，我还在重复着这个梦境。

自由女神混沌的眼球是那样巨大，仿佛那里可以挤进整个世界。

满头银发的女士坐在纽约港的轮渡码头，收回与自由女神对视的目光。

"后来呢？"她问。

她身旁坐着一位看起来更年迈的老人。老人对她说："一八九一年圣诞节，破产珠宝商人之女瑟芬尼·安德斯加嫁给了纽约港的养鳗人。她一直为风之皮尔城的故事深深着迷，终于说服了丈夫和她一起结伴上路，去寻找那座神秘的孤岛。"

"可是她根本不知道那个漂流瓶的具体年代。那本日记可能写在几年前、几十年前，甚至几百年前。"

"是的，她不知道。可是她太为这个故事着迷了。她的丈夫心想那座孤岛说不定藏着什么宝藏，也就一心一意地按照地图寻找——他们手里还有那座岛屿的地图呢。"

"他们找到了吗？"

"找到了，很多年后。"

女士长长地舒了口气。

"他们找到了一座满是白色城邦的岛屿，发现了一所红房子。红房子里有一个老头儿。他已经老得几乎看不出性别。他衣衫破旧，但很干净，上面依稀能够看出来有一把鱼叉。瑟芬尼·安德斯加看到这一幕，问老头儿是谁。老头儿还没有来得及和她交谈，整个岛屿就开始下沉。"老人缓慢地说着，苍老的瞳孔中映出自由女神高举火炬的身影——女神身后青灰的天色泛着焰火般的红光，"探险者和她的丈夫只好赶紧离开那里，回到船上。当他们的船离岸不到一刻钟，海面突然出现了很多金色的云朵。三十七个气球就全部升向了空中。瑟芬尼·安德斯加看到云层中有热气球吊着的岛屿。几秒之后，这个景象连同风之皮尔城，全部消失不见。"

老女士问："那岛屿到底是上升还是下沉？"

"这有什么要紧。"

"那老头儿呢？"

"也跟着他们上船了。他在船上生活了不少年，以为自己再也适应不了陆地。可是后来，瑟芬尼·安德斯加和她丈夫的船坏掉了，再也无法航行。他们在陆地上住了下来。老头儿也上了岸。"

"外乡人说的遥远的大陆？"

"是的。"

"再也没有离开吗？"

"是的。老头儿后来住在了外乡人说的遥远的大陆上，再也没有离开过。"

开膛手在风之皮尔城

绿海迷踪 / 墨　熊

混沌生万物，以它的名义，创造吧。

楔子：怨怒

她和他就要死了。

她知道，这是无法抗拒的命运。在这片被夜色包围的密林深处，逝去的生命就和从来没有存在过一样，倒下的瞬间，便只是化为匆匆弥散的尘土——就和之前已经死掉的那两个人一样，无法在黑暗的树海里激起半点涟漪。

难以言表的恐惧已经占据了心灵的全部，她无法思考，无法感受，甚至无法对他说出临别的遗言。

受伤的脚踝越发无力，也没有继续前进的愿望，她想就这样坐下，至少休息一小会儿。但他不肯放手，虽然同样因为害怕而无法开口，但他就是不放手，他拽着她，拼尽全力又举步维艰。他们跑得不慢，可惜单纯的速度并不能让这对年轻男女活命，因为他们的对手比他们还要快——而且快出许多。

它就是风。

它是黑暗苍穹下一阵白色的风，像是尸体般腥臭的死亡气息，随着它的影子在四周飘荡，令人生厌，却又挥之不去。它没有形，也看不清大小，甚至没法肯定它的位置。它只是留下阵阵在枝丛中穿梭游移的声音，然后就又一次遁入黑暗，用平静而傲慢的凝视，打量着两个即将到手的猎物。

它所经过的地方，夜枭停止啼鸣，毒蛇瑟瑟颤抖，连最凶猛的豺狼都自觉地退入洞穴，生怕招来杀身之祸。

它是一个怪物。

一个杀气腾腾的怪物，只是没有人能理解它今夜为何如此执着于杀戮——它也不需要有人理解。它轻轻调整身体的位置，跳到两人身边最高的树上，占据一个可以总览全局的位置，君临天下的样子。

她还是坐了下来，已经到尽头了——她这样告诉自己。

但他依旧不甘心，他还有许许多多的美丽没有亲历，他还有许许多多的承诺没有兑现，他还有许许多多的足迹没有留下。他想要离开，想要现在就离开这个地狱，但也必须带着她一起——没有她，离开本身也没有多少意义。

"起来，"他用力拽住她瘫软的左手，"我们就要走出绿海了。"

只是现在，这句话如此苍白无力，甚至连他自己都说服不了。

是的，是时候了，它明白，结束这一切的时候，到了。

这个白色的怪物从树冠上轻轻跃下，轻盈曼妙的曲线在黯淡的月光下闪耀，那仿佛披着蝶翅的晶莹身影，无声无息，徐徐坠落在一对恋人眼前。

它美丽、威严、孔武有力，人只是与它一次正视，就会被震撼得好像失了魂魄。

它坚定、冷酷、不可一世，没有任何东西可以阻挡它的前行。

但与平常相比，另一种更加可怕且具有压迫力的表情写在它高傲的脸上。它停下脚步，静静地盯着近在咫尺的两只猎物，微微露出血口外侧的獠牙，两根藤条似的白色物体从背上爬出，无力地耷拉在地上，只有尖端朝向二人。

不是因为饥肠辘辘的本能需求，也不是因为保护领地的责任，今晚的杀戮，只是怨怒——某种难以抑制的怨怒，它只是野兽，一头不会说话的野兽，它表达怨怒的方法，是杀戮，也只可能是杀戮。

男人还是决定反抗，他突然甩开了握着的手，想要摆出鱼死网破的模样。

战斗在短短半秒钟内便落下帷幕，怪物背部的藤条刺穿了他的胸腔，快得仿佛闪电，甚至在感觉到痛苦之前，他的心脏就已经被击成碎片。怪物在抽出触手的同时，用锋锐的前掌给了这个可怜人最后一击，把他血肉模糊的身躯甩在树干上。

女人惊叫着起身，是绝望，还是要挣扎。它不在乎，它只是用完全相同的姿势和动作，漫不经心地把她也变成了尸体，与旁边那具几乎一模一样的尸体。

它远未出全力，甚至都谈不上是出力。不过是轻而易举的屠杀而已，这些柔弱的生灵根本就没有反抗的可能性——它从一开始便知道，它从很久以前便知道，所以它才会如此悠然自得，犹若闲庭信步。

它低下头，闻了闻女人的手腕，它闻得很仔细，甚至鼻尖都触到了腕部的手环，它愣了一下——那是一只精美的木雕手环，念珠似的小饰物被红绳穿起，像是某种古老宗教的护身符。它不懂人类的这些无聊小把戏，所以很快就丧失了兴趣，抬起了头。

然后，它转身离开，这个白色的怪物，就好像什么也没有发生过一样，踱着它优雅的步子，慢慢地消失在无边的黑寂之中。

一、生意

"就是这小小的种子，毁灭了世界。"

桌前的年轻女子拾起手中的黑色果实，就着灯光，仔细地上下端详。那东西和葵花子一般大小，表面光滑如镜，在微弱、昏黄的光线下，竟能倒映出她秀气端庄的侧脸。

"你能相信吗？白先生，"她继续道，"伟大到难以逾越的力量，竟蕴藏在如此渺小的存在之中。"

"抱歉，我对历史知之甚少，"方桌对面的壮年男人拉了拉自己的西装领口，语气不紧不慢，"您瞧，薛裴，我只是个商人，这种子对我来说只是生意。而且……"他调整了一下坐姿，"……是非常正当的生意。"

"咭，你应该学点历史，白叶，"被称为薛裴的女人回道，"这对你的生意也有好处。"

对方很自然地笑了起来："洗耳恭听。"

坦率地说，薛裴不喜欢他。早在几年前，薛裴还没有搬到外区定居的时候，她就听说过白叶——这个名字总是伴随一些不那么友好的词汇，以及听起来像是诅咒的问候语。白叶是一个典型的"灰色暴发户"，他控制着两条从中国到卡奥斯城的陆上走私线，并且不惜使用任何手段——正当的或者不正当的，来维护他在这两条路线上的利益配额。当然，至少在表面上，他还是经营着一些可以拿上台面的生意，比如眼前的这些鬼种子。

在接到白叶的邀请时，薛裴还犹豫了好一阵——两人素未谋面不说，连见面的地方都如此偏僻诡异，就好像是为了刻意避开周围人的耳目——通常在这种环境下的讨论，和"见不得人的勾当"是可以画等号的。

"三十年前的'一星期圣战'，你还有印象吗？"

白叶看似答非所问："我生于二〇九九年的四月一日。"

"咭？四月一日？"薛裴流露出一丝惊讶的表情，"'愚者之灾'的当天？"

"如果我没记错的话，是的。"

现在，薛裴稍稍有些敬佩眼前的这个华裔男子了。她不自觉地捏了一下耳垂上挂着的十字架形坠饰——在她看来，与"一星期圣战"同时降临的孩子，总归会有些不同寻常的天命。

"战争结束前，双方在七天内互射了一千五百枚以上的ICBM，"薛裴耸了耸肩，"幸运的是，只有不到十分之一命中了目标。我猜如果没有导弹防御系统的存在，我们的世界肯定就是另一个样子了——"

她把那颗黑色的果实摆在手心，放到白叶面前："但世界还是变了样子，喏，你现在认为是'生意'的这个东西，在这三十年里把地球变成了一个亚马孙主题公园。原先被军队用来破坏敌方工农业体系的'生态兵器'，最终打破了主人制造的枷锁，成为这个丛林世界的新主宰；而核武器带来的温室效应正好加速了植物的繁衍，让它们从赤道到北极圈，爬得到处都是。"

白叶面无表情，既像是在听，也端着一副不感兴趣的样子。

房间很小，也没有其他人，面对面的两个华裔，不知为何却一直在用英语交谈。

"'自作孽，不可活'，人类就是这样。"薛裴缩回手，"总是一而再，再而三地犯着同样的错误——以为自己的力量足够强大，"她有意顿了顿，"以为只要有钱有权，就可以使唤那些他们其实并不了解的东西。"

"我完全赞同你的观点，"白叶从桌旁的果盘里摸出一粒黑色小种子，与薛裴手上的几乎一模一样。

他用拇指和食指轻巧地一夹，种子的外壳伴着脆响分成四瓣儿，露出中间乳白色的果仁。

"所以，"他微微笑着，把果仁塞进嘴里，"我只对那些我了解的东西投资。"

"不错的原则，白先生，"薛裴依旧不卑不亢，"喏，那么你对我了解多少呢？"

　　显然，薛裴选错了抬杠的角度。对某些生活在边境线的人来说，白叶只不过是一个有那么点影响力的暴发户——而除此以外的人，就基本上对这个名字一无所知了。

　　但薛裴不一样。

　　无论使用任何搜索软件，键入"薛裴"的拼音后，都会得到至少三十万个相关条目，其中前十页一定和某个故事有关，和某个家喻户晓、差点被改编成电影的故事有关。

　　"你在东京丛林孤身一人、赤手空拳猎杀了三头红脸，"白叶当然不会不知道这个故事，"而且是三头勇士级红脸。"

　　"唉……"薛裴闭上眼，轻轻叹了口气，"传说总是越来越离谱，这归结于人类心中根深蒂固的偶像崇拜欲。"她突然展开双臂，好像要让对方看个清楚似的，"你也已经看到我本人了，我想凭您的眼光和智慧，不会相信我能徒手与红脸搏斗吧？"

　　薛裴的身材并不算娇小，但也谈不上强悍，与身高接近五米的勇士级红脸肉搏，无疑是天方夜谭。

　　"不是赤手空拳，也不是三头。我说得对吧？"白叶淡淡地笑着，"如果你觉得我只是听说过你的事迹，便委托你来帮我办事，那可就错了。你在这个世界上留下的痕迹比我多得多……毕竟，"这次轮到白叶故意顿声了，"你比我的年纪要大不少。"

　　薛裴突然沉默不语，斜眼盯着对方。

　　"我经过很长时间的仔细斟酌，最后才选定了你，薛裴。"白叶道，"我觉得只有你才能帮我解决……眼前的小小麻烦。"

　　"那么就请照直说吧，您要我帮忙做什么？"

　　"不用紧张，薛小姐。我知道你是个'正经人'，所以绝不会强人所难让你做一些不那么正当的事。"白叶不知从哪里摸出一张塑胶封装的地图，铺在桌面上，"从卡奥斯城出发，到俄罗斯边境的

绿海迷踪

重要贸易区'标地7'，然后再换车前往沈阳的仓库，这是我正在运营的最重要的一条运输线路。"

薛裴"哼"了一声："走私线路。"

"粮食、服装、药物、电子产品，还有卡奥斯城特产的微调剂，"白叶摇摇头，"我并不想给自己脸上贴金，但是在国际共管区，比如我们现在所在的'标地5'，很多东西只有通过我才能在市面上流通。"

"这不是重点。"薛裴抱臂于胸前，显得有些不耐烦。

白叶点点头："薛小姐，你来'标地5'的时候，走的是哪条路？"

"洲际高速公路，"薛裴顿了顿，"长途公交。"

"那么你在路上一定看到了卡奥斯城监察军的巡逻队……甚至是圣骑士团。"

薛裴托住腮帮，稍稍回忆了几秒："没错，二十个人一组，带着火箭炮、重机枪，还有战斗机器人。"

"俄罗斯联邦政府授权卡奥斯城监察军使用'一切必要武力'来'贯彻相关法律'，在它们眼皮子底下跑走私，无异于自杀，"白叶表情严肃，"那些浑蛋在发射反坦克炮之前，甚至不会给一个警告的眼神。"

"哦？"薛裴笑道，"意思是你准备改做合法生意了？是运石油还是人口？"

"所以我放弃了洲际高速公路，选择了——"白叶点着地图，"另一条路线。"

薛裴先是匆匆瞄了一眼，继而坐正了身子，仔细看了几秒："绿海？我的上帝，你让你的车队穿越绿海？"

"钱不好赚，薛，比起遭遇圣骑士团，我宁愿选择穿越绿海……"白叶耸耸肩，"要不然就是绕路一千五百公里——实际上我现在就打算这么做，如果连你也没法帮我的话。"

薛裴突然之间就有了兴趣："哟，这么说，你在穿越绿海时遇到了麻烦？"

"那可是绿海，"白叶道，"我相信你比我更清楚，那里可全都是麻烦，土匪、沼泽、野生狼群，满山遍野的毒花毒草。"

薛裴一字一顿地说："你刻意少说了'红脸'。"

"是的，那就是你需要解决的'专业问题'了。"

"你要我去绿海杀红脸？"薛裴笑出声来，"这听起来像是个终生合同啊。"

"并不是全部，"白叶朝桌面比了比，把薛裴的目光又拉到了地图上，"这里是巴布里托尔，一个只有三百人的小镇，是我那小小商贸路线的必经之地，从镇子向东，是绿海中公认最安全的区域。但最近我的车队连续遇到了多次袭击，联系突然中断，车和货都在，人却都死光了，只有尸体被送了回来。"

"是当地匪徒？"

"尸体上布满了野兽的抓痕，法医说是某种小体形红脸所为，但奇怪的是，没有齿痕，没有任何被啃咬过的迹象。"

薛裴的表情开始认真起来，她点了点头，"红脸只有在饥饿时才会主动袭击人类，你遇到的情况确实有些奇怪。"她稍作停顿，"是什么样的抓痕？你亲眼见过吗？"

"皮开肉绽，连肋骨都翻过来了。"

"嗯……"薛裴托起下巴，"雄性的小体形红脸多为幼仔，就像打仗中常说的'斥候'，一般都成群行动，收集食物或者巡视领地，但问题是它们的爪子并不锐利，更别说伤及骨头了。雌性红脸的体形都不大，有些品种，比如'卫兵'的战斗力很强，但它们通常只在守卫巢穴或者保护幼仔的战斗中亮相。你的人也许不小心闯入了某个群落的后花园……等等，是谁把尸体送回来的？"

"最先发现者，应该是巴布里托尔的居民，"白叶又点了点地图，"他们把尸体交给路过的装甲巡逻队，有中国人的，也有俄国人的。另外，我的人肯定是走大路，不可能经过红脸的领地。"

"唔，"薛裴拍拍椅子的扶手，一脸无奈地道，"那也许是什么新品种吧？你也知道的，红脸的进化速度已经超越生物学家的想象力了。"

"有人说这些……"白叶皱了一下眉，"'怪物'，迟早有一天会毁灭人类，你觉得呢？"

薛裴笑道："等黑市上一斤消毒过的红脸里脊肉掉到一百五十元以下时，我才会去考虑这个问题。"

"我可没那么乐观，"白叶一本正经地道，"这条线路关系很多人，关系他们的饭碗，关系他们的家庭，关系他们能不能稍微像个正常人那样在这个艰辛的世界坚持下去。薛小姐，也许你并不喜欢我的生意，但我……"

"别，"薛裴摆摆手，"我并不讨厌走私货。"她指指自己的腕表，"我讨厌的只是走私背后的肮脏勾当……腐败、贿赂、色诱、暗杀，诸如此类。"

"我不运毒品，也不贩卖人口，"白叶稍稍显得有些激动，"我是一个有原则的人，薛小姐，我可能是在卡奥斯城搞走私的所有人中，最有原则的一个。"

"你话题扯远了，白先生。"薛裴颇不屑地道，"由于晚上六点半我还有个小小的约会，所以我想稍微加快些谈话的节奏……简单地说，你想让我帮你确保走私路线的安全，是这样吗？"

白叶摇摇头："确保安全有很多种方法，我可以打点一下周遭的部队，或者给每辆车加派点人手，要不然就是买台驱逐机甲护航。但我说了，我是个生意人，我是个只对自己了解的东西投资的生意人。"他顿了顿，"现在的情况则是，我对袭击我车队的对象一无所知。匪徒不会抓挠尸体，红脸也不会袭击车队，无论我往里面砸多少钱，都是冤枉钱，因为我根本就不清楚站在我对面的是谁，或者……是什么。"

"听起来你应该请个私家侦探，"薛裴撇撇嘴，"要我帮你介绍一个吗？"

"如果有侦探比你更了解红脸，我会考虑的。"

"喏，那你应该再叫个生物学家。"

白叶耸耸肩："如果他会使枪的话。"

"那还得再雇一个保镖。"

"还要是个懂得在绿海野外生存的保镖。"

薛裴意味深长地"哦"了一声："难怪你找上了我。"

"对，因为你是一个有特种兵技能的拿着枪的生物学推理专家，"白叶微微笑道，"没有人比你更适合做这个工作。"

薛裴暗自承认，这项任务对她还挺有吸引力——主动袭击人类的红脸，留下车又不拿走货物的匪徒，还有冥冥之中，透过女性第六感才能察觉到的、隐藏在表象背后的"诡异"。

"老实说，我兴趣不大，"薛裴托住腮帮，"我在卡奥斯城的外区担任一支恶魔猎手小队的队长，有数不清的麻烦需要解决。如果我想去找几只红脸练练筋骨，我宁可选择去电子游戏厅，一块五毛钱可以让我玩上一下午。"

"五十万。"

"不不不，"薛裴将刚才一直捏在掌心的鬼种子果实连壳丢进口中，一边嚼着，一边摇了摇手指，"喏，你看，我最近很忙，而且我的弟弟也……"

"外加一辆美国原装的 HCV9，新款，作为……"

"这不完全是酬劳的问题，白叶先生，我想你必须明白……"

"作为我们的订金。"

"我什么时候出发？"

薛裴正襟危坐，说出了进房间后的第一句中文。

二、绿海

薛裴是个很神秘的女人。

没有人——无论是她自认为，还是事实上，都没有人知道她的确切身世，正如她经常说的那样："我这里的情况非常复杂。"

但同时她又是一个非常有名的女人，被各种各样、虚虚实实的传说所环绕，有些带着善意与敬佩，有些则更像是恐怖小说里的桥段。

至少有一个传说是真的。

那就是薛裴在开车的时候，总是只用右手握方向盘。在要换挡的时候，这是个很别扭的姿势，所以通常她只开自动挡的小车。

但 HCV9 可不是自动挡的小车。它是这个世界上耗电量最多，马力最大，速度最快的重型吉普，有着粗犷的外表与凶猛的性能，是很多自驾游爱好者的终极追求，偶尔也会成为以命相酬的理由——无论男女。

所以可以想象，当薛裴驾着这辆崭新的 HCV9 驰骋在田野乡间时，吸引了多少羡慕乃至崇拜的目光。即便是看惯了军车经过的小贩，也会惊异于这辆重型吉普的身影。

而薛裴却是一点都不敢大意，她已经习惯于搭别人的顺风车，轮到自己驾驶的时候总会有些不适应，更何况这是个操作异常复杂、光说明书就有一百三十五页的怪物。

但她偶尔也会扭头注意一下周围的风景。

这里是绿海的边缘，是国际共管区中最平静安全的地段，不仅适宜居住，物产丰美，也少有土匪强盗之辈光临。现在正值春末，各种谷物与薛裴叫不上名字的农作物的植株立于道路两侧，果林与田地连绵不绝，一直伸展到遥远的天边。

这里原来也是草原的一部分，从几百万年前便是——薛裴暗暗慨叹：人类只用了三十年，就让沧海桑田的力量变得一钱不值。

农舍开始远离窗外的美景，继而连整齐有序的田地也慢慢消失，路况渐渐变得惨不忍睹。薛裴放慢了车速，发现周围的世界已经被一片密集而望不到边际的金黄色所覆盖。

薛裴知道，那叫"守身草"，是一种在"一星期圣战"中使用过的生态兵器。在有它扎根的土地上，任何其他植物都无法生长，这本来是用来破坏敌国农业生产、近乎非人道的最终手段，现在却被当作抵御其他生态兵器侵蚀的法宝——用它划出的隔离区绝对安全，即使变异过的非正规鬼种子，也从没有突破"守身草"防线的记录。

但长达两公里的隔离区也意味着安全的路途就要到头了。

薛裴正了正身子，明显感觉到脚下传来的颠簸比之前剧烈许多。她对着说明书，启动了车底盘上的双向稳定仪，车体一下就平稳得像行驶在高速公路上一般。

"嚯！"她止不住兴奋之情，轻轻拍了一下车子的仪表盘，"果然是高级货呢！"

地平线上出现了一道隐隐约约的绿色，就像在金黄大地与蔚蓝天空之间勾画上的边界。只是这边界越来越粗、越来越广，逐渐显出它的本来模样，占据了车前窗外的大部分视野。

那便是绿海。

人类投下的鬼种子，在温室效应的作用下，把草原的整个区域变成了一片绿油油的战场，原先的生态系统被破坏殆尽，野生动植物只能在灭绝和迁徙之间选取其一。而作为罪魁祸首的人，也不得不借助火焰喷射器和守身草的帮助，才能将这些不断扩散的绿色恐怖阻挡在文明世界之外。

客观地说，薛裴眼前这些足有三四米高的"甘蔗树"状的植物本身并没有什么危害。它们的学名叫"墙竹"，是所有生态兵器中寿命最长、适应性最好的，它们只需要六个月就能成熟，十二个月数量就能翻番，长达二十五米甚至三十米的根系让它们可以在最艰苦的环境中生长，只要有一点点的可能性，墙竹就可以在几年内把荒漠变成山林——是的，从某种角度来说，它们是扩大绿化面积的捷径，而且，某些地区人们确实是这样做的。

但在绿海这里，不是。

墙竹占据了绿海大约百分之三十五以上的面积，为各种各样稀奇古怪的天灾人祸提供了天然屏障，也经常让文明世界"净化"这一地区的努力化为泡影。

坑洼的土路蜿蜒向前，延伸到墙竹林地的深处，像一条不见尾的神龙。破破烂烂的小木屋立在道路左侧，看上去像是一座岗哨或者收费站之类的建筑，叫不出名字的藤蔓爬满了屋里屋外，显然是已经废弃多时了。在木屋旁边耷拉着一块锈迹斑斑的路牌，血红的英文残缺不全，只能连蒙带猜地看出上面的意思：

"绿海，由此进入。"

下面是一行涂鸦似的小字："你死定了。"

薛裴左顾右盼了一阵，周围不见半个人影，只有几只像是雀鸟的飞禽站在木屋的檐上，排着整齐的队列，低头盯着路面上的庞然大物。

GPS 的信号很稳定，根据薛裴的经验，春夏之交也不会有电离风暴发生，她发动引擎，踩下油门。越野车跨过了绿海的边界，很快便被墙竹的海洋淹没，只留下一串尘烟。

这是第几次来绿海呢？记忆已然混沌，薛裴没有印象，总之有那么两三次了吧。

作为一个怪物猎人，她最早进入绿海的初衷是"纯学术性"的：看有什么值钱而又不那么危险的猎物可供消遣。她当时并没有遇上红脸，只是打到一头像是獐子那样的小玩意儿，不过老实说，如果在二十年前遭遇红脸，也就没有今天的薛裴了。

密不透风的墙竹在道路两旁矗立，煞是晃眼，薛裴努力不去胡思乱想，把注意力集中到方向盘和 GPS 的显示屏上。

由于早上才下过一场小雨，路面比想象中还要泥泞许多，即便是 HCV9 这样专门设计出来在弹坑密布的战场上高速穿行的越野车，跑起来也有些吃力，开着双向稳定仪还是不停地左摇右晃。

一架看不清轮廓的战斗机突然从车顶呼啸而过，待薛裴反应过来的时候，它已经化为蓝色苍穹下一道雪白的尾迹。

"真见鬼了，"薛裴用手掌砸了一下方向盘，她喜欢抱怨，只是经常找不到对象，"有钱叫战斗机来巡逻，就没钱修路吗？"

在谨慎中行驶了大概半个小时，一个岔道出现在车前，这里没有任何标示和路牌，就像一个无聊的谜语，让人琢磨不透走下去会发生什么。更神奇的是，这两条路在 GPS 上都没有显示，而有显示的那条路——薛裴扭头看过去，面对着她的只有一排密密的墙竹。

薛裴捏了捏眼眶，确定自己没有看错，顿时怒上眉梢，"这什么破玩意儿啊，啊？"她冲着 GPS 屏幕吼道，"这什么破玩意儿？史前时代的 GPS 地图吗？"

乍一看去，两条路都很破败。如果不是边缘种着守身草，估计也已经被墙竹吞没了——或许，地图上的那条路就是这么消失的。不过薛裴发现，在左边的那条路上，有崭新的轮胎印，新到即使隔着玻璃窗，也能辨认出压出它的家伙有多大吨位——

一辆军用卡车，薛裴心想，一辆军用卡车不久前才走过的路，且不说能通向哪里，起码它是安全的。于是，她单手打过方向盘，决定先走下去再说。

通常来说，薛裴在驾车时总没什么警惕，这和她的对手有关系：有什么野兽看到车辆驶过还迎头向前？只是周围的景色未免太过单调压抑，让人觉得像是在一条绿色的桶形笼子里漫步，望不到头，也见不着尾。

突然，前方出现了一小队人马，他们围着一辆绿色的大卡车和一部看不出来是什么的机械物体，看那着装应该是军人无疑，薛裴犹豫了几秒，还是把 HCV9 在距离卡车二十米左右的地方停了下来。

那是相当正规且整洁的中国陆军着装，就好像昨天才完成建制的部队。数量大概是一个班，为首的上士看到薛裴下车走来，便立即迎上前用中文道："你好，小姐，"他行了一个不算特别正式的军礼，"我们遇到一点小小的麻烦，不知是否可以耽误您点时间。"

薛裴摘下墨镜，挂在皮夹克的领口，摆出一副饶有兴趣的样子。

上士正要说些什么，突然注意到薛裴夹克上的六角星蝴蝶纹章——那是卡奥斯外区"恶魔猎手工会"的标识，连忙改口说起流利、但口音奇怪的英语："女士，我们是第一托管军团下属的装甲巡逻队，负责维持绿海周边交通线的稳定与秩序，并根据相关法……"

"您刚才不是说要耽误我点时间吗？"薛裴微笑着打断上士的话，"不会就是要给我做普法宣传吧？"

"哦……不，"上士听到如此标准的中文，不禁有些吃惊，"我们只是，呃，车子陷进地里了。"

这自然是显而易见的。薛裴轻轻一瞥，就可以看见那半人高的大轮胎在一团泥浆中挣扎。卡车前方的铰索被链在一部重型机器人的尾部，薛裴好像在哪里见过这种腿脚纤细，大约三米高五米长的"大号螳螂"，可就是一下子想不起来——机械啊，电子啊之类的高科技玩意儿她完全搞不懂，虽然她曾经非常在行。

"我们尝试用'梵天'把车子拉出来，"上士摇摇头，"但不知道是它不愿意，还是马力不够大，总之就是一动也不动。"

机器人躯干上漆着印刷体的"TYPE2212"字样，这才让薛裴想起来它的身份："梵天"，一种已经服役多年的反坦克机器人——也有人管它们叫"驱逐机甲"。

"哦，我懂了。"薛裴依旧保持微笑，"你想让我的车帮忙？"

"对，然后我们所有人一起推。"

薛裴对着军车上下打量了一番，怎么看也有个八九吨的样子，那部可怜的"梵天"不愿做动作，说不定是它的人工智能进化到可以理解"螳臂当车"这个词的意思了。

"乐意效劳，只是我想问一句……"薛裴顿了顿，"长官，您知道去'巴布里托尔'的路吗？"

"巴布里托尔？"上士口里的"谢谢"还没说出来就被憋了回去，"你……你要去巴布里托尔？"他与身旁的士兵交换了一个眼神，"顺着路往前就是，实际上，我们刚从那里回来。"

薛裴皱了皱眉头："听上去那里出事了？"

"啊，只是老问题复发。"上士回道，"昨天下午有两辆货车遭到袭击，巴布里托尔的居民找到了四位罹难者，我们路过村子时，顺便把尸体带走。"

薛裴注意到堆放在军用卡车里面的货物中，有四个长形的黑色塑料袋——确切地讲，是裹尸袋，而且是放进了"东西"的裹尸袋。

"袭击者是谁？红脸吗？"

"应该是，"上士点点头，"不过确切信息还必须等法医解剖之后才有定论。巴布里托尔附近时常有红脸伤人的事件发生，今年光我经手的，就有二十多个人了。"

"为什么他们不搬走？"薛裴继续问道，"我所知道的红脸密集地区，多半都以最快的速度把居民疏散了。"

上士耸了一下肩："天知道，那鬼地方连电都通不上，你能想象得出来吗？"

薛裴去过许多"通不上电"的鬼地方，所以当然能想象出那里是怎样一幅情景——老实说，有时候她还挺羡慕那种日出而作、日落而息的生活。

"你不是要我帮忙吗？"薛裴朝后比了比，"我的车没锁。"

"好的，非常感谢。"上士说着就朝一个士兵招了招手，"小李，过来一下……"

"等等，我有个条件，长官。"薛裴拉住上士的袖口，"我想看一下尸体，"她伸出食指，"就一下。"

这要求稍微有些过分，但上士想了一下，还是勉强同意了。

在经过"梵天"的时候，那台好像定格了似的机器人突然转过头，朝薛裴死盯了好几秒。"下午好，同胞，"它发出甜美悦耳的少女嗓音，让薛裴心头一颤，"编号707BP正在为人民服务。"

薛裴走到裹尸袋边，半跪在地，拉开上面的拉链。两个守在旁边的士兵互相看了一眼，后退了小半步。扑面而来的异味不禁让薛裴捂住了鼻子，但更令人难受的还是尸体本身——正如之前白叶所描述的，像是掠食性动物的抓痕从胸口延伸到胯骨，把这个可怜的黄种男子撕扯得血肉模糊。

薛裴轻轻在胸前画了一个十字，拉上了拉链，继而又转向另一具尸体。很显然这是一位女性，同样是黄种人，年纪也不大，看样子也就二十岁出头，伤口同样触目惊心，即便是见多识广的薛裴也抽了口凉气。

全身上下唯一完整的物体，恐怕就是女孩腕上的木雕手环了，它已经被鲜血染红，以至于都看不清轮廓。刚才那男子的尸体上，也有这么一个手环，想必两人之间必定有某种不同寻常的羁绊吧——只是现在已经不重要了。

"你是薛……薛裴？'不老的薛裴'？"

一个女子的声音在背后响起，薛裴没有起身，而是扭过头，看着对方。

她穿着非常"有特色"的"军服"——乍看上去像是恐怖片中肌肉外翻的僵尸，只在关节的部位上有一些金属似的结构。这套怪模怪样的衣服覆盖全身，着装者连脸孔都藏在和骷髅有几分神似的面罩之下，如果在半夜里撞见，绝对会把人吓个半死。

"是，"薛裴注意到对方胸前的"CSF"字样，自尊心突然莫名其妙地膨胀了起来，"这世界可真是处处都有惊喜，连特种部队里都有人认识我。"

"CSF 资料库显示，你曾经有一次阻挠反恐行动的记录，"对方不紧不慢地回道，"还有十七次破坏国家财产、十九次违反自然保护区禁猎条例的记录，但最后中国政府给了你特赦，真不可思议。"

"唔……"不知道为什么，薛裴失落极了，"这世界可真悲哀……"

三、猎物

重新上路已经有十多分钟了，薛裴还在想着刚才那个 CSF 的队员。倒不是因为她那身古怪的打扮，也不是因为她竟然认得自己，而是她本身——在绿海这么个鸡飞狗跳、又没什么战略价值的地方，有权有势的组织都避之唯恐不及，如果说派装甲巡逻队扫路还算是"国际道义"，那为什么会有特种部队跟着去呢？

"是俄制MK49啊……"薛裴想起那女兵背着的电磁步枪，喃喃自语，"真是高级货呢，我怎么就没有呢，怎么会就买不到呢。"

她扭开收音器的频道开关，信号不是很好，音乐走调得厉害，仅仅能勉强听出旋律。

周围的景致开始有了变化，墙竹比来时要稀疏得多，四五米高的阔叶林夹杂其中，地面也多出些叫不上名儿的灌木和花草。不经意间，一只好像是狐狸的东西从车前闪过，这让薛裴紧张了好几秒。

"小狗崽子！"她暗骂了一句，"抓来烤了吃！"

路况依旧糟糕，越野车的速度甚至比刚才还慢。按照陆军上士的话，顺着路走到底应该就是巴布里托尔，大概还有不到十公里的样子。

蓝天、碧海、丛林、沙漠，薛裴自以为在这个世界上，已经没有什么能让她惊奇的景色。尤其是像绿海这种"鬼种子"形成的"人工林"，从富士山到亚马孙，从好望角到波罗的海，她实在看过太多太多。

就在薛裴打呵欠的瞬间，车体突然晃动了一下。她隐约觉得前方的路有些异样，那痕迹就好像是有人在几个小时前才挖掘过。

她本想要停车检查一下，可在那之前，磁爆地雷已经在车下炸开了花。足以破坏军用电气设备的强脉冲电流在刹那间扩散到半径十五米的范围内，收音机的声响戛然而止，仪表盘闪了阵电花后便没了动静，车子的全部系统都立即崩溃，只是在惯性的作用下往前又冲出了十几米，停在道路中间。

无法动弹。

薛裴并没有被困住，但依然无法动弹。即使在遍及周身的麻木感消失之后，她的左臂和双腿还是紧紧扣在原来的位置上，不听使唤。

附近的树丛中晃动起了人影，数量还不止一个——这是有预谋的伏击，这些不要命的土匪，甚至都等不及装甲巡逻队走远就迫不及待地下手了。薛裴努力调整呼吸和心率，她不敢肯定自己恢复了多少，但是那些穿着迷彩服的土匪可不懂得怜香惜玉，他们已经端着枪朝这边靠来，看样子，至少在"打劫"这个领域，这些人还是相当娴熟和专业的。

薛裴咬紧牙根，艰难地伸出右手，打开方向盘后面的一个暗格，从里面抓出一支用塑胶密封好的注射器。她歪过头，张开嘴，咬破包装，抽出注射器，看也不看，直接朝脖子根扎了下去。

包装袋上印着卡奥斯城的黑白花蝴蝶纹章，左下角还有特种微调剂的红色警示标识——这表示里面装着的东西不是一种用在普通人类身上的产品，很可能只有重症病患才会得到授权。

混着纳米机械人的微小细胞通过针尖，穿越皮肤，在血管里迅速扩散，按照它们先前设定好的程序，集结之后迅速游向薛裴的左臂、下肢，乃至全身——它们嗅到了某种特殊材料的气息，某种血肉、金属、陶瓷和塑料纠结在一起的材料的气息，某种只有它们才能修复的材料的气息。

任何修复都需要时间，而现在薛裴最缺的正是时间，面对逐渐迫近的枪口，她低下身子，用右手从座位后方取出一把 Q9P 伞兵枪，用肩膀抵住车门，把枪口从车窗的门缝里塞了出去。她从没想过自己会用这么狼狈的姿势与人交战，而且这也不是她的强项——人毕竟和动物不一样，没那么容易被枪声和子弹吓倒。

粗略地瞄准之后，一串杏黄色的弹道从最近的土匪身侧扫过，他们紧张地蹲了一下身，胡乱地开枪反击。HCV9虽然已经瘫痪，但好歹是辆军用越野车，普通步枪的子弹奈何不了它，甚至没法在车窗上打出凹痕。

薛裴一边祈祷对方没有反坦克导弹之类的重武器，一边尝试撞开车门，越野车再坚固，不能动也只是口活棺材。再说，车毕竟是身外之物——还不是自己的身外之物，而命就只有一条，怎么算也都得先逃走再说。

薛裴僵硬的左肘刮到了把手，门毫无预兆地被推开，她的身体突然失去平衡，滚落在地，零星的子弹打在车门上，发出叮叮咚咚的脆响。

"打死我，可就没有赎金了哦。"薛裴一边自言自语，一边挣扎着起身，用车门做掩护，半坐着朝对方还击。奇怪的是，匪徒们盲目地与她对射了一小会儿，就匆匆退回到树丛深处，就好像是在赶时间——要么就是对已经到手的猎物突然失去了兴趣，要么就是预感到装甲巡逻队的逼近，总之他们和来时一样，转瞬间就无影无踪了。

薛裴不敢有丝毫松懈，屏住气，四下观望了好几分钟，在确定再没有埋伏之后，她把伞兵枪放在双膝之间，腾出右手捏了一下自己的颈动脉——那里热得烫手。

她长出一口气："还好只是磁爆地雷。"然后扶着车体，慢悠悠地站起身。

肚子里翻江倒海，胸口也像压着块大石头似的憋闷难耐，薛裴一瘸一拐地走到车的引擎盖前，还没动手就先闻到一阵什么东西烧焦的糊味。

"算了……"薛裴苦笑着拍了拍引擎盖，"看来你也没什么希望了。"

嘴里虽然这样说，她还是忍不住稍稍把盖子掀开了一点，发白的灰烟像憋足了劲似的扑面而来，差点把薛裴熏倒。

"早知道不该对你抱有侥幸……"

她摇摇头，又蹒跚着返回车舱，拎出旅行包轻轻放到地面，自己则靠在驾驶座上休息。

干等了大概十分钟，也不见有什么巡逻队——或者别的什么足以保护自己的东西出现，薛裴不禁开始有些纳闷：

为什么匪徒会选择撤退？是什么让他们在地雷引爆之后匆匆离去？

一排可能是野鸭的大鸟从车顶列队飞过，薛裴别过脑袋，目送它们消失在视野尽头，然后看了一下表：下午三点十五分。身体的僵硬感已经有所好转，她握了握左拳，决定步行前往巴布里托尔，至少要先离开这里——这里是绿海，与卡奥斯城外区的农田有着天壤之别，即便是世界上最顶尖的猎人也不敢夸口说他能在绿海孤身睡上一晚。

四周已经完全没有匪徒们的踪迹，但薛裴还是在路边的树丛里低姿慎行，对她来说，花草丛林比宽阔平坦的马路要来得亲切——何况那条破路也谈不上"宽敞平坦"。

下车之后，薛裴的狩猎本能就被唤醒了。即使是看上去漫不经心的步子，也潜藏着对四周世界毫无破绽的洞察，这不仅能让她避开脚下随时可能出现的陷阱，也可以发现周遭环境中容易被错过的蛛丝马迹——

比如，现在薛裴手里的这朵小花，它叫"扎克哈奇"，一种耐寒的旱生多年生草本植物——典型的草原植物。因为温室效应的关系，草原上的温度和降雨量都发生了很大改变，但这并不影响某些顽强的植物坚守阵地。它的存在也说明了另一个不那么容易发现的事实：这里的土壤并没有被鬼种子"异化"，而后还可以简单推理出，周围的地下水系应该也不会致命，如果渴了的话，随便找到哪个水坑都可以救急。

走了差不多两公里，路面看不到一个行人经过——如果他们不是像薛裴那样喜欢在树丛里潜行的话。薛裴决定暂时休息一下，她背对着一丛灌木，小心翼翼地抱膝坐下，让自己的整个身形都刚好能被众多细小的绿叶所遮蔽。

手机没有信号，多半是被刚才的磁爆地雷给"人道毁灭"了，薛裴摇摇头，把它扔到一边，然后摸出水壶，准备给自己灌上一口凉水。

突然，不远处传来一阵枝叶的异响，她慢慢地放下水壶，把伞兵枪抱在怀里，侧耳倾听——那明显不是风吹过树梢的声音，也不像是野驴或者獐子，它时断时续，每次出现都持续几秒便结束。

是人，或者某种潜伏着的掠食动物——无论是哪种，都值得暂且把喝水小憩的事放到一边。薛裴平端住枪托，猫着腰向声源的右边移去，那东西似乎并没有发现她，而是继续朝着相反的方向挪动，把周围的灌木弄得枝叶乱颤。

在确定自己已经迂回到对方正后方之后，薛裴用微小的动作拉下枪栓，打开保险，在这种类似丛林的环境下，要准确判断距离和角度是不可能的，所以她打算再靠近一些——至少要近到能确定究竟是什么东西在动。

对方仿佛觉察到了身后微妙的气息变化，突然停止了所有动作。薛裴等了十秒后，怀疑自己的位置已经暴露，于是小步后退，准备先拉开距离再做打算。她屏息凝视前方，用余光扫着左右侧翼，一步一步地沿着本能指引的方向撤退。

很明显，薛裴的本能还不够完美——一对胳膊猛地从后面将她抱死，按住枪托，又紧紧勒住胸口，她又急又气，立即扭动着身体想要反抗，可对方不仅没有松手，反而加大了手腕上的力道。

无论袭击者是谁，这人都犯了一个大错：他不认识薛裴，至少没有听过关于她力气的那些个吓人的传说——"她用一只左手就能捏碎土狼的天灵盖""那女人的侧踢可以打断棕熊的肋骨"……

不过现在他知道了。当薛裴抽出左手，用那记看似胡乱挣扎的后摆拳将他直接打进休克状态之后，他知道了，和怀里这个野蛮女人拼力气是多么愚蠢而可悲的一个错误。

薛裴刚一挣脱，便就地侧翻，抓起步枪瞄准袭击者。她当然明白自己那一拳有多大分量，但毕竟不能确定来袭者的规模和武装。在瞄瞄了一周之后，薛裴才稍稍松了口气，开始检查起刚才"非礼"自己的这个倒霉蛋——他已经完全不省人事了。

他二十五岁上下，白种人，个子挺高，卷曲的金色长发、修饰过的鬓角，身材瘦弱——也许是饿的，也许天生如此，凭良心说，薛裴得承认他的模样还算端正标致，至少和印象中那些个常年混迹于树林、几年才洗一次澡的土匪歹徒区别甚大。薛裴注意到他穿着的黑色外套，于是伸手摸了摸——光滑细腻的质感在指尖游动，这不是普通的皮革，而是一种很特别的合成材料，一种并不适合在丛林活动的合成材料——或者确切地说，一种并不适合在地面活动的合成材料。

结论如此明确而离奇：他是一个飞行员。

薛裴情不自禁地抬头看了一下天空，蔚蓝色的苍穹在树枝的缝隙中闪耀，不见一丝云彩。今天是个飞行的好日子，如果连这样的日子也能把飞机开掉下来，那这位飞行员朋友最好在电子游戏厅里找点自尊——对他自己或者别人都更安全。

问题有很多，但答案只有等他苏醒后才能得到了，薛裴索性把他拖到一棵大树旁，自己则背靠着树坐下。

"倒挺沉的，"她拍拍手，把枪支在身边，对依旧昏迷不醒的飞行员笑道，"回家把你裱起来，挂在墙上，嗯，就和新西伯利亚灰熊的脑袋放一起。"

四、王牌

法玛斯再睁开眼睛的时候，已经是半小时后了。

他摇摇脑袋，感觉有些短暂的失忆。还没来得及回想起自己在躺下前发生了什么，一支黑洞洞的枪口就顶在了他的脑门上。

"英雄！饶命！"法玛斯捂着脸，缩成一团。

"啊？"薛裴惊讶地合不拢嘴，慢慢地把枪口移开，"你说什么？"

这个捂着头、狼狈不堪的男人，分别用俄语、英语、日语重复了三遍同样的内容："饶命，饶命，饶命。"

薛裴笑一声，用脚尖捅了捅他的腰："会说中文吗？"

"在学。"

"起来吧，帅哥。"薛裴坐回树旁那个刚才栖身的位置，"没带武器就在绿海里瞎晃悠，你的胆子可真不小啊。"

法玛斯半躺在地上，一脸苦笑："原来有把手枪，我不知道在哪儿给弄丢了。"

他还挺逗趣——薛裴心想："刚才没把你打伤吧？"

"门牙断了半截……"法玛斯摸了摸嘴巴，依旧苦笑，"好像还少了点什么，你等等……"

"你还当真了！"薛裴挥舞了一下手里的伞兵枪，面带愠怒，"分明是你袭击了我好不好？"

"我？有吗？"对方又露出无辜至极的模样，仿佛受了莫大的委屈，"不会吧？"

"装傻是吧！"薛裴突然起身，猛地用脚踏在法玛斯的胸口上，用枪指着他的眼睛，"若是单从相貌判断我不会杀人，那你可就大错特错了。"

"不不不！"法玛斯吓得语无伦次，正眼也不敢瞧薛裴一下，"误会！误会！都是误会！我以为你是土匪，所以就想要跑开，但是发现你只有一个人，所以就想要先把你……我是说我想要……你，我，你……然后你就我……你，我……"

薛裴横起枪托，照着他脸上便是一下，这攻击不算重，但也足够让法玛斯闭嘴了。

"听好，飞行员，"薛裴眉头紧锁，"如果你在我提问前多出一声，你听到的就是我扣动扳机的声音，明白了吗？"

躺在地上的法玛斯连着点了好几下脑袋。

"首先，例行公事，"薛裴用左手点着自己的胸口，露出一丝不易察觉的得意，"我叫薛裴，没有其他语种的名字，你只能叫我薛裴，OK？"

对方依旧是点头。

"然后，你是谁？"

"我？"法玛斯微微抬起头，"我……我……我……我是法玛斯，罗兰·法玛斯。"

显然，这小子也不认识薛裴，这多少又让她有些失落："我是个怪物猎人，在卡奥斯城外区供职，你呢，法玛斯？"

"啊！英雄！那真是太巧了！"这个自称法玛斯的男人仿佛找到了救命稻草，"我也是卡奥斯城的居民，我们是老乡啊！老乡！"

"喏，我问你是做什么的。"

"我？"法玛斯挠挠后脑勺，"我原来是卡奥斯监察军航空队的机师……"

"等等，哥们儿，"薛裴差点笑出声来，"你说你是空军？卡奥斯城的空军？"

"A 级甲等飞行员，"法玛斯直起腰杆，半坐在地上，"参加过第三次边缘净化行动，不过那都是两年前了，监察军用 ZOMBIE 系统代替了所有飞'歼 21'的机师，我合同刚一期满就退役了。"

所谓边缘净化，只不过是卡奥斯城对周边地区的车匪路霸和反政府武装的围剿行动，如果说监察军的陆战队还要冒一点生命危险的话，航空队的飞行员就简直是在过家家了——也就是说，这经历并没有什么可夸耀的地方，至少与薛裴的经历相比差得太多了。

"现在呢？"薛裴继续问道，"你现在是做什么的？"

"还是飞行员，"法玛斯耸耸肩，"不过是在为'午夜航空'公司工作，都是些小型飞行器，直升机啦、VTOL 之类的。哦，还有活塞式发动机的，老到我连型号都报不出来。"

一阵风把树叶吹得沙沙作响，薛裴小心地侧头倾听，沉默了几秒后才开口："那你的飞机呢？坠毁在绿海里了？"

"我？我没开飞机，"法玛斯摇摇头，"我为'午夜航空'送货到中国边境，然后搭货运卡车返回。"

"你送货时坐的是什么，火车吗？"

"怎么可能？！"法玛斯好像自尊心受到打击了似的，"我可是飞行员啊！"

"真新鲜啊，喏，飞行员先生，"一股无名火涌上薛裴心间，"你坐飞机去送货，回来时搭货运卡车？你当我是傻瓜吗？"

"哦哦哦，我忘了说，"法玛斯顿了顿，"我送的货就是直升机，一架超龄两年的蝮蛇式。"

薛裴看了看四周，她总觉得这里不太安全："那送你回来的卡车呢？"

"呵，别提了……"法玛斯面露苦相，"是'午夜航空'安排的顺风车，说白了就是跑走私的队伍，好好的路不走，非要穿越绿海，结果遇上了打劫的，慌乱中我拿着手枪逃跑，就走散了。"

薛裴心里突然咯噔一下："等等，你说打劫？"

"嗯，劫匪，好大一群人。"

"是什么时候？"

"昨天下午……差不多也是这个时候吧，可能还要早点，我当时太害怕了，没来得及注意时间。"

"你们是两辆货车对吗？一共四个……不，五个人，连你在内。"

法玛斯有些疑惑地点点头："对。你怎么知道的？"

"我想我见过你的同伴……"薛裴顿了顿，"其中的一对男女。"

"男女？"法玛斯拍拍脑袋，"啊，一定是前面那辆车的小情侣！你见到他们了？"

"对，尸体。"薛裴冷冷地道。

法玛斯脸色突然变得煞白："怎……怎么会？那些匪徒……"

"不是匪徒，是红脸……或者别的什么猛兽，把它们撕成了碎片。"

"我的天……"法玛斯把头别到一边，目光茫然。

似乎有什么东西突然在意识深处闪烁了一下，薛裴托住下巴开始思考，想要捕捉住刚才那个转瞬即逝的火花。

"我也遭到了匪徒的袭击，"薛裴顿了顿，似是自言自语，"大概两个小时前。"

法玛斯抬起头盯着她，嘴巴张得老大。

"他们引爆了事先埋好的磁爆地雷，"薛裴托着腮帮继续说道，"然后噼里啪啦地打了一阵乱枪，就退下去了，跑得无影无踪。"

"唉？"法玛斯突然来了兴趣似的，"我们当时也是中了磁爆地雷，第一辆车不动了，堵在路中间。"

"然后呢?"

"听到枪声,车里的两个壮汉拿起长枪就下去了,然后……"他有些不好意思地道,"然后我很害怕,就拿着手枪偷偷跑开了,想等到枪战结束再回来。"

"再然后呢?"

"我跑得太远,就迷路了,当时天已经快黑了,就想找个能歇脚的地方,哪知道越跑越远,身上也没带 GPS 之类的设备,只好躲在草丛里过夜。"

"我的天啊!"薛裴惊讶地瞪大了眼睛,"你以前做过特种兵吗?"

法玛斯"啊"了一声,不解地摇摇头:"没有啊。"

"还是接受过野外生存训练?"

"也没……"法玛斯略作停顿,"……刚进航空队的时候,好像练过那么两个月,算数吗?"

薛裴叹了口气:"我认识的好几个怪物猎人只是在野外待了一晚就下落不明,你这废物竟然在绿海里独自过夜?竟然还……"她伸手上下比画了两下,"竟然还毫发无损?这个世界真是太悲哀了……"

"嘿!"法玛斯终于露出生气的表情,"什么叫废物?我可是 A 级甲……"

"好了好了,掉门牙的王牌机师,"薛裴摆摆手,"你现在打算去哪里?顺着路瞎走吗?"

"沿着路总会走到头的,或者看到过往的车什么的。"

"现在情况是这样,"薛裴用拇指朝左边比了比,"这里是我来时的路,你一直走下去的话,大概到午夜就能走出绿海,如果你觉得你的运气一直像昨天晚上那样好的话,你可以选择一个人离开。"又朝右边比了比,语气也温柔了许多,"这里呢,是我准备

安琪的行星

去的地方，巴布里托尔，一个小村庄，天黑前就能到，说不定还能赶上喷香的农家菜。"

薛裴第一眼看见法玛斯时，就觉得他是个逆来顺受的软柿子，稍加技巧就能唬住。

她并没有看错。

五、热情

巴布里托尔并不单纯是一个只有三百人的小村庄。

方圆一百公里，或许更大的范围内，巴布里托尔是唯一确定能找到"人烟"的地方，往来绿海的商队如果不幸发生意外——抛锚，遭了劫或者断了粮之类，能指望的就只有这么个小村子了。而它本身也恰恰是一次意外的结果：大约二十年前，绿海还没有现在这般茂盛的时候，一小队难民——现在已经无法说清他们具体的来历了，在这里种下了守身草，建立了定居点。当时一并修建在附近的村落，如今已经全部被绿色所淹没，甚至连有人类生存过的痕迹都没有留下。

巴布里托尔，也只有巴布里托尔留了下来。它的头几批居民早已离开，但总有新的成员从五湖四海落难至此，最后决定在这个与世隔绝的村庄里继续自己的人生。

也正因为此，巴布里托尔从不拒绝外来者的进入——即使是在最艰难的日子里，即使是在豺狼当道、人畜不分的时代，巴布里托尔也从不放弃这个原则，有很多人说，这个原则是它直到今天依然能屹立在绿海最深处的原因——或许他们说得没错。

村子周围是平坦的农田，绿海的气候非常适合小麦生长，但在这里麦田不只是农作物，它把村庄包裹在中间，提供了相当宽敞的视野，这是半天然的隔离带，无论野兽、强盗还是陌生人，要进入村庄，就首先要把自己暴露在哨兵的监视之下。

麦田之外是零星的果树林，几年前种的还是苹果，但现在村民发现有一种更经济实惠，不用怎么照料，还不怕鬼种子侵袭的新作物——中欧甜樟树——某个生态兵器的变种，它能提供大量口感说得过去的果实，而且适应性极佳，现在几乎全世界都能看到种植甜樟树的果园。从某种角度上，甜樟树还提供了类似"守身草"的功能，它和其他鬼种子一样，疯狂汲取着土地的养分，几乎没有给其他植物留下任何空间——这也就是巴布里托尔的第一道防线，是在这个蛮荒世界里，由微薄的人类之力划出的边界。

虽然从没来过巴布里托尔，但当看到成片的甜樟树林后，薛裴还是立即把伞兵枪挂在了背后。

"我们快到了，"她随手摘下一颗拳头大小的果子就啃，"腿脚快点。"

"我……我真的走不动了。"

薛裴又摘下一颗杜果模样的果子，抛到法玛斯的怀里："喏，甜樟果，吃点润润喉咙吧。"

"这是谁种的果子？"法玛斯吞了一下口水，问道，"要和主人打个招呼吧？"

"你胆子还真是小呢，王牌机师，"薛裴笑道，"算在我的账上好了，不用担心尽管吃吧。"

和他的长相一样，法玛斯吃起东西来也颇斯文秀气——也许应该说是谨慎小心，就好像是在提防食物里有毒一样。

麦田中央的巴布里托尔就像奶油蛋糕上的红樱桃，刚走出果林便能一眼望见。用甜樟树干做成的木质围墙差不多有四米高，只在大路的方向上开了一个出入口。大门看上去像是用某种大型推土机的前铲制成，两头的顶端系着绞绳，大概是靠人力驱动，一座十几米高的简易风车立在围墙内侧——简易到让薛裴感觉它是用火柴棒搭起来的，风车的帆布叶片破烂不堪，但还是在随着轻风慢悠悠地转动，仿佛时间的流逝在这个村庄也比其他地方要来得缓些。

一头黑白相间的花牛在田里踱着步子，看到两个陌生人靠近，只是轻轻一瞥，便又忙着自己的事去了。田地里除了这头荷斯坦牛以外，就只剩下一个稻草人与它形影相吊了。

"没有人？"法玛斯望了望四周，感到一丝不安，"怎么回事？"

"可能是农闲期吧……或者，喏——"薛裴瞄了一眼脚下的麦苗，摇摇头，"我也不清楚。"

木墙上的哨兵注意到了来者，先是端起猎枪，而后捧出一个土制喇叭，大声喝出一个极别扭的英语单词：

"谁？！"

薛裴投降似的举起双臂，停下步子，高声回道："旅行者！"身后的法玛斯也跟着举起双手，紧张得有些发抖。

哨兵甚至没有再多问一句，身影便从木墙上消失了。不多会儿，村庄的正门——那个应该出现在废品收购站的金属物体徐徐升起，两个拎着猎枪的壮年男人从里面走了出来，从肤色和相貌来看，其中一位应当不是亚洲人。

"你好，"一个栗色皮肤的壮汉朝薛裴和法玛斯挥手致意，"我是阿隆，巴布里托尔村的哨兵队长……"他的目光在薛裴背后的Q9P伞兵枪上游移了几秒，"两位是……"

薛裴莞尔一笑："我叫薛裴，旅行途中路过贵村。"继而恢复严肃，用手指指身后，"这是法玛斯，落难的飞行员，我在路上遇见了这个倒霉蛋。"那模样就好像是在和法玛斯划清界限。

面目有些狰狞的阿隆上下打量了法玛斯一阵："落难？是碰到

了劫匪吗？"

"嗯嗯嗯，"法玛斯点点头，"是劫匪，好大一群劫匪。"

"这帮天杀的畜生，"阿隆咬牙切齿的样子让法玛斯不自觉地退了一步，"最近他们的活动实在是太频繁了……你还记得他们的样子吗？"

法玛斯直摇头，薛裴虽然记得，但也没有开口。

"现在在绿海有好几个盗抢团伙，"另一个哨兵接过话茬道，"其中黑衣党和我们村子有世仇。"

"别怕，这里很安全。"阿隆露出一口雪白的大牙，憨憨地笑着，"来的都是客，"他拍拍法玛斯的肩膀，"你是叫'福尔摩斯'对吧？"

"啊……"法玛斯顿了一下，"啊，对……算是吧。"

"进来吧，还有你，"阿隆朝薛裴打了个响指，"小姑娘，来村子里歇个脚吧。"

真是个粗鲁的农家汉子——薛裴心想，不过还挺率直可爱，正是自己喜欢的类型。

就在要踏入大门的时候，木墙上的一道刻印吸引了薛裴的注意，她即刻转身看去，阿隆也走到她身旁。

那是一道两米左右的细长的刻印，斜着穿过了三根原木，乍一看像是砍刀或者利斧所为，薛裴用手指轻轻一碰，立即缩了回来，只有阴郁写在脸上。

"是红脸，"阿隆见状开口道，"最厉害的一次，它们差点把这墙给打散了。"

"这是，"薛裴故意顿了顿，"勇士级的红脸，大概三米三到三米六的样子，体重应该在三百五十公斤以下，不，三百公斤左右。"

阿隆着实愣了一下，仅仅通过一个爪印就判断出红脸的种类和体形，这样的人不只是第一次看到，甚至是头一次听说。

"没错，一头直立行走的红脸，还不是我见过的最大个儿的……"他朝旁边的木墙指去，"那边还有，有时会有些个子小的试图翻越围墙，都被我们打死了。"

薛裴带着不敢相信的目光瞟了阿隆一眼："袭击不止一次吗？"

"哈哈，"阿隆苦涩地摇摇头，"你恐怕不知道，半年前这里还没有围墙呢！"

"哦？我以为木墙是用来防御盗匪的。"

"你自己看啊，小姑娘，"阿隆大手一挥，"你看上面有没有弹孔？"

薛裴后退一步，在那满是裂纹的墙体上，的确连一个现代化武器留下的痕迹都找不到。这情形即使是像薛裴这般资深的怪物猎人也会感到惊讶，她托起自己小巧的下巴，一脸迷惑不解的样子。

"从没听说过有为了防御红脸而修建的工事……"她自言自语道，"从新几内亚到东京丛林，所有的'墙'都是为了防'人'才建立起来的。"

"是吗？"阿隆对眼前的漂亮女子突然有了一份敬慕，"这些我还真不知道，我已经好多年没有离开过绿海了，很多年。"

薛裴没有注意到对方表情上微妙的变化，而是兀自继续道："红脸虽然凶残暴戾，但也是一种非常谨慎敏感的社会性动物，在没有绝对必要的情况下，它们不会主动袭击人类，至于冲击人类的大型永久性定居点……"她微笑着耸耸肩，"更是闻所未闻。"

"我们以为这是理所当然……"阿隆话锋一转，"哦，对了，您是叫……"

"薛裴，薛——裴——"

"哈哈，"阿隆直率地挠挠头，"中国人的名字就是不容易记啊，你好像去过很多地方？"

"不瞒你说，"薛裴转过头，用练习过很多遍、自认为非常英姿飒爽的冷峻神态对阿隆道，"我是个怪物猎人，职业的。"

"你懂得猎杀红脸？"

"略懂。"每每谈及薛裴的"专业"，她都显得出人意料的谦虚。

"那可不得了，"阿隆用力吞了一下口水，朝大门摊开手，"快请进，尊贵的猎人，巴布里托尔欢迎你！"

所以，薛裴总是喜欢那些有红脸出没的地方。

也许是得益于清爽的天气，村子里的环境比想象中还要干净些。房屋全部为木质，只是结构和做工都比外墙来得精细，有几间大些的还蒙着一层复合材料，虽然看着有些别扭，但似乎还挺结实。

道路一侧建着水槽，十字路口中央则是一口石砌的深井，有位老妇正在井边打水，动作缓慢悠然，看了眼薛裴又继续起手上的动作。一袭凉风顺着街道吹过，薛裴轻轻按住耳侧的头发，深深吸了一口气——这让她从恍若隔世的错觉里回到现实，回到自己的工作上来。

"请，"阿隆朝一间别致的小木屋比了比，"这是村上专门为旅行者修建的旅社，我们没什么好东西，但总算还有热茶。"说着，他便转身欲走。

"阿隆先生……"薛裴压低声音，不知道从哪里掏出一沓花花绿绿的钞票，反手塞到阿隆的胳膊肘里，动作之熟练，让旁人根本无法察觉，"我想，这个你们这里还用得到吧？"

不知是装傻还是先天愚钝，阿隆大大咧咧地把钱卷展开，看了看，又还给薛裴："用是用，不过茶钱和饭钱都不用给我，你们走时留给旅社的莫大婶就可以了。"

"是给你的，阿隆先生，"薛裴把钱平放在阿隆的手心中央，又卷起对方的手指，紧紧握住，"你是村里的哨兵队长是吧？就当是我给你的保护费。"

"这种事情……"阿隆皱着眉，"没有先例呢，那我先收下好了，谢谢你。"说完，他微微点了点头，就抽身离开了。

薛裴咂了一下嘴，她本来是想要多套出一些情报，但这个叫阿隆的莽汉看来是个完全"不懂规矩"的家伙，只得暂时作罢。

说是旅社，其实只是间大屋子，中间放着张长桌，两边是几张高矮不一的长凳，别说是包厢，连个厕所或者浴室之类的地方都没有，整家旅社就这么一个房间。更离谱的是，作为旅社，这里竟然连一张床都找不到。

"根本就是仓库嘛……"薛裴暗暗抱怨着，坐到了法玛斯的旁边，显然今天只有他们两位"顾客"。桌上摆着一排杂乱的陶瓷餐碟和几个像是木质的、茶杯模样的容器。

"茶呢？"她抓起茶杯看了一眼，又扫视了一圈四周，露出不满的表情，"大婶呢？"

话音未落，一位穿着兜裙、面容严肃的黑发大娘推开旅社的木门，把两杯冒着热气的茶推到薛裴和法玛斯中间，什么也没说，就兀自开始收拾起餐具来。

"你是……"薛裴想起阿隆刚才嘴里提到"莫大婶"这个称谓，于是用中文问道，"中国人对吧？"

"嗯，"对方头也不抬，对在这穷乡僻壤遇上的同胞也摆出一副不以为意的样子，"是。"

薛裴装模作样地品起茶来："这旅社有名字吗？"只是嘴唇刚碰到茶杯里温温的水，她就本能地放弃了继续喝下去的打算。

"没，"大婶依旧是冷言冷语，"这里原来是仓库。"

薛裴暗自苦笑了一声，然后用手指捅捅法玛斯，"大婶，我的朋友在外面饿了好几天，能先找些吃的来吗？"

法玛斯听不懂中文，很诧异地上下打量着薛裴："怎么了？你好像是在说我？"

"等晚饭吧！"

薛裴只好又一次拿出自己的法宝——她把一张叠成四角形的五十美元按在桌上。"我想要先来一点小吃……"她顿了顿，略作思考后，又说道，"顺便跟你打听个事儿。"

大娘用余光看着薛裴，没好气地道："小吃没有，要打听什么的话，就直说好了。"

薛裴尴尬地把钱收了回来，看来这个村子着实有那么点不食人间烟火。

"大婶，你在这里住多久了？"

"十几年。"

虽然对方态度冷淡，但薛裴还是细声和气，面带微笑："这周围一直有红脸袭扰吗？"

"不……"中年女人手里的动作突然顿了一下，"算有吧，只是最近两年比较频繁。"

薛裴注意到她语态里的微妙变化，不动声色地道："它们进过村子了？"

"否则要外墙做什么？"

"你亲眼见过吗？"

大婶仿佛被这句话给激怒了，脸色非常不悦："晚饭时我会来叫你们的！"

在她摔门而去的同时，薛裴才把茶杯轻轻放下，然后双手抱臂，靠在椅子上思考。法玛斯从怀里掏出一块压缩饼干，看了看身旁的女孩。

"要吗？花生味儿的。"

"不，"薛裴摇了摇手指，"谢了。"

撕开包装，法玛斯用力咬了一小口："听上去你们谈得很投机啊？"

"对，她很热情呢，"薛裴笑道，"还问我们要不要吃点什么。"

法玛斯突然把手里的饼干放了下来："你怎么回答的？"

薛裴用指尖压着脖颈，皱起眉头，矫揉造作地道："我说'不，谢了，我们中午才吃了海鲜'，撑得慌。"

相对于与法玛斯不着边际的对话，薛裴更在意刚才大婶的言谈。很明显，她一点也不友好，而且在红脸的问题上有所避讳。她有在说谎吗？薛裴说不上来。像巴布里托尔这种规模的防御工事，恐怕用不了两天就能完成，而如果真有红脸冲进村子，估计第二天就搞定了。阿隆说木墙是在半年前修建好，红脸的威胁也差不多应该是在那个时候出现才对——也许稍微早一点点，不会超过一个星期。而且……

薛裴把头扭向一边，茫然地盯着屋子。她想到一个小小的逻辑错误：如果人类不慎在红脸的地盘上定居，自然是有可能遭到一而再，再而三的袭击，但巴布里托尔已经有差不多三十年的历史，那个时候绿海还只是草原，根本就没有能够容纳红脸族群的自然条件。而红脸也绝不可能在人类聚集区的附近筑巢，那么半年前开始发生的红脸袭击就是一件很说不通的事情了——至少与薛裴目前了解的"红脸生态学"有些出入。

"饥饿……"她看到法玛斯手里的饼干，兀自念叨着，"也许是因为饥饿？"

从绿海的环境来看，红脸会挨饿以至于不得不去吃人，这本身就是一件不可思议的事情——记得那对年轻男女的尸体吗？如果是一群饥饿的红脸袭击了他们，就根本不会有"尸体"这种东西存在了。

"你见过红脸吗？"薛裴淡淡地问道，"法玛斯？"

"我？"法玛斯摇摇头，"我只是在新闻里看到过，毛茸茸的，像是狮子，但外面身子上又长着骨头……总之，怪恶心的。"

"亲眼见过吗？"

"亲眼？那真没见过，"法玛斯不解地问道，"怎么了？"

"大部分的人其实都没有亲眼见过红脸，他们只是凭着主观推测和他人的经验，在脑中构造出一系列怪物的样子，以为那就是红脸。"薛裴叹了口气，摇摇头，"可他们都不明白的是，在这个世界上，只有真实才是存在，想象出的怪物，再凶残再可怕再恶心，也只不过是茶余饭后的谈资。而那些真正与怪物相处的人，却反而显得无知。"

"呃，抱歉，我不明白你的意思。"

"我的意思是，真正恐惧红脸的不是那些天天与红脸打交道的人，而是偶尔见到或者从没有见到过红脸……算了，"薛裴不耐烦地摆摆手，"我干吗要和你说这些？你给我好好待在这里，我出去转转。"

"等下！你去哪儿？"

薛裴没有作答，而是背起步枪，推开门，径自走出旅社，谁知一个长者和一个医师模样的女人正要进来，三个人差点撞个满怀。长者消瘦但精神矍铄，披着说不上是什么动物皮毛做成的坎肩儿，女医师自然是穿着白色的大褂——虽然破旧不堪，但还算干净，她约莫三十岁，留着漂亮柔顺的金色短发，戴着宽大的黑框眼镜，尖下巴，凸颧骨，丹凤眼，容貌还算秀美，只是显得有些冷漠和不近人情。

"你就是那位怪物猎人？"长者的声音沙哑非常，"叫薛裴是吧？"

起码他没把名字念错。

"是，您是？"

"我叫乌兰阿斯兰，"老者微微欠身，"巴布里托尔的村长。"

"我是雪梨，"女医师笑起来的样子相当友善，"从美国来的医生，久仰大名。"

总算是遇到知音了，薛裴心想，至少她听说过自己，这样就会为接下来在这个村庄展开的行动省去许多麻烦——理论上说。

"从美国来的医生？"薛裴微笑着握住对方伸过来的右手，"是来做人道主义服务的？"

"呵呵……也许吧，"医师不好意思地低头笑了两声，"倒是薛裴你，为什么来巴布里托尔呢？狩猎？休假？还是又准备写几篇后战争时代的进化学论文？"

这个医生不只是听说过自己——薛裴稍稍有些吃惊："老实说，是为了红脸，我看得出来，这个村子很……"

"那你可以回去了，薛裴小姐，"村长硬生生地打断了薛裴的话，他那本来就板得死死的面孔，突然就变得阴沉可憎，"这里不需要猎手，一个都不要。"

六、祝福

如果非得找一个体面的词汇来形容村长的家，那就是"朴素"。

两间陋室，破旧残缺的桌椅，简单到极致的陈设，全家唯一的电器就是挂在屋檐上的灯泡，而且看样子也好久没有使用过了——不过这至少说明，无论是用了沼气还是太阳能，这个小村子曾经是有电的，说不定现在还有。

让薛裴不解的还不只是村长家里的窘迫，他的亲属关系也着实令人生奇：没有一个人。是的，除了看上去差不多快六十岁的村长本人外，他的家里竟然就再无他人了。

现在在宽桌前落席而坐的就只有薛裴和医生、村长三人，望着阴沉沉的屋子，总让人觉得有些尴尬。

"我在巴布里托尔已经有二十五年了。"乌兰冷冷地道，"遇见过许许多多有才华的外乡客，"他指了指身边的医师，"比如说雪梨小姐。我得承认，这个村子能坚持到今天，这些人功不可没。但他们毕竟是外乡人，他们对巴布里托尔的情况一知半解，却还一副高高在上的样子，以为我们愚昧、野蛮、落后，以为我们什么都不懂，所以总想着能用他们的力量来拯救这里，拯救这个村子。"

"老爷爷，我可没说要救谁啊，"薛裴摊开双手道，"只是从专业的角度出发，我觉得我可以帮你们解决一点点迫在眉睫的麻烦。"

"我知道你指的是什么……"乌兰顿了顿，"我也知道你是谁，是做什么的，但我还是恳请你离开，因为你并不了解自己在与什么样的敌人对抗。"

"你指那些红脸？"薛裴颇不屑地笑道，"从西伯利亚到洛基山，我还真没有遇到过对付不了的畜生。"

"是啊，你对付得了，那我们呢？"乌兰摇摇头，"你们这些猎手都是一个样，在这里耀武扬威一阵，打几张好看的红脸皮毛做战利品，然后拍拍屁股走人。不出两天，那些你所谓的'畜生'就又会卷土重来，情况不见半点好转。"

薛裴皱了一下眉："等等，你说的这个'情况'，是从什么时候开始的？"

"怎么了？"乌兰不解地问道，"这有什么区别吗？"

"我所了解的红脸，绝不会在一个有同类被猎杀的地方久留，更别说是去而复返了。"薛裴顿了一下，"这是常识，我想其他的怪物猎人也一定是基于此种判断才会离开。"

"很遗憾，你们的常识在这里行不通，它们在这附近骚扰我们好几年了，但至少还没有伤过什么人。"老人叹了口气，"大概是六七个月前的样子，我记得那天特别凉特别阴沉。红脸在果园杀了两个大人，伤了四个，他们当时在劳作，几只直立行走的大家伙突然出现，毫无预兆，袭击结束后又立即消失，也没有带走尸体。"

"这不可能，"薛裴显然是有些怀疑，"我从没听说过红脸会……"

"我可以做证，薛裴小姐。"雪梨插话道，"那天应该是二一二九年的十二月五日，我来这里刚好两个月。"

薛裴盯着医师，打量了几秒："你当时也在？"

"嗯，还验了尸，虽然那不是我的专业……"

"你能确定是红脸所为？"

"嘿！小姑娘！"乌兰似乎有些生气了，"你是在怀疑我的村民的判断吗？我们每天都生活在那些怪物的威胁之下，难道还分不出它们的模样？"

"我当然不是这个意思……"薛裴连忙摇摇头，虽然她就是这个意思。

"根据我的学识，"医师继续道，"那一定是某种猛兽的杰作，而方圆一千公里以内，恐怕真的只有红脸才能制造出那种伤口。"

"然后来了一个自称是 CJ 的怪物猎人，"乌兰脸上露出鄙夷的神色，"不知道他从哪个多嘴的旅行者那里听说了巴布里托尔的事，就带着一队人专程过来捕杀红脸。"

薛裴欲言又止，微微点头示意对方继续——从村长的语态判断，这个时候如果说出 CJ 是自己的老朋友，一定会带来不必要的负面情绪。

"他们在村外驻扎了一个星期，什么也没有发现，然后深入丛林，随便杀了几个红脸，剥了它们的皮，带着它们的骨架就离开了。"乌兰苦笑一声，"你知道这些猎人走的时候说了句什么吗？他们说'不用感谢'。后来……"

"后来？"

老人有些激动地朝屋门的方向挥了挥手，"后来就是你看到的围墙！能想象吗？三米高的红脸在村子里大摇大摆的样子？在光天化日之下？你能想象吗？如果不修围墙，我们恐怕连一天也不敢再待下去……"他稍稍平静了一点，"我知道你是个优秀的怪物猎人，我也听雪梨说了，你曾经赤手空拳杀死了三头勇士，我相信你的能力，我看到你的第一眼，就知道你有能耐……可是……"他沮丧地摇摇头，"可是我们不一样，我们都是普通人，我们害怕红脸，害怕它们袭击，更害怕它们报复，如果不是你们这些猎手一而再，再而三地来这儿逞能，莫兰也不会死，阿隆的兄弟也不会死，还有纱娜的父母……"他突然打住，闭上眼长长地叹息了一声，"……所以，我以村长的身份恳请你，薛裴，不要插手这里的事情，不要去主动招惹红脸，而除此以外……"他抬起头，满是皱纹的脸上露出一丝微笑，"巴布里托尔欢迎你，当然，还有你的朋友。"

薛裴尴尬地以笑回应。她回想起白叶的委托，忽然觉得这笔酬金可不像想象中那么容易赚——是的，事有蹊跷，薛裴的本能告诉自己，在巴布里托尔，红脸的袭人事件比以往的类似情况要复杂得多。

不过，薛裴找到了突破口。

"医生，等等！"刚走出村长家的大门，薛裴便轻声唤住雪梨，"在来路上我被腐萤蛰了一口，不知您能不能帮我看一下？"

雪梨侧过脸，瞄了一眼薛裴，继而转过身，淡淡地笑道："当然乐意效劳，不过我听说'不老的薛裴'可从来不会受伤。"

"只是无聊的传说而已，"薛裴笑着耸耸肩，然后将起右手的袖子，露出雪白的胳膊，上面的确有一个像是蚊虫叮咬过的红色印记，"事实上，我不带花露水就不敢出远门。"

雪梨的"诊所"——如果那能被称为"诊所"的话，位于村庄的正中央，是一间看上去非常普通的砖砌平房，外面刷着灰蒙蒙的水泥，只在门口挂了个招牌似的东西，写着薛裴看不懂的文字。

让薛裴感到惊奇的是，屋子里竟然有一扇屏风，虽然不是医院里用的那种标准白色屏风，但多少给了人一点点"正规"的感觉。屏风后面是一张病榻，被单洗得雪白，糊着浅绿色壁纸的砖墙紧紧挨着床铺，一扇看上去应该是向内开的金属门就立在床脚边，刚好够一个人进出。

薛裴指了指金属门："那后面是什么？"

"哦，储藏室，放些药啊、杂物之类的，"雪梨笑道，"这房子原本是村里的工具仓库，我来之后才改造成医院。"她顿了顿，"现在也是我的家，这床其实是我睡的，还从没躺过别人呢。"

说着，这位女医师便在屏风前的桌边落座，然后伸手示意薛裴坐到对面。桌面满是裂纹但非常整洁——能看得出来，虽然条件艰苦，但雪梨平时一定极爱干净，对医生来说，这绝对是个好习惯。

诊所里的设备非常简陋，几乎可以说是什么都没有。雪梨端起胳膊，粗粗地看了一下伤口，便抬头问道：

"你对蚊虫叮咬过敏吗？"

"那要看是什么蚊虫了。"

雪梨拍拍薛裴的手，笑着说道："没事，你完全没有问题，这只腐萤不是有毒的品种。"

"难道不需要开点什么药水吗？"

"哈哈……"雪梨不紧不慢地道，"你是说抗生素之类的对吧？如果我们是在新奥尔良或者卡奥斯城，我当然会开点药给你，不过在巴布里托尔，"她耸耸肩，"我只能说抱歉，如果痒的话，我建议你挠挠。"

"医生……"

"叫我雪梨就行了，在这儿大家都这么叫我。"

"好的，雪梨……"薛裴抹了一下发梢，"你说你是美国人？"

医生摘下眼镜，露出淡淡的笑颜："你看呢？"

"据我了解，即使是在美国，也有被核弹夷平过的重建区，也有因为生态兵器而变成丛林的城市……"

"是啊，还不少呢。"

"那你为什么……还要到绿海来？"

"嗯……"雪梨靠在椅子上，肩膀放松，好像是思考了几秒的样子，"因为一些私人原因吧……我想要换个环境。"

薛裴对别人的私生活一点兴趣也没有，从功利的角度说，刚才的问题只是为了找个话题而已。

"上次去美国时，我被一头烈勇士迎面撞中，"薛裴顿了顿，"大概是四年前。"

"哈哈，那一定很痛。"

"对，脊椎断成了四截，够死好几次了，"薛裴笑着摇摇头，"所以我对美国一直没什么好感，也就再没去过。"

"我二一二九年离开旧金山的时候，美国西海岸已经看不到红脸了，随着二次移民的推进，用不了多久，红脸就会从北美消失吧？"雪梨有些忧伤地道，"然后是全世界，这种匆匆出现的怪物，很快就会莫名其妙地从地球上消失。"

薛裴微微点点头。现在普通民众对待红脸的主流观点分为两种：第一，认为它们会消灭人类；第二，认为人类会消灭它们——非此即彼，不共戴天。而身为专业的猎手，薛裴肯定不希望后一种情况出现——当然，前一种也别。

"雪梨，你……见过红脸吗？亲眼见过吗？"

医生瞪大了眼睛，犹豫了好一会儿，"……还真没有，只有几个模糊的背影……"她不好意思地笑了起来，"我这人胆子很小的，有红脸袭击的话，我肯定都是躲在屋里不敢出去，当然也就什么也看不到了。"

"既然你从没亲眼见过红脸，怎么能肯定伤口是红脸造成的呢？"

"这难道……不是很容易吗？"雪梨一脸茫然，"还有什么别的动物可以把尸体弄成那样？"

"熊、土狼、美洲虎，还有很多变异过的掠食性爬行动物，比如马来鳄、印度巨蜥，甚至是几只普通的狼狗……"薛裴摇摇头，"地球很危险的，就连我看到一具支离破碎的尸体，也不敢妄言是谁或者是什么下的手，就算是世界上最优秀的怪物猎人，我认为他也没有这个自信。"

雪梨张着嘴，"呃"了几声，然后挠挠头："如果连你都这么说的话，那我恐怕就是真的搞错了呢。"

"放轻松，雪梨，"薛裴把手搭在对方的肩头，笑吟吟地道，"从概率学的角度讲，你还没有搞错。事实上，我来巴布里托尔，就是为了查清楚最近发生在这附近的袭击……"

不等她说完，雪梨突然站了起来："你……你听谁说的？"

薛裴想起之前那个中国上士的话："今年已经有二十多个了，对吧？"

"是……是啊，二十五个，"医生又慢慢坐了回去，"比村民死伤的数量多出五倍。"

"都是由你验尸的吗？"

"谈不上是验尸了，我只是看了看而已。"

"包括今天的四具吗？"

雪梨先是一惊，继而叹了口气："看来你的确有备而来啊……是今天凌晨发现的尸体，离村子三公里左右，我还没来得及看上一眼，就被中国人的装甲巡逻队给带走了。"

"啊，那就对了，"薛裴情不自禁地笑出了声，她隐约觉得自己摸到了关键性的线索，"我想去看下发现尸体的地点，你知道具体的位置吗？"

雪梨看上去有些为难，她避开薛裴的视线，用手托着下巴，想了一会儿道："……不好吧，乌兰村长刚刚才说过不要……"

"你是明理的人，雪梨，我看得出来，"薛裴伸手握住对方的胳膊，"村长只是因为害怕红脸报复才叫我不要插手，但是就我目前的经验来看，红脸是一种根本就不懂什么叫'报复'的动物，我必须得说，你们遇到的麻烦恐怕比红脸要大得多。"

雪梨沉默了几秒，"我不懂生物学，但我觉得你说得有道理，薛裴。"她顿了顿，"去找阿隆吧，所有的尸体都是由他带人搬回村子的。"

薛裴刚要道谢，诊所的门突然被谁敲响了，叩击的声音很轻很弱，但还是让她稍稍有些紧张。

"是纱娜吗？"雪梨提高嗓音，"是的话就进来吧。"

生锈的金属门被慢慢地向外侧拉开，一个长发少女出现在两人面前。她正准备开口，看到薛裴，到嘴边的话又缩了回去，露出有些羞涩的神色。

雪梨走过去拉住少女的手腕："别怕，这位是从卡奥斯城来的旅行者，叫薛裴。"

女孩腼腆地点点头，脸颊上又泛起一阵红晕。她的皮肤是健康的古铜色，身型苗条修长，五官端正，眉清目秀，算得上是个标致的小美人。纱娜——薛裴想起来，刚刚在村长的口中听到过这个名字，如果没记错的话，她应该是个孤儿。

"怎么了，纱娜？"雪梨摸着女孩的额头道，"又是谁病了吗？"

可能是故意不想让旁人听见，女孩的声音很小，语速也很快，雪梨听完后拍拍她的背："我知道了，你先回去吧，我待会儿过去看看它。"

少女又瞥了眼薛裴，然后像只小鹿似的跑出屋子，一眨眼就没影了。

雪梨走到桌旁，拎起放在地上的医药箱——那真是薛裴见过的最笨拙粗糙的医药箱，连红十字都是手绘的，歪歪斜斜。

"是她养的野兔，"雪梨一边挎上肩带一边道，"可怜的小姑娘，死了双亲，在村里又找不到同龄的朋友。"

薛裴皱了皱眉头："这里没有其他小孩子了吗？"

"孩子？"雪梨一声苦笑，"最后一个有小孩的家庭在三个月前就搬走了，剩下的只是些无牵无挂的人而已。"

即便如此，他们也不敢对红脸有所反抗——薛裴暗暗地想着，有点恨铁不成钢的感觉。

"我们吃晚饭时再见吧，"雪梨道，"我会去旅社找你……哦，等等，"她突然像是想起了什么重要的事情，慢慢地转过身面对薛裴，"你也一起来吧，"那笑容多少让人有些捉摸不透，"有样好东西，你一定要看看。"

与以往薛裴到过的小村相比，巴布里托尔实在是太冷清了，没有鸡鸣狗跳，没有男耕女织，一副死气沉沉的样子。更让她不舒服的是那些村民看自己时的眼神，充满了不信任。看来在这里，不欢迎外人的可不止是村长一个。

在经过一间倒塌的泥瓦房时，薛裴停住了脚步，她上下打量了这废墟一阵，刚要开口问话，雪梨便走过来说道："猜猜是什么弄的？"

薛裴笑道："不会是红脸吧？"

"嗯，一个大红脸，"雪梨严肃地道，"第二天村长就决定要修围墙，不然大家都要活不下去了。"

"你……你亲眼所见？"

"我哪儿敢出去！是听村民说的，当时我躲在诊所里，红脸的咆哮就像打雷一样清晰，震耳欲聋，它离开后就成这样了。"

薛裴没想到自己的玩笑竟然应验，有些尴尬地合不拢嘴。她绕着倒塌的屋子转了半圈，顺手从地上拾起一块水泥残片似的东西——做工很粗糙，品质也谈不上有多好，但分量颇足，大体可以推测这屋子的坚固程度。

"真是大开眼界……"薛裴用右手摸了一下自己的十字架形耳饰，把残片轻轻抛回废墟，"竟然摧毁人类的居住地，我与红脸打了这么多年交道，还是第一次听说……"她略作停顿，"为什么不把残骸清理掉？这堆废墟在这里不是很碍眼吗？"

"因为没有必要吧，"雪梨歪了歪头，"可能是因为村民搬迁的缘故，有不少屋子现在都是空的，没必要重建。"

穿过废墟，没走出两步路，两人来到一栋木质小宅前。这屋子不大，但从房檐到墙面都打理得非常精致，暗黄色的木板平整光滑，结合在一起时，又严丝合缝，就连木料上若隐若现的纹路看起来也好像是抽象派画家笔下的作品，流露出淡淡的"艺术气质"。

雪梨走到门前，抬手轻叩："纱娜，是我。"

不等人回答，她便推门进入，薛裴也跟着走进屋内。

里面到处都是木头——木质的桌椅，木质的板凳，木质的橱柜，甚至是木质的笼子，这里就像是童话故事里巡林人的小屋，没有一寸不散发着清淡的木香。

是甜樟木香，薛裴悄悄擤了一下鼻头——非常浓的甜樟木香。

蹲在笼边的纱娜见到两人，连忙站了起来，薛裴注意到在笼子的角落里，两只灰兔蜷缩成一团，互相依偎，似乎正在发抖。

一般来说，野兔的气味儿是很不怎么好闻的，而这两只就更加恐怖，雪梨刚一凑近，就不禁皱起了眉。

"哪只是艾因？"

少女弯腰看了一眼，细声细气地道："里面的。"

雪梨打开笼子的开口，小心翼翼地把一只小家伙抓了出来，根据薛裴的经验，这应该是只獭兔——一种皮毛有相当的价值，肉也蛮好吃的小动物。

"这孩子的父亲原来是木匠，"雪梨一边把弄着野兔，一边漫不经心地道，"母亲则负责村北一大片甜樟树果园的管理……"

薛裴用余光瞄了一眼纱娜，女孩依旧盯着兔子目不转睛，好像根本没有听见旁人在嘀咕什么——显然，她不懂俄语。

"后来她母亲在果园里失踪，"雪梨继续道，"她爸说什么也要去找人，就再也没有回来……村民们认为是红脸把他们吃掉了，我倒觉得不一定。"

薛裴上上下下扫视了房间一周，也用俄语轻声叹道："是位了不起的木匠啊。"

"是吗？"雪梨把捧着的兔子轻轻放下，朝薛裴斜了一眼，不无神秘地道，"我建议你在看过他女儿的手艺之后，再发表感想。"她扭过头，用中文对纱娜道："去拿个护身符来给这位姐姐，要加工好了的。"

女孩轻轻应声，顺手从墙根的小桌上提起一串念珠样的小东西，小心翼翼地用双手捧到薛裴面前。接过来仔细一看，那果然是件做工非常讲究的艺术品：八颗木珠子个个都似红枣那么大，暗黄色的木料表面被打磨得光滑如冰，摸上去还透着凉意，浮雕般的花纹和图案印在其上，每一笔都深浅均匀，每一寸都恰到好处，虽然以薛裴的学识还没法说出这东西确切的名字和用途，但并不影响她由衷地发出赞叹："真不错，这是你做的？"

女孩不太好意思地点点头。

雪梨笑道:"喜欢吗?纱娜的作品是这村子的主要出口物之一呢,很多过往的旅人都会带上一件,保平安的。"

"出口?这东西怎么用?"

纱娜把珠串捏在手里,将两端绳头的环扣交错搭上,围成圈状。薛裴一惊——这不正是今天早上在死尸身上看到的"手链"吗?纱娜正要把这串念珠往薛裴手腕上套,薛裴猛地抽回左手。"不好意思,"她伸出右手,有些尴尬地笑道,"我习惯戴在右手。"

女孩一边给她套上,一边慢悠悠地道:"还没有上色,不过已经可以算是成品了,还加上了医生给的香包,"纱娜用手指轻轻触了一下其中的一颗念珠——它的外壳很软,显然质地和其余几颗不太一样,女孩说道:"里面装着可以驱虫的药丸,能用好些年呢。"

雪梨接过话茬:"通常,纱娜的护身符折算起来要卖二十五卢布,不过这一条算我送你,拿去吧,到外面的世界后,可别忘记帮她推销一下啊。"

薛裴不置可否,只是盯着手链,表情凝重。

"你是叫纱娜对吧?"

女孩不知问者何意,轻轻点了点头。

"你会做情侣用的款式吗?"

这次纱娜没有回答,而是又从桌上抄起另一串珠链,拿到薛裴面前。只用一眼,薛裴便知道了这个动作的含义:

被称作护身符的这个手工制品,每件都是一模一样的,根本就没有款式之分。

"好极了……"得到了如此重要线索的薛裴难以掩饰脸上的欣喜,便顺手捧过纱娜拿着的珠链,"那这串我也要了,二十五卢布对吧?"她一拍裤袋,"哦,不好意思,卡奥斯城的货币收吗?"

纱娜同雪梨交换了下眼色,把珠链轻轻放到薛裴手心里:

"祝你们俩幸福。"

嘴可真甜——薛裴心想，是位做商人的好料呢。

七、狩猎

漆黑的密林深处，一小团火光忽明忽灭。夜色浓醇，这正是绿海最安静的时刻，但绝不是最安全的时刻，就在这微弱的光明附近，无数生灵瞪大了眼睛，端详着三位暗夜里的勇敢者——准确地说，是两位勇敢者。

"喂喂，我们是不是走得太远了？"

没有人回答法玛斯，他畏首畏尾地紧随在薛裴身后，不住地左顾右盼，好像生怕有什么东西会突然从黑暗的树丛中蹿出来。

阿隆举着火把，一语不发地走在最前方，摇曳的火苗看似耀眼，却也只能提供几米的光明。薛裴身上带着手电，但她隐约觉得，还没有到非用它不可的时候。

"薛……薛，我可不可以回去？"法玛斯苦笑着道，"我……我这人很怕黑的。"

"坚持会儿，帅哥，"薛裴柔声细语地道，"你就当是有美女相伴的午夜约会吧。"

"是啊……还有壮汉相伴呢。"

至于为什么要带法玛斯一起来做这件可能会有风险的事，薛裴当然有她自己的理由——法玛斯是个"外人"，之前从来没有到过巴布里托尔，以后估计也不会，他在这里与谁都没有利益瓜葛。虽然就目前的观察而言，这人是个地地道道的"窝囊废"，但至少，他应该不会在自己背后开枪，而当有人在自己背后开枪的时候，多少也会有所顾忌。

她看了一眼自己右腕上的手链，那个保平安用的手链——是的，简单地说，薛裴信不过阿隆，信不过乌兰和雪梨，信不过巴布里托尔的每一个人。

"我记得就在前面……"阿隆放缓了脚步，不知道为什么，他还压低了声音，"那天早上例行巡林的时候，发现的尸体。"他挥了挥手，"跟我来……"

"尸体？什么尸体？"法玛斯咽了一下口水，"你们，在找……在找什么尸体呢？"

四下一片寂静，这次依然没有人回答他，出于对黑暗的恐惧，他本能地随着光源前行，虽然他也本能地觉得这不是个好主意。

薛裴鼻头微动，嗅到了淡淡的异样气息。她似乎不久前还闻过类似的气味，只是不敢确定究竟是何时何地。

阿隆在一棵大树前停下，前后转了两圈，又用火把在面前照了照。

"差不多就是这儿了，"阿隆指着树根，"当时有两具尸体，男的就躺在这个下面，女的那具离这边大概两米的样子，"他扭头看了看法玛斯，"对，就在他站的那个位置。"

法玛斯倒吸了一口凉气，猛地后跳了小半步："啊？什么？在哪儿？怎么回事？什么意思？"

"成熟点儿，王牌，"薛裴皱着眉头道，"这里没有危险，"她拍拍挎在腰间的Q9P型伞兵枪，"就算有也不用怕。"

"让他回去吧，"阿隆直起腰道，"说实话，这一带还是挺危险的。"

"那好吧，"薛裴耸耸肩，一脸惋惜地对法玛斯道，"你一个人回去吧，我和阿隆还要再待会儿。"

"我？一个人？"法玛斯回头看了看来时的路，"还……还是算了吧。"

"另外还有两具尸体，两个男人的……"阿隆原地转了一整圈，"我没法确定究竟是在哪个方向，离这里有三四百米。"

"那两人也是死在一起吗？"

"是，但不像这两具……"阿隆走到薛裴跟前，"他们好像还进行过反抗，毕竟是两个大男人。"

"你是说发生过战斗？"

"呃，"阿隆稍稍回忆了一下，"应该算是吧，我看到许多折断的树枝，而且血迹也很凌乱分散。"

"从战斗的痕迹能轻易判断出红脸的体形与级别，"薛裴颇认真地说道，"现在既然尸体已经被中国人拿走，就只能从现场开始入手调查，所以阿隆——"她抬手拍了拍对方的肩膀，"拜托你无论如何也要找到发现尸体的位置，而且越快越好，森林会吞噬所有证据，说不定等到天亮，我们就什么也找不出来了。"

阿隆抿着嘴，用力点了一下头，发出一声沉闷的"嗯"，然后将手里的火把递到薛裴面前："这个给你，在这里等我，我找到再回来带你们过去。"

"那你……"

"我没问题，"阿隆摇摇头，"这一带我很熟，拿着火把还碍事，有月亮照着就足够了。"

说完，阿隆便钻入不远处的树丛，眨眼间就消失在无边的夜色之中，连一点动静都感觉不到了。看着他远去的身影，法玛斯小声道："他还真卖力呢！"

"废话，我付了钱的。"薛裴把火把往法玛斯脸上一横，"来，帮我拿好，给我照着亮。"

法玛斯小心翼翼地接过火把，跟着薛裴来到刚才阿隆所指的树下。

"那现在，让我来研究一下，"薛裴蹲下身，伸手摸了摸树皮，用拖长了的音调"嗯"了好一声,"血迹已经干了啊……"

"那是一定的吧……"法玛斯颤巍巍地道,"都过去一整天了。"

薛裴抬头瞥了法玛斯一眼,摊开手道:"看啊看啊,连你都能意识到'已经过去一整天了'这个条件啊。"

"呃……"法玛斯愣了一下,"抱歉,我……我没懂你的意思?"

"不需要任何专业训练,只是凭你简单的常识,"薛裴站起身,指着地面,"告诉我,法玛斯,你觉得一具尸体在森林里能待多久?"

"呃,这我……真说不上来……"

"我提示你一下,"薛裴张开双臂,"这片由生态兵器衍生的绿海足足有一千平方公里,方圆千里内,只有巴布里托尔这一个地方有人类居住,其他地方布满了豺狼虎豹,还有各种大的、小的、飞的、跑的食腐动物。"

"啊,这样的话啊……"法玛斯略作思索,"我……我还是说不上来呢。"

"嗯,正确。"薛裴耸耸肩,"如果单独地看,这是个很难回答的问题。"

她转过身,绕着树慢慢踱起步子,一圈又一圈,一边上上下下地打量着,一边自言自语似的说道:

"尸体可能只消半个小时就被路过的狼群发现,那样恐怕连根骨头都剩不下来。也有可能经过一整夜都没有动物愿意靠近,直到早上才被秃鹰啄食而变得残缺……"她顿了一下,好像在树干上发现了什么,"……尸体的完整度,现场的完整度,随着环境和季节的不同而千差万别,甚至会出现直到腐烂生蛆都不被食肉动物碰触的可能性。但问题在于,这种可能性有多大,会出现多少次。"

法玛斯自然是一头雾水,而薛裴也没有打算把后面的话说出来，她的思绪还有些混乱，太多不确定的线索尚不能给出一个足够说服自己的结论。

她停下脚步，轻轻捏了捏眉骨——法玛斯昨天下午遭到袭击，与另外四人失去联系，今天凌晨阿隆发现了他们的尸体，这中间最多只有十二小时的时间，且不论十二小时可以在绿海里走多远，单就尸体这么快就被发现来看，阿隆——或者说巴布里托尔村的巡逻队，他们的效率非常惊人，他们不仅找对了方向，还算对了距离，而且最重要的是——

"是四个人啊……"薛裴抬起头，思考暂时告一段落，她转过身对法玛斯道，"第二个问题，如果你在野外看到两具尸体，你会怎么做呢？"

"我？你问我？"

"喏，这里还有谁？"

"我……我当然是回去找人帮忙了。"

"喏，如果是我，我也会。"薛裴笑道，"但是有人不会，他在毫无线索的情况下，向一个特定的方向又多走了三四百米，找到了另外两具尸体。"

"我真糊涂了，"法玛斯满脸愁容，"虽然听不明白你的意思，但我有不太好的预感……"

"是的，"薛裴收起笑容，严肃地说道，"存在这样一种可能性，即阿隆从一开始就知道尸体有四具，甚至知道确切的位置。"

"阿……阿隆？就是……就是刚才那……那个……领路的……"

"没错，"薛裴点了点手指，"就是他。"

阿隆有足够的理由被怀疑。在野外凑巧发现几具尸体，当然不能证明什么，但正如刚才薛裴所说，这里面有个"可能性"的问题，在绿海这样的野生动物园里，一而再，再而三地发现尸体——按中国装甲巡逻队的那个上士的说法，今年已经有二十多具，这种可能性有多大？

"大概十年前吧，我在日本的阿野武丛林里猎龙虎，当然还有红脸，"薛裴回忆道，"那时我们有三十个人，一整支狩猎队，装备有 GPS、突击步枪、安全陆战通信系统、生命扫描仪和近距离支援型战斗机器人，结果我们的副领队失踪了。大家花了整整二十四个小时，从狩猎场到营地，几乎翻了个底儿朝天，还是一无所获。你知道吗，法玛斯，在森林里，'死'只是大家都能预料到的常态，而最可怕的，是生不见人、死不见尸。"

"啊……"法玛斯似懂非懂地点点头，"哦。"

"阿隆和他的巡逻队——我估计最多十个人吧，除了猎枪，什么装备都没有，他们找到尸体的概率，只能用'凑巧'来形容，但他们的'凑巧'也实在是太多了。"

"我有点明白了，"法玛斯艰难地咽了一下口水，"你的意思是说，阿隆和红脸串通好了对吧？"

薛裴愣了几秒，开始有些后悔对这个白痴般的男人浪费了如此之多的口舌。"我真是佩服你的想象力……这样和你说吧，依我的推理，这里根本就没有发生过什么'红脸袭击事件'，你怀疑阿隆和红脸串通，还不如怀疑他在和这附近的土匪串通。"她顿了几秒，直到法玛斯脸上的惊讶变成疑惑，"柯南·道尔说过，'奇特总能提供一种线索。一种犯罪越普通，越不具特点，就越难以查明'。而这里的一切，都太'奇特'了，我与红脸打交道十几年，从没有听说过像巴布里托尔这样的状况。红脸只是动物，是动物，就可以预测它的行动结果，看到结果，就可以掌握它行动的原因，而这里的事件完全无法理喻，更谈不上推出前因后果……"

她突然不再挥舞自己的手指。

令人难耐的寂静充斥在黑暗的森林之中，淡淡的异样，几秒钟前还平静的气氛变得微妙起来。薛裴抬起头，弯月醒目，在那华美的苍穹之上，无数璀璨的明星闪耀着，只是粗粗一瞥就让人心驰神往。

"你听到什么了吗？"薛裴压低声音，"不寻常的声音？"

对方刚要说话，薛裴突然做了个"嘘"的手势："……听见了吗？又响了一声。"

法玛斯憋红了脸，努力做出了"听"的模样，但最后还是痛苦地摇摇头。

薛裴压低身姿，从肩上卸下伞兵枪，慢慢地挪到树边，用左肩抵住树干。法玛斯虽然搞不清楚状况，但也学着薛裴的样子，蹲在她的身边。

"是……是什么东西？"法玛斯将火把抬到面前，紧张地四下观望，"在哪里？"

"你到那边去……"薛裴伸手指着前方不远处的一棵树，小声道，"把火把举过头顶。"

"啊？为什么？"

"这样当你死的时候，"薛裴不耐烦地摆摆手，"我们就能知道是'什么东西'，还有'在哪里'了。"

法玛斯惨笑着道："你……你不是认真的吧？"

"不想死的话，就给我冷静点儿，"薛裴冷冷地道，"有些掠食兽，比如'盲爪'和'死神蝙蝠'，会捕捉周围微弱的生物电场，你越是紧张害怕，它们就越是志在必得。"

奇怪的声响暂时消遁，薛裴闭上眼睛，屏住呼吸，侧耳倾听了几秒——一无所获。毫无疑问，对方采取了相同的潜伏策略，这也就是说，无论来者是谁，"他"的目标正是这边。

"法玛斯，"薛裴头也不回地小声问道，"你是代偿者吗？"

"当然不，"法玛斯好像受了委屈似的，"我有哪点儿长得像'怪物'吗？"

"哈！"

薛裴听到"怪物"这个词，像被恼人的小虫蜇到般苦笑了一声。的确，对绝大多数的普通人来说，代偿者就是"怪物"的代名词。他们在神经系统里植入特制的微调剂，寄希望于获得超越常态的感官和身体机能，无论最终结果是否理想，他们都再也不可能回到过去普通人的身份，因为被微调剂侵入的大脑组织会受到永久性的损害，代偿者所获得的"能力"越强大，他的神经就越不健全，所以在前几年代偿手术的热潮过去之后，现在想要去做代偿者的年轻人已经寥寥无几了——毕竟，榜样的力量是无穷的，看着那些在疯人院和疗养所里的所谓"超人"，无论是谁都会心有余悸吧。

"喏，你可能不知道，法玛斯，"薛裴一边观察着四周，一边轻声道，"以前，我们怪物猎人决定去蛮荒之地狩猎的时候，没有雇到代偿者就不会出发。他们是我们的眼睛，是我们的耳朵，是我们的鼻子，有时还是我们的武器。比方说刚才，如果是我原来的搭档，他在对方发现我们的瞬间就能准确判断出'谁''在哪''要干什么''什么时候'这样的问题，我甚至可以事先摆好拿枪的姿势，等在猎物出现的位置上……"

"真的假的？"法玛斯将信将疑，"我可从没听说过有那么牛的代偿能力。"

"他说他能看到万事万物中飘忽不定的'命数'，真是鬼话……"薛裴摇摇头，"但他确实救了我们很多次命，是个可以信赖的好男人……"她顿了一下，"也是个地地道道的'怪物'。"

"那后来呢？"

薛裴从夹克的口袋里摸出一把有些陈旧的黑色长刃匕首，慢慢地塞在伞兵枪枪口下方的刺刀座槽上。

"我们去了很多地方，墨西哥的红色荒漠，北欧的高地，哦对，还有噩梦般的黑森林……"薛裴用力推了推匕首的柄部，发出一声清脆的"咔嗒"，步枪和刺刀终于连为一体，严丝合缝，"我们的人越来越少，有些死了，有些残了，有些回老家结婚了，其他人也大多厌倦了游猎的生活，我们决定在东京丛林的合约结束之后就解散，各安天命。"

黑暗里响起了树枝微颤的声响，薛裴立即停住，端起步枪朝后慢慢移步。多年游击队般的游猎经历，让她无时无刻不在留意周围的地形，她把身子埋到另一棵更大的树木之后，用手势示意法玛斯保持原地不动。

她探出头，这个位置刚好面对着声音传来的方向，而法玛斯所蹲的地方则处在两点之间——一团明亮的火焰，这就和面对太阳时，人们往来难以瞄准是一个道理：薛裴露出的小半张面孔，从声源的角度来看，刚好被火团所遮蔽。

声音时断时续，每响一次后总有好几秒的间隙，这确实是掠食性动物靠近目标时的动作，但也不排除更危险的可能性——带着枪并且充满敌意的人类。

忽然之间，声响开始变得频繁，在那漆黑的枝叶深处仿佛正有一场骚动在酝酿，难以抑制的不安在薛裴胸口激荡，她强迫自己集中注意力，死死瞄准正前方。而与此同时，法玛斯倒是神情木然，甚至可以说是有些"淡定"——他从一开始就什么也没有察觉，自然不会觉得害怕与担忧。

薛裴的右手开始发热，这场再普通不过的夜间狩猎让她有些莫名兴奋，她默默念着一些含混不清的类似祈祷词的字句，全神贯注，只等着猎物现身——无论它是什么。

树林间卷起一阵没来由的晚风，连薛裴都觉得有点凉，她下意识地用余光看了一下身上的外套——一件人造革的皮夹克，随后又立即想到，自己应该感觉不出寒意才对。

不，这不是寒意，这种久违了的感觉，这种几乎是基于猎手

绿海迷踪

本能而产生的不祥的感觉——是杀气，是即将有什么东西被撕碎、血溅三尺时才会有的浓烈杀气。而且它近在咫尺！

她慢慢别过头，面无表情地盯着身后的怪物。

"大意啊，薛裴，"她脸上带着自嘲似的微笑，"你真的是老了。"

那的确是一个红脸，体形不大，乍看上去像只山猫，浑身被血红色艳丽的毛发所覆盖，恶狼般的面孔上嵌着两块白色的外骨骼，好似一匹披挂着白色铠甲、只露出眼睛的战马。它前屈着身子，趴在离薛裴不到四米的地方，在她回过头的同时龇牙咧嘴，发出阵阵骇人的低吼。

雌性、两三岁、级别应该在哨兵与守卫之间——一连串的信息在刹那间涌进脑海，但根本就没有多余时间去思考，薛裴用她能想象出的最快的速度掉转枪口。

但是四米的距离对红脸来说已经是太近了，这只小怪物一声狂叫，扑将上来，一口咬住了薛裴托着伞兵枪枪管的左手。薛裴顿时皮开肉绽，一串血花从伤口里喷涌而出。薛裴借着被扑倒的力量，用膝盖顶住红脸的胸口，顺势向后躺去，把对方甩向地面，落在法玛斯与薛裴之间的草丛上。

法玛斯吓得几乎是跳着站了起来，在他还没有来得及吐出半个字的感想之前，薛裴便朝仰倒在地上的红脸扣动了扳机，子弹不偏不倚，正好贯穿了红脸后颈的薄弱处，它"呜嗷"一声便伏在地上不动了。

"我的上帝！"法玛斯激动地指着地上的红脸尸体，"它这是死了吗？是死了吗？"

"留神侧翼！"薛裴举起伞兵枪向两边摇晃，"至少还有一只！"

话音未落，从原先声响发出的方向，一只几乎一模一样的红脸跳出树丛，双腿直立，站在法玛斯背后，仰着脖子，发出一声狼号般的长啸。

不等法玛斯闪开，薛裴抬手便射，伴着 Q9P 伞兵枪开火时的闷响，一串炽红的弹道划破空气，打在红脸身上，发出一阵清脆的"叮叮咚咚"。子弹没能击穿红脸头部和胸腔两侧的骨甲，只是凭借冲击力把它打翻在地。

薛裴这时才想起自己的伞兵枪里依旧装着昨天与土匪对射时用的普通弹药，连忙退下弹夹，用血淋淋的左手摸向腰间的弹带。

恰在此时，第三只红脸从她右侧的树上一跃而下，还没落稳便再次起跳，单爪前扑，直直拍向薛裴的太阳穴。

她不慌不乱，依旧保持着手上换子弹的动作，只是上身微微后仰，甚至连一个正视都没有便闪过了红脸的扑击。这只野兽很明显是由于出力太猛，竟有些失去了平衡，薛裴在它与自己擦身而过的瞬间突然伸出残缺的左手，用食指和拇指抠住它脊背外侧凸出的骨甲，顺势往地上一带，便让它摔了个"五体投地"。薛裴不等它起身，把步枪轻轻抛过头顶，右手擒住枪管，用尽全力扎了下去，刺刀沿着背部骨甲的缝隙深深地钻入红脸体内，可能是伤到了什么要害，怪物没做什么挣扎便不再动弹了。

刚刚被子弹打倒的红脸此时也已经翻过身体，朝薛裴恶狠狠地吼着。法玛斯早已吓得瘫坐在地上，离这最后一只活着的红脸不到半米，但奇怪的是，野兽狰狞的眼里，似乎只能看到薛裴，对近在爪边的男人却毫无兴趣。

"对，犹豫吧，就像这样，"薛裴全神贯注地凝视着对方，喃喃自语道，"胆怯吧，退缩吧，思考是不是该逃走了吧？好姑娘，快离开……就这样离开的话，我保证不伤你一根汗毛。"

仿佛是听懂了薛裴的独白，怪物被激怒了似的，咧开大嘴好一声咆哮，然后便四肢踏地一跃而起，飞扑了上来。

薛裴拉动枪栓，"咔嗒"一声之后，一颗刚刚换好的新子弹被推进枪膛。在红脸前爪即将搭上薛裴肩膀的刹那，枪声响起，八

绿海迷踪

毫米的劣化铀穿甲弹终于击碎了它面部的骨甲，撕裂皮肉，又贯穿了整个颅骨，从后脑呼啸而出。

这头年轻的猎手还没有完成它的最后一次扑击，便匆匆化为尸体，撞到了薛裴身体，两者一并倒在地上。

薛裴从红脸瘫软的身下慢慢地钻了出来，斑斑血迹不仅染脏了皮夹克，连她的侧脸上都沾着一串血点。惊魂未定的法玛斯艰难地站起身，空气里飘弥的血腥味竟让他有些恍惚，神色慌乱地四下张望，对周遭的每一次风吹草动都要先愣个几秒钟。最后，虽然还不敢确定自己已经安全，内心深处的绅士风度还是让他一步跨到薛裴跟前，做出要搀扶的架势。

"走开！"薛裴不客气地挥挥手，"有空闲逛不如去看看地上有没有装死的！"

"啊？"法玛斯一脸茫然，"装死？谁？"

薛裴扫了一眼四周，三具雌性红脸的尸体分布在不到三十平方米的小空间里，血液染红了草坪，都已经连成了一片——看起来，她对自己身手退化的担心有些多余了。

"薛！你！"法玛斯突然惊叫起来，"你的左手！你的左手怎么了？"

薛裴低头看了一眼："哦，小意思，不必惊慌。"她刚准备要把手背到身后，法玛斯突然握住了她的左腕，不无惊恐地瞪着眼道："这……这还叫'小意思'？"

在他眼前的是一只非常可怕的左手，中指因为剧烈的冲击而向后弯折，红脸撕咬的痕迹顺着虎口一直延伸到小拇指——应该说是小拇指原来所在的位置，现在那里只剩下一团模糊的血肉，手掌中央的肌腱也被扯开，弄得好像整只手都快要散架似的。

既恐惧又带着点怜惜，法玛斯连忙松开手，从怀里东摸西找，掏出一个巴掌大小的简易战地医疗包，上面还印着卡奥斯城监察军航空队天使之翼的标识。不知为什么，本打算阻止他的薛裴欲言又止，只是饶有兴趣地注视着对方。

"先……先包扎吧？"由于左手拿着火把，本来就有些慌乱的法玛斯动作更显笨拙，"哦，不，应该先消毒，不，应该先止血！对！"他抬起头，盯着薛裴的左手，"要先止血……"他愣了好几秒，"……血？"

在火光的照映下，薛裴手上点点坠落的"血滴"，像一股混着油漆的淤泥，不仅颜色不像血，连形态都区别甚大，法玛斯一时语塞，嘴张得老大却吐不出一个字来。

如果借着光仔细看的话，他会发现在她手上的破口深处隐约露着黑色的、仿佛蛇皮状的网格形物质——分不清是生物组织还是其他别的什么东西，就好像是在普通的"人手"之下还嵌着另一只"鬼爪"。

憋了足足半分钟，法玛斯终于开口说了一句话："那个手……手……疼吗？"

"疼，"薛裴摇摇左手，"但并不是手疼。"

她这一动，伤口里的"蛇皮"更加醒目，看得法玛斯心惊肉跳，起了一身的鸡皮疙瘩。

"你绝对想象不到，当我伤痕累累的时候，心中所经受的痛苦，"薛裴微微笑道，"因为我根本就感受不到疼。"她把枪丢到地上，用右手握紧左手中指，"外部的组织性疼痛对我来说只是遥远的记忆……"她咬紧牙关，猛地一用力——与法玛斯预想的不同，薛裴并没有试图把弯曲的中指"掰正"，反而是把它整根拔了出来，在他眼前晃了两晃。

"法玛斯，有一个秘密瞒不了你了……我虽然不是代偿者，"薛裴露出不易察觉的、淡淡的哀伤，"但的确是一个'怪物'。"

法玛斯面色严肃，眼神凝重——他还是第一次在薛裴面前展现出如此认真且有男子气概的模样。就在薛裴以为他要说出什么义正词严，或者至少是安慰性的话语时，这个"废物"又一次让她失望了——虽然她之前也没抱什么希望。

法玛斯"哇"的一声吐了出来，眉头紧锁，表情痛苦，在干咳了好几声之后才停下。

"抱……抱歉……"他一边用袖子擦嘴，一边面露愧色地道，"我不应该……反应这么激烈……只是我一下……实在没忍住。"

薛裴微微摇了摇头，轻叹了一口气，法玛斯并不是唯一看过她"秘密"的人，但他的确是其中反应最强烈的一个。

八、困兽

它听到了枪声。

它从没有听过这种枪声，和村民们使用的不一样，和之前那些怪物猎人们使用的也不尽相同。

有一只同胞倒下了，然后是另一只，然后是第三只。

追随而来的它们已经完成了使命——而且完成得很好。它慢慢地、一点一点地靠近刚才的战场，虽然胸中的愤怒早已沸腾，它还是强迫自己保持镇定与冷静。

它是一个极优秀的狩猎者，很显然，它的对手也是。

所以，它更需要加倍小心，在还没有笃定得手之前，它选择细细地观察，慢慢地调整身位，在灌木丛中静静地等待时机。

它看到了一团火光，两个人类的身影，它轻轻抬头，嗅了嗅。

啊……没错，就是这个气味，就是这个感觉，它用舌尖顶住上腭，压抑住自己喉管里的低吼——愤怒的低吼。

它向右侧挪了两步，这是个好位置，漆黑的阴影恰好能遮蔽它白洁如雪的身体，而它的目标则暴露在光亮之下，避无可避。

是那个女人——它再次用鼻子确定了一下，目标就是那个女人，那个体型匀称、个子不高的女人。

没有讨价还价的余地，它准备发起攻击。

即便是要赌上性命，也在所不惜。

九、决斗

法玛斯自认为是一个理性的人，所以他很快就从最初的震惊中恢复了过来，甚至开始装模作样地思考起刚才眼前所看到的一切。

"我知道了。"结论是显而易见的，"你这只手是假肢！"

"喏！"薛裴笑道，"可真是哥白尼式的伟大发现呢！"

"断掉了对吧？我是说……"法玛斯连忙改口，"是残疾对吧？我以前有个同事也是，车祸之后右臂截肢了，为了继续飞F91，于是花钱给自己装了一条同步机械臂，从此就再没人和他掰手腕了。但是……"他仔细盯着薛裴的手，好像察觉到了什么，"他的臂膀像钢铁一样坚硬冰冷……"

法玛斯突然做了一个有些失礼的动作——捏住薛裴残缺的左手，那温暖柔软的触感透过指尖传进心底，让他更加肯定刚刚的判断。

"你口中说的'秘密'，一定是指这只手的材料吧？"

薛裴着实愣了一下——虽然只是很短的一瞬间，她没想到看上去愣头傻脑的法玛斯思维竟是如此敏锐。

"算是有这方面的原因吧，"她轻轻抽回左手，"我的确是……有些残疾，所以不得不安装……"

等等——薛裴突然想到，法玛斯只是无意间、碰巧看到自己的"秘密"而已，自己不仅没有义务，也没有必要向他解释其中的奥妙。

"……不得不安装一只假手，"她的语气又变得冷淡起来，"里面用了一些比较尖端的材质，所以生产厂商希望在投入量产前保密，明白了吧？"

法玛斯似懂非懂地点点头。

薛裴把刚刚"拔"下来的"中指"用嘴叼住，从夹克的内胆里摸出一支眼药水瓶似的塑料小瓶，挤出一堆黏稠的白色膏状物，小心地涂在左手的伤口表面。

"单分子纳米结构激活剂？"法玛斯有些惊讶地道，"是派尔蒙托公司的产品？"

薛裴颇惊讶地看了一眼手里的小瓶子，上面别说标签，连一个字也没有。

"在空军基地时见过。这玩意儿可不是在网上预定就能买到的，"法玛斯像是回忆起了什么，"我记得那是为军用纳米机器人提供养分和能量的浓缩生物溶液，也是像这样白白的，呃……"他一时语塞，"……一大摊形容不出来的东西。"

白色的膏状物很快便流入左手的伤口缝隙，薛裴把小瓶又塞回衣袋，掏出张绣着花边的手帕，把粘在手上的多余溶液擦去，而后用力甩了甩左手。在法玛斯的注视下，她把叼着的手指取下，轻轻按在它原来应该在的地方——令人惊奇的一幕就这样发生了，在手指的底端就要接触到伤口的时候，伤口里面的黑色蛇皮竟突然蠕动了起来，从里面伸出无数头发丝般细长的触须，轻轻托住薛裴"送来"的那根中指，像某种乌贼捕捉猎物那样，把手指的底端慢慢"拽"进了伤口。一阵轻颤之后，手指似乎恢复了活力，薛裴握了几下拳，翻来覆去端详了几秒。

"喏！"薛裴长出一口气，"这次总算是没接错。"

"唔！"法玛斯赶忙捂住嘴，压住想要呕吐的冲动，"我的……我的天，我的天哪！"他不自觉地向后退了半步，"我宁可没有手，也不愿意装上这玩意儿！"

薛裴有些不乐意地说道："等你当真没有手的时候，再来说这话吧。"她弯下腰，从地上拾起伞兵枪，"走吧，这里没什么好留恋的了，我们回巴布里托尔喝点什么吧，我有些渴了。"

"回哪里？现在？"法玛斯看了看四周道，"还少一个人吧？那个叫阿什么的……"

"阿隆。"

"对，阿隆，我们不等他一起吗？"

"法玛斯先生，"薛裴微笑着说道，"我们来做一个简单的推理题，阿隆是什么时候离开的？"

"几分钟前吧，"法玛斯稍做心算，"大概五分钟。"

"这里是绿海，"薛裴用手指指地面，"以人类的脚力，五分钟绝对跑不出一公里，可能连五百米都跑不到。"

"哦！"法玛斯醍醐灌顶般的点点头，"那他应该能听到枪声。"

"而且在听到第一声枪响的时候就该往回赶，也就是说……"薛裴转过身，向两边伸平胳膊，"现在他应该站在我们面前，用关切的语气问上一句'你们没事吧？'或者上来打个招呼，最差的情况，他也应该像个无头苍蝇一样，一边大喊着我们的名字，一边东张西望，但你听见了什么吗？"

四下静得出奇，只有些虫鸣似的微弱怪响在时断时续。

"你是说，"法玛斯脸色煞白地说道，"红脸已经把他给……"

"不……"薛裴顿了一下，摇摇头，"不一定。"

冷静下来之后，刚刚完成狩猎的愉悦感转瞬便烟消云散——倒下的三只雌性红脸不仅没有提供任何答案，反而让原本就已经非常混乱的问题更加扑朔迷离。

对，还不能走，还需要更多的线索——薛裴这样告诉自己，于是她半跪在地，轻轻翻过刚才压在她身上的红脸尸体。她按照喉管、胸口、腹腔的顺序轻轻挤压尸体，最后把目光停在它大腿外侧的片状骨甲上。

"发育得非常好啊……"薛裴托着下巴，似是自语，"也没有挨饿，"她抬起头，颇有些惋惜地叹了口气，"为什么要如此前仆后继呢？"

"看来村民没有说谎，"法玛斯弯下腰道，"之前过往的旅人，也都应该是这么死的吧。"

"在晚上被半打儿红脸袭击吗？"薛裴蹙眉反问道，"你以为人人都像你一样，没事喜欢在绿海里过夜？"

法玛斯一脸的委屈："我可是被歹徒袭击，无奈之下才在绿海里过夜的……"

虽然只是无意，但这可真是惊醒梦中人的一句话！

薛裴突然站了起来："等等，你刚才说什么？"

"我说无奈才在绿海过夜，你以为我真想啊？"

"不，在那之前！"薛裴用力捏了一下左手的拳头，不知是激动还是哪里不太舒服，"你说你被歹徒袭击？"

"呃……是啊，"法玛斯疑惑地道，"你不是也被袭击了吗？"

"对，所以才会暴露在绿海的夜色之下。"薛裴意味深长地点点头，"于是这一切之间就建立了联系，而联系又会带来揭开谜团的钥匙……"

"你的意思是，歹徒袭击与红脸出现有联系？"

"被歹徒袭击，才会不得不在绿海过夜，所以才会被红脸扑杀，也就是说……"薛裴顿了顿，"与其认为是村民与红脸勾结，不如说是歹徒与红脸有染。"

"不可能吧?"法玛斯一边摇头,一边说道,"难不成是有人饲养红脸?"

"无论是与不是,在此之外,还有一个更加重要的问题:'为什么'。"薛裴脸上露出不多见的困惑之情,"有什么理由要杀害那些无辜的路人?又为什么不直接射杀,一定要借红脸之手……"

她突然愣住了,像尊石像般矗立在原地,表情凝滞。

"怎么?"法玛斯忙问道,"你又想到什么了吗?"

薛裴抬手示意他保持安静,两人面面相觑了几秒,弄得法玛斯都有些不好意思了。

"你发现了吗?"薛裴悄声道,"虫鸣停止了……"

的确,不知从什么时候开始,四周安静得有如万物死绝,耳畔响起的,只剩下晚风轻抚树梢时发出的阵阵沉吟。

薛裴从腰间拔出一把银白色的手枪,递到法玛斯面前。

"拿着,听好,"她依旧细声细语,好像在提防着什么人偷听似的,"我跑的时候,你也要跑,跟在我身边,至少保证在我的视野里,明白吗?"

法玛斯颤巍巍地接过手枪,紧张地连舌头都打结了:"到……到底,怎……怎么了?还有什么东西在周围吗?"

薛裴当然知道那是什么,而且还知道它有多危险,她一边小心观察着四周,一边像是漫不经心地道:"族领级别的红脸,常常在身体两侧长有一种放电器官,虽然不能用来做武器,但可以帮助它探测周围生物的距离和方向……"

"听上去有点像鲨鱼身上的洛仑兹壶腹?"

"哦?"薛裴颇惊讶地说道,"你连洛仑兹壶腹都知道?"

"我好歹也每个星期都看探索频道。"

"在红脸身上,那东西叫'格兰特线',它释放的生物电场会影响许多敏感的小动物——比如昆虫，所以我很确定，就在我们附近有一只族领级的红脸——而且它正准备发起攻击。"

"不是吧？"法玛斯握着手枪的手莫名地抖了起来，"你……你说清楚，什……什么叫……族领级别？"

"至少也是勇士，如果是雄性的话……"薛裴的警觉并没有带来任何关于对手方位的线索——它是个小心翼翼、并且非常擅于潜伏的家伙，"……我感觉应该是雌性，那就起码是一只守卫。我不能确定它的位置，所以……"

就在这话音未落的一瞬间，薛裴好像看到了什么。在她正前方黑暗的树丛之间，好像有一对若隐若现的眼睛与她四目相对，她不能确定那究竟是幻觉或是月色在什么东西上的倒影，那东西一动不动，宛若两枚巨大的猫眼石，闪烁着阵阵寒光。

在对视了四五秒之后，这对神秘的"宝石"突然黯淡了一瞬间，旋即又恢复了刚才的光亮。

薛裴倒吸一口凉气，立即端起伞兵枪，还未完全瞄准，便是三发点射过去。

子弹在枝丫和草丛间急驰，激起一串"噌噌"的轻响。黑暗中，一个东西突然闪出身形，折向另一侧的树丛，一下就跳离了薛裴的视野，钻入茂密叶墙的遮蔽之下。

"那是什么！"法玛斯也看到了怪物的身影，接连退了两步，惊恐地问道，"刚才那鬼东西是什么啊？"

那是一个大家伙，薛裴几乎不敢相信自己的眼睛——倒不是因为对方的体形，她在东京丛林遇到过起码一打儿身高超过四米的勇士。

"是一只'公主'……"薛裴艰难地润了润嗓子，慢慢放下枪口，"……一只白色的'公主'。"

已经很久没有体会过今天这般的恐惧了，薛裴的双手都开始不自觉地微微颤抖起来。

"什么'公主'？"法玛斯的表情倒没有多大变化，"哪里有白色？"

"'公主'……"薛裴露出有些苦涩的微笑，"那是目前最高级别雌性红脸的代号，最早是在一年前的哥伦比亚被怪物猎人考克斯发现并报告，通常被认为是三十到五十只规模族群的领袖。至于白色嘛……"薛裴目光呆滞地盯着前方，轻轻叹了口气，"说来话长，估计你也不会想听。"

这种时候，打击士气的话自然还是不说为妙，但薛裴骗不了自己。初生时的红脸，正如它们名称的字面意思那般，长着鲜红的绒毛，在逐渐成长之后，便会随着环境换上或是黑色或是深棕的体毛，但即便是在寒冷的极圈，也从没有一种进化出白色毛发的红脸。

只有一个"特例"除外——那些罹患白化病的可怜家伙，无法长出能够在黑暗中潜行的皮毛，也不能拥有象征着红脸特征的艳丽红发，自出生起，就被同类排斥。在绝大多数红脸族群中，这些白毛都活不过成年——而且老实说，它们患上白化病的概率本身就不算大。

如果它们中能有幸运儿在无边的痛苦与压力之下发育为"成兽"，其意志力、体力和凶猛程度都是超乎寻常的强大。而为了掩盖自己雪白的身体，这些幸存者也大多掌握了非常独特且拒绝团队合作的捕猎技巧。

简单地说，薛裴的经验在这里一无所用，这只白色的红脸将用她连听都没听说过的方式投入战斗，用她想都没有想过的招数发起攻击、进行防御。

"而且还是只'公主'……"薛裴深吸了一口气，"她还是只白色的'公主'……"她略作思索，连忙抬手指向右侧，"法玛斯！

站到开阔地去！不要靠近任何一棵树！"

她现在没有办法保护除了自己以外的人，所以至少要让他们远离危险——这也算是狩猎的策略之一。法玛斯不敢有半刻的怠慢，三两步就跑到草地中央，他抬头看了看挂在苍穹上的一弯明月，觉得自己简直是暴露在外的靶子。

"这不是个好主意！薛！"他冲离自己大约十米远的薛裴喊道，"你刚才还叫我跟着你呢！"

薛裴早已全神贯注，压根没有听见法玛斯的呼喊，她平缓地呼吸，把自己的身体调整到最佳状态。根据以往对红脸的了解，这些生物在伏击失败之后通常会逃跑，即便是决心一战，也绝对不会选择原来的方向。而薛裴故意面朝前方，不曾转向，正是为了诱使对手在完全潜伏之前尽快出手，以期望它会露出足够大的破绽，大到一击就足以结束战斗的破绽。

但是薛裴这次失算了。

那只"公主"从刚刚消失的地方径直跃了出来，在明丽的月光下，仿若一道白色的弧形闪电，修长而优雅，迅捷而致命。

惊讶在薛裴脑海里只停留了一刹那，在这个刹那消失的同时，她的伞兵枪已经抬到了可以击中"公主"的高度。

于是，三发点射——

几乎是近在咫尺的三发点射，子弹贴着"公主"面部的骨甲，向两边弹开，拖着炽热的弹线，飞散进树丛。

薛裴侧身避过正面的扑咬，横起枪口上的刺刀，在"公主"的右前腿上割出一道小小的伤口。然而，仅仅是这刀刃之上的瞬间接触，薛裴便被对方冲锋时的巨大动能带倒，在地上一个后滚翻后才勉强半跪着起身。

一条诡异的肉鞭突然从"公主"身侧展开，在它还没有完全落地之前便向身后的薛裴抽去，刚刚恢复平衡的薛裴闪躲不及——甚至可以说是根本就没有看到这突如其来的袭击，被正好击中，那肉鞭在空中发出一声脆响，在皮夹克上打出一道从右肩延伸到左腰的大口子。

薛裴咬紧牙关向前扑倒，接连两个前滚翻拉开距离，与侧身而立的"公主"再次四目相对。

"倾斜骨甲……"薛裴冷冷地自语道，"原来穷乡僻壤也能发现倾斜骨甲，猎人工会说不准会为此奖励我二十个积分。"

"公主"似乎对自己没能杀掉对手而有些吃惊，它原地转了小半圈，静静地面对着薛裴，一动不动。也就是在这个时候，薛裴才刚好能借着月光看清这只"公主"的样貌——这是一头多么美丽、健硕的野兽啊！即使自认为再没什么动物能让自己惊讶的薛裴，也看得有些失神。它通体雪白，在月色下展露出晶莹剔透的光芒，整齐圆润的骨甲均匀地散布在面门、脊背和四肢外侧，让它看上去就像是中国神话里的麒麟，浑身上下无不散发着咄咄逼人的威严与高贵。

等等，那是什么……薛裴稍稍一愣，视线停在"公主"身体两侧的奇异物上，她从没见过类似的东西，它们看起来就像是某种触角，左右各有一条，很是对称，长度大概不到两米，头部还长着小小的肉瘤。仿佛有了自己的生命似的，即使主人静立不动，两条触角也高高地挺着，把尖端对准薛裴。

她努力回想以前读过的文献，试图从中找到些可供参考的蛛丝马迹：考克斯报告里提到过某些雌性红脸的"格兰特线"特别发达，甚至会在体表形成凸起。薛裴又仔细确认了一遍眼前两条触角的形状和大小，觉得这凸起的程度未免也太夸张了。

"是全新的进化呢……"薛裴有些激动地自言自语道，"这可是五十个积分啊！"

仿佛有了动力一般，薛裴精神大振，她端起伞兵枪，打开枪口下方的激光校准线，慢慢地移到"公主"左前腿的膝关节上，这个部位一般没有骨甲保护，即便有也应该非常脆弱。"公主"依旧保持不动，只有触角在微微变换着角度。

指尖轻动，一枚劣化铀穿甲弹脱膛而出，它的速度比普通的子弹快一点五倍，就算能看见弹道，在这个世界上，也绝不存在一种可以避开它的生物。

但是这只"公主"避开了，它在薛裴扣动扳机的同时，向左侧轻跃，恰好避过了弹道。薛裴不经思虑，即刻调整枪口扫射，"公主"却仿佛事先知道她的射击角度，一路跑跳，绕着薛裴转了一百二十度，竟没有被伤到一分半毫。

不仅长着钢筋铁骨，还拥有不可思议的迅捷与反应，薛裴在打完一梭子弹之后，暗暗觉得情势不妙。就在她握住弹匣，准备换弹的瞬间，怪物一声低吼，扑将上来，不足五米的距离，它只用了一秒便冲到了跟前。

薛裴大惊失色，本能地挥枪直刺，刺刀扎在"公主"额头的正中央，那感觉就好像刺进了一堵钢筋混凝土墙壁般，她的手臂都被震得发抖，上半身都几乎要失去平衡。

"公主"反掌猛击，正中薛裴毫无防备的小腹，这足以撕心裂肺的重击令她连人带枪滚翻在地，摔出好几米远。不知所措的法玛斯见状连忙举起手枪射击——不管怎么说，他好歹也曾经在空军服役，一颗子弹打在"公主"右肩的骨甲上，迸出一瞬耀眼的火花。

"公主"只是微微斜了一下眼，对法玛斯似乎连一点点的兴趣都没有，但也仅仅是这不经意的一瞥，流露出的杀气也让法玛斯恐惧不已。

它慢慢走向蜷缩在地的薛裴，这可怜的年轻女孩似乎是死了，侧身躺着一动不动。它早已对此习以为常——这些可怜的生物，如此的好战却又如此不堪一击，每次都只是在举手投足间便轻而易举地分出了生死。

"公主"瞄了一眼摔在地上的伞兵枪，那东西离开了使用者，便有如石头般毫无威胁，而现在它的主人就躺在自己面前，了无生气。

就在怪物把头凑近过来的瞬间，薛裴突然起身，早已攥在手里的猎刀一记斜斩，却正好被对方用嘴咬住——这绝对是薛裴从没遇到过的景象，足以让最资深的猎人也大惊失色。"公主"猛地扭动额头，将刀硬生生地夺下，薛裴没有半点犹豫，挥起左拳，用尽全力反手砸中它鼻梁位置上的骨甲，一声低沉的闷响传了出来。

"公主"嘶吼着连退了几步，它抬起头，不曾料到眼前这娇小的女人竟有如此恐怖的力量——它决定先行回避，闪身跳进一旁的树丛。如若是平日，红脸撤退后就不会再出现了，但今天已经出现的种种迹象告诉薛裴，这家伙肯定还会回来，而且会更加小心、更加凶恶。

薛裴从地上捡起步枪，半步半步地慢慢退到法玛斯身边，伸手压住他的肩膀，示意对方蹲下。

"你没事吧？"法玛斯紧张地道，"我看你被拍倒了。"

薛裴低头看了一下腹部，衣衫完整，并没有明显外伤。如果刚才红脸是用正手打的这一下，那现在必然是血肉模糊的一大片了。

"放心，"薛裴颇勉强地笑了笑，"我没那么容易死。"

"那鬼东西好猛，到底是啥怪物？"

"是'公主'没错，但……"薛裴顿了顿，"是一种很特别的'公主'，可能是新品种也说不定。"

"我明明看到你射中了它，为什么没打死？"

"它进化出了非常了不起的倾斜型外骨甲，连劣化铀弹都能扛住。"薛裴苦笑一声，"人类的科技在进步，红脸也没歇着呢。"

"我听说迟早有一天这些怪物会进化出能够毁灭人类的力量，看来不是没有可能啊。"

薛裴不是第一次，也不是第二次听到这句话了。老实说，对于她这样的猎人，这句话听上去不仅无稽，甚至还有些伤尊严的味道。

"没有可以挡住子弹的发肤，没有可以撕裂筋骨的爪牙，也没有可以快过闪电的腿脚，"薛裴冷冷地讲道，"人类统治世界，依仗的不是力量。怪物再威猛，也只是狩猎者房间里的荣耀而已。"

周围的树丛里传来阵阵声响，那怪物好像在漫无目的地狂奔——绕着背靠着背的两人狂奔，只是这恼人的声响好像是被故意弄出来似的。

"我很赞同你的说法，薛小姐……"法玛斯的心都提到了嗓子眼儿，"但……但现在人类的命运似乎和我们的命运并不挂钩啊……"

他说得没错，在这月色笼罩下的绿海深处，一只凶猛暴戾的白色怪物就徘徊在身旁，而最糟糕的是，枪械对它似乎完全没有作用。

调整呼吸——薛裴对自己说，这个时候需要格外冷静。她会被红脸击败然后被吃掉吗？不，当然不会。她胜券在握，并且从来没有怀疑过这一点，她遇到过的险境无可计数，但直到现在，她还是坚定地相信——

"最难对付的怪物，永远是人，总有一天……"她微微笑道，"法玛斯，总有一天你会明白这个道理。"

薛裴做了一个法玛斯没有理解的动作：把伞兵枪轻轻抛在脚边，然后褪去上身的皮夹克。

她穿着一件看上去与身份十分不相称的"衬衣"，确切地说，是一件黑色的露背吊带衫，白皙的香肩和秀背在月光下分外耀眼，刚才"公主"的肉鞭似乎并没有给薛裴造成任何伤害，只是在两块肩胛骨的中央，即脊柱的位置上嵌上了一个硬币大小的圆形异物——法玛斯猜想，这可能就是薛裴穿"露背装"的原因吧？

黑暗中的喧嚣终于停止了，一切又归于寂静。就在那看似静止的阴影某处，一头猛兽已经屏住了呼吸，准备发起突袭。

背对着法玛斯的薛裴朝身旁指了指："离我远点儿，法玛斯，它要过来了。"

"它？它在哪儿？"

"不要转头！法玛斯！"薛裴厉声道，"它就在我们背后！你回头看的话它就又要跑了！"

"背后？你确定？你怎么会知道？"

"我说了，法玛斯，它再威猛，也只是头怪物而已。"薛裴轻声道，"如果红脸要伏击猎物，它们肯定会采取正面诱敌、背后出击的战术。它既然是只红脸，就逃不过这条由千千万万个人类猎手用生命总结出来的自然法则。"

虽然周身雪白，虽然长着模样惊人的"格兰特线"，但它的确只是一头红脸，正如薛裴所预料的那样，它瞄准猎物的背后，用尽全力发起冲锋！无与伦比的速度与力量让它就像一辆失控的重型卡车，通常猎物在转身之前就已经被它扑倒，然后被咬破喉管，或者撕开胸膛，从世界上彻底消失。

但这只猎物似乎早有准备。面对摆开架势、迎面挥舞而来的直拳，跃在半空的"公主"已经无法改变方向，它只有压低脑袋，用面颊中央的骨甲抵挡——通常这样做就已经足够了，至少在这个世界里，没有什么生物能在与红脸骨甲的正面对抗中占到上风。

对它来说，这绝对是前所未遇、惊天动地的一撞，薛裴像只灵巧的蜷蛇，斜着脑袋，侧过身体，刚好避开爪牙的干扰，将左手直拳狠狠地送在了它的面门中央。

它停住了。

在一声仿佛两块钢筋混凝土相撞的低音过后，它的身体在半空中停住了，而后又重重地摔在地上。它不敢相信刚才发生的事，它不敢相信体重超过三百公斤，体长近三米的自己，用尽全力的一次扑击，竟然没能让猎物——一个人类，后退半步。

它当然不懂动能、势能之类的物理学定义，它也无法理解文学意义上"不可能"三个字的内涵，但它确实是犹豫了，这种感觉从没有在它身上出现过，伴着由眉心扩散到整个脑袋的眩晕，这只"公主"有生以来第一次感觉到了恐惧。它的呼吸开始凌乱，它的动作失去章法，它已经有些不知所措，只是凭着动物的本能，伸展左前肢扑击过去。

薛裴轻盈地后跳闪过，随即抬脚前踩，正好压住了"公主"方才落下的脚趾。怪物发出愤怒的嘶叫，用力地想要抬起上身，却无奈踝关节被死死别住，动弹不得。它挥起另一只前肢，重重地砸向薛裴踩着它的那条右腿，它这次当真使出了吃奶的劲儿，这一掌劈下去，足以拍开野狼的脑壳——

她纹丝不动。

就好像打在一根钢筋编成的水泥管上，"公主"的猛击并没有造成任何伤害，薛裴甚至连眉毛都没有皱一下，取而代之的，是冰冷到即使是怪物都会感到有些胆寒的眼神。

结束的时候到了——这个怪物曾经让薛裴产生过"是不是要逃跑"的念头，是的，她需要用一次完美的技术性打击来赢回自尊——就用她那只本不属于人类的左臂。

她左脚后撤，身体前倾，右手轻轻按住"公主"的额头，摆出一个让法玛斯非常费解的姿势，它隐约觉得这是某种武术的起手式，又好像从没有在其他地方见过。

世上有很多种号称"不伤发肤、力及肾脾"的武术，比如薛裴现在使用的太极拳，但它们大多难以掌握，这并不是因为习武者的学艺不精，薛裴知道并且深有体会——这是因为对人类来说，这些武术所需求的爆发力已经超过了极限。而现在的她则像一把中世纪的开膛锤，再坚固的铠甲也无法阻止那力量由表及里，深入骨髓。

毫无疑问，这铆足了劲儿的一记反叩将会直接结束战斗。但拳锋划过，却没有能够打中"公主"的脑门，它轻轻摆了一下头，导致这一拳打偏了两寸，刚好落在右侧眼眶的上沿。坚硬到可以防御突击步枪射击的骨甲，竟然被打出一个裂纹，冲击力化为一阵细密的震荡波，传遍整个身体，"公主"顿时感到头晕目眩，几乎都无法站稳了。

它的右眼瞎了，像熟透了然后被打烂的西红柿一样，变成了一团肉泥，鲜血顺着眼窝流下，把半张脸孔都染成猩红。

痛苦与愤怒化作撕心裂肺的咆哮，它没有后退，强烈的恐惧反而让它决意拼死一搏。

薛裴不知道为什么"公主"会侧过身，但这毫无疑问是一个好机会，只需要再一拳，那没有骨甲覆盖的腰腹必将会皮开肉绽，连肾脏都能够打出来，于是她又一次后撤蓄势，将杂糅着科技与意志的力量全部集中于左掌——她胜券在握。

只是一瞬间，局势逆转，肉鞭刺穿了薛裴的腹腔，甚至连眨眼的机会都没有留给她，足足三秒之后，疼痛的感觉才刺到心头。一股苦涩的浊血顺着喉管上溯，在薛裴开口的瞬间喷涌而出，溅在"公主"雪白的身体上。

薛裴强忍住肚子里翻江倒海般的剧痛，用左手猛地抓住正缓缓抽出来的肉鞭，一脚蹬在"公主"的侧腹，竟将整条触角连根扯断，拽在手中。

"你死定了！狗崽子！"薛裴把肉鞭重重地摔在地上，面露狰容，"我要把你的头挂在墙上！就和西伯利亚棕熊放在一起！"

她顾不得肚子上的伤口，转身捡起地上的 Q9P 伞兵枪，从腰间拔出一支贴着红色标签的弹匣，用力顶上枪膛。

"这是你应得的！"薛裴一边拉着枪栓，一边怒吼道，"十二美元一发！"

"公主"预感到迫在眉睫的危险，一步后跳拉开距离，用残存的左眼盯着薛裴，发出不知是何意义的低吼。

薛裴微微弯下腰，右手持枪顶在胸口，左手紧紧压住准线，粗略地瞄了一眼，重重扣下扳机。枪声像惊雷般在怀里炸响，弹痕划破空气，在黑暗中绘出道道血红色的光芒。"公主"的规避动作显然比刚开始迟钝了不少，一颗子弹擦过头部上沿，在骨甲上打出一道笔直的裂口。它有些慌了，转身猛跑，在红色弹雨的洗礼下一跃跳进了树丛。

薛裴对着"公主"消失的方向持续射击，直到把一梭子子弹全部打完，在可怕的后坐力影响之下，凌乱的弹道就好像没有经过任何瞄准，一窝蜂似的钻进丛林，打得枝叶噼啪作响，一棵碗口粗的大树被几发子弹击中，轰然向侧面倒下。

薛裴松开冒烟儿的伞兵枪，右手握着枪把的部位已经是红通通一片。

"太轻了……"她颇恼怒地自语道，"伞兵枪果然是给女人用的玩具。"

硝烟散尽，薛裴发现枪管里的膛线都已经被磨掉——这东西已经没用了，她把枪随手丢在草地上，仰头望向夜空，摊开双臂。

"要挂在客厅中间，一定要挂在客厅中间！"她闭上眼睛，一边比画着，一边自语，像是有些歇斯底里，"对，还要用红木的底座，这样一来，工会的那群傻鸟一进房间就会被吓到……啊，完美！"

"薛！"法玛斯跑到薛裴面前，一副气喘吁吁的样子——实际上他根本什么也没做，"你……你……"他的目光停在薛裴腹部的伤口上，那是一个吓人的、两边对穿的大洞，"你没事吧？"

薛裴睁开眼睛："除了自尊外，伤得都不算严重，你呢？"

法玛斯连皮都没擦伤，自然觉得有些不好意思回答："那怪物呢？你说的那只'公主'呢？这次是跑了吧？"

和上次消失时不同，整片树林都在寂静中一动不动，怪物则彻底没了踪影，也可能是真的已经逃走了。

"她还在，"薛裴冷冷地道，"我可以和你赌二十块……她还在呢。"

法玛斯注意到地上的肉鞭，刚刚就是这个东西贯穿了薛裴的身体——它竟然还在动！

薛裴注意到了法玛斯的目光。"外面是肌肉，里面是结缔组织和神经束，没有骨骼，"她指着那根怪东西说道，"你也许不相信，但这确实就是'格兰特线'，只不过尺寸有点超标而已……"

"'格兰特线'？你不是说那是用来探测生物电场的电感器官吗？"

哟！薛裴心想，他还知道"电感"这个词！

"是啊，我也不知道她会把这么重要的器官当武器使，所以才会被摆了一道……"薛裴用脚尖轻轻捅了一下肉鞭，"还不只如此，根据我的判断，这条'格兰特线'能感应到生物体内非常微弱的电流变化，所以可以预知对方每次攻击的发起时机。"

"还有这种事？"法玛斯惊得合不拢嘴，"那它岂不是无敌了？"

"以我二十年狩猎红脸的资历来判断，我要说'是的'……"薛裴点点头，"刚才我连高速弹都用上了，也没能把它杀掉，普通的武器恐怕伤不到它。"

"没想到绿海里还有这种怪物……"

"嗯，看她的样子，既不像是饿着了，也不像是在'保家卫国'，按理说作为一个族领，她此时应该老老实实地待在领地里带孩子才对……"薛裴顿了顿，"所以我有充分的理由相信，发生在巴布里托尔附近的杀人事件，全部与这只'公主'有关，只要除掉她，就等于消灭了问题的根源。"

"除掉她？"法玛斯看了看自己正握着的小手枪，"可是你刚刚还在说，子弹伤不到它。"

"唉……是啊……"薛裴茫然地望着前方，叹了口气，"区区一只怪物，就会让我们如此无助，这便是人类的极限了……"她转过头，对法玛斯道，"在这里等着，无论发生任何事，都不要跟来。"

法玛斯一脸惊恐："你……你要做什么？"

薛裴没有回答，她左臂低垂，口中念念有词，用右手在胸前画了一个十字。接下来发生的事则足以让法玛斯做上好几年的噩梦，他突然想起了一句话，一句非常适合形容眼前景象的话——

"与怪物作战的人，要留意自己是否也变成了怪物。"

对于这句出自尼采之口的至理名言，今夜的法玛斯有了相当直观的认识。

十、怪物

站在法玛斯面前的是一只两米高的怪物。理性告诉他，这个有六条细腿的"东西"应该就是薛裴，但理性并不总能起实际效果，尤其是在它没办法解释一切的时候。

蜘蛛样的怪物慢慢扭过上半身——上帝保佑，法玛斯绝对没有看走眼，这鬼东西真的是薛裴！她的衣物依旧完整，样貌仍可辨认，只是左臂——如果那是左臂的话，一直垂到地面，前端分叉，像极了一堆柔软的细长树根。原先粉嫩如莲藕似的肌肤，完全被黑色的网格状"蛇皮"所取代，五根手指更是变成了几支小巧的银色钢爪，粘在每条触角的尖端。

至于她的双腿，此时已经自根部分裂开来，变成六条弯曲的黑色支架，稳稳地把身体托在上方，这些支架有着剃刀般锐利的外缘，一瞬间就割破了牛仔裤，将其扯得四分五裂，腰带下隐约能看到白色的衬裙，原先约莫能盖住大腿，现在则被像雨伞般撑了起来。

最让法玛斯惊讶的是，这些明显非人类的身体结构不同于普通的机械，它们是活的——法玛斯说不上来这种感觉，有些类似生物体上的有机组织，只是远远地看着，就觉得它们温温软软，好像还在微微蠕动。

"我现在去抓那只'公主'，"薛裴的声音却没有任何变化，"树上的红脸和树下的红脸是两种动物，你待在空地上，千万不要跟着进来，否则必死无疑。"

法玛斯虽然不是很理解，但也只得接连点头表示同意。他又看了一下手里的枪，递到薛裴面前："这个还你，应该用得着。"

"我的身体，便是神之剑，"薛裴低下头，向法玛斯投去一个浅浅的微笑，"而你更需要它，不是吗？"

六肢离地，轻轻跃起，薛裴就像一只振翅起飞的螳螂，眨眼间便钻进了树丛，她这一个简单动作所表现出的力量和敏捷，超越法玛斯言语所能形容的极限——那是介于存在和超现实之间的某种东西，某种连最天马行空的想象也难以接受的东西。

"酷！"

望着薛裴的身影，法玛斯不由自主地叹了一声。

薛裴就没这么好的心情了，她很冷静，但是自尊受到伤害却是不可辩驳的事实。她绝少有像今天这般有失颜面的经历——被一个自己当成猎物和研究对象的东西逼上绝境，以至于不得不冒着生命危险用上全力。

但薛裴不知道的是，此刻她的对手也抱着几乎是一模一样的心情。

"公主"没有同伴可供倾诉，它也并不需要。它静静地趴在树上，雕像般纹丝不动，观察着这个冒冒失失闯进密林的猎物。

它有些犹豫了，它注意到猎物的模样有些异常，实际上它甚至不敢肯定这个六条腿的东西就是自己的猎物。它从没有见过类似的东西，也无从判断对方的能力有多强。它本应退缩，找个恰当的时机，离开战场——这才符合红脸的生活习性。它鼻头轻动，嗅了一口林间混着泥土清香的空气。

没错，就是这个气味，就是这个人……难以磨灭的愤怒又一次遍布全身，它龇牙咧嘴，再次确定了力战到死的信念。它从没有失败过，从没有对谁屈服，从没有被一个人类伤害至此。

这是一场属于怪物与怪物之间的战斗，一场公平的战役。

薛裴并不十分擅长操作这样的身体，所以她行走的动作有些怪异，甚至可以说是东倒西歪。但毕竟现在她有六条腿，再崎岖的林间小道也不可能让她慢下半分。她甩动左臂，藤条式的触手紧紧钩住树冠，她稍一用力，便轻松跃至树梢，几条腿支在不同的树枝上，乍看上去还真像一只张牙舞爪的蜘蛛。

她环顾四野，目光所及之处，全部为漫天的树海所覆盖，在晚风的吹拂下，如波涛般上下起伏。

"原来这便是绿海……"薛裴冷冷地自语道，"果然实至名归。"

突然，猛兽的影子在不远处的树丛间一闪而过，还未及确认便不见了踪影。薛裴知道，那是"公主"在寻找位置。在红脸的狩猎理论中，位置就是一切，在没有进入合适的阵位之前，它们绝对不会出手发起攻击。

薛裴缩回手脚，轻轻坠落在地面，脚踏灌木，头顶星空，在茂密的树丛间缓缓向前。由于"格兰特线"的作用，她不可能占得先机，既然如此，倒不如把位置留给对方，在防御中寻求克敌的时机。

薛裴缓慢地向前踱着步子，六肢交替，一边留意周围的风吹草动，一边调整着呼吸和心率，片刻也不敢大意。

毫无疑问，就和以前在东京丛林与红脸群遭遇时一样，这又是一次前途未卜的冒险。不光是那只"白色公主"值得忌惮，自己的身体还能坚持多久也需要仔细计算，纳米机器人也好，构造体也好，这些不属于人类的部件，自然也无法依靠人类的循环系统来供养，而电池这种东西，无论放在何处，也无论有多大威力，毕竟是会用完的消耗品。

"出来吧，好女孩……"薛裴有些焦急地念叨起来，"不要浪费时间，我在这儿呢，我在等着你呢……"

话音初落，"公主"的利爪便照着她的后脑勺拍下来，早有防备的薛裴微倾上身，恰好避开，爪锋扫过侧脸，斩下几缕秀发。薛裴撑开左手，抽身重击，"公主"一下没判断好距离，被打中颜面，虽没有在骨甲上留下半点伤痕，却让它略微失去平衡，连退了两步才勉强站定。

薛裴一条腿接一条腿地抬起落下，慢悠悠地转过身，与"公主"相距五米对峙。

连续的失手，让"公主"彻底放弃了偷袭的打算，它决定孤注一掷，铆足了劲儿向前冲锋，排山倒海般飞跃着扑来。

"只是动物而已……"薛裴心想，"也就会这一千零一招了。"

她抬起了六条腿中的两条迎击，在接触到"公主"前肢的刹那，这两条腿的尖端突然扭曲变形，像两支老虎钳般，紧紧钳制住了对方。同时，她那高高举起的左臂，化为一支威猛可怖的长枪，自上而下，劈脸砸去，重重打在"公主"骨甲的正中央。

没有退缩，"公主"昂着头继续向前顶，薛裴招架不住，被往后推了好几米，一直撞到树上才停下。

"呵！"她怒目圆睁，大喝一声，"畜生！劲儿还不小啊！"

薛裴一咬牙，长枪尖端伸出两根指状物，直刺向"公主"的眼窝，这一招果然起了作用，"公主"连忙收起咄咄逼人的架势，后跳着拉开距离。

这个人类不好对付！"公主"惊奇地发现，这个站在面前的怪东西，不光是外表异于常人，在能力方面也有独到之处。力量超群不说，反应也丝毫不逊于自己，即使从背后发动的突袭也无法奏效。

该怎么办？要如何下手？看着步步逼近的薛裴，"公主"本能地选择了规避，它转身一跃，趴在树上，与薛裴默默对视，思量对策。

速度，这是它自认为唯一有优势的项目，但薛裴只是一个动作便打破了它的计划——在它完全没有反应的一刹那，薛裴身上的"长枪"突然开了叉儿，变成分散的五条触手，像抛出的绞索般紧紧套住了它的前肢和头颅。

薛裴后退着拉动左臂，想把"公主"从树上拽下来，"公主"则用后腿盘住树枝，死死撑着不动。僵持之下，"公主"张开嘴巴撕咬起缠绕在身上的枷锁，可是无论它如何挣扎，也无法将其扯断。就在此时薛裴突然松开手，"公主"陡然失去平衡，踉跄了几下，还不待站定，薛裴便挥起已经化成流星锤模样的左拳，抡中它的侧腹，将其从树上击落。"公主"在空中翻了好几个滚儿，掉在地上时刚好脊背着地。它刚要翻身，却被薛裴的两支前足按住了双掌。

薛裴再次将左臂变成一支螺旋状的长枪，高高举过头顶：

"安心上路！"

伴着这句胜利的宣告，长枪对准"公主"没有骨甲保护的后脑直刺而去，强烈的杀气透过"格兰特线"，穿过脊椎，进入它的意识。它立即明白，这场战斗、或者说自己的性命，已经到了最后关头。

它还不能死，它还有不能死去的理由，它的怨恨还没有得到化解，它的愤怒还没有得到发泄，它的仇，还没有报尽。

于是，它调动全身的细胞，用上了仿佛是一生的力气，瞬间便挣脱了薛裴的束缚，面门迎着长枪向前猛扑。枪头无法贯穿骨甲，在撞击的巨响过后，立即散裂成无数缕细条。

薛裴被这突如其来的反击打了个措手不及，三百多公斤的怪物压着自己扑倒在地。一张腥臭大嘴在她鼻尖前扫动，雪白的獠牙反着月光，离双目只有几寸之遥，但也就是这区区几寸，却成为"公主"无法逾越的距离——薛裴的左臂就像八爪鱼般扣住它的脑袋，死死顶着前额、下巴与颧骨，几乎罩住了整张血盆大口。

"公主"想要甩动脑袋却没有成功，于是挥动前爪拍向身下的猎物，薛裴再也腾不出手来，只得把六条腿也一起用上，这些细细的"蜘蛛腿"突然变得柔软异常，钳制住各个关节，像枯树盘根般把"公主"的整个前半身都抱了起来。

赌上了性命的双方，紧紧贴在一起角力，整整两分钟过去了依旧不分胜负。薛裴的左臂中央，触手交汇的地方，慢慢"长出"了一只"小手"，这手只有两根拇指那么大，但对薛裴来说已经足够了，她竭尽全力，试图让这只"小手"伸进"公主"张开的嘴中，她的目标是喉管，是既没有骨头也没有坚韧外甲保护的喉管，只要切断了那里，再威猛的野兽也只有死路一条。

还差一点，还差一点点，薛裴咬牙切齿，满面涨红，却还是差了那么一点点。即便是最先进的纳米构造体也无法违背质量守恒定律，薛裴的左臂已经扩张到了极限，任何部位哪怕想"长大"一厘米，也必须从其他地方剥离，而这将打破她与"公主"之间的力量平衡，那张近在咫尺的大嘴会毫不留情地结束自己的生命。

此刻，脊背上传来阵阵的松弛感，薛裴知道自己已经接近极限，随着电池的过度消耗，她的全身上下都会进入该死的"节电模式"，到时别说是战斗，恐怕连站立都成问题。

死期将至。

她露出淡淡的、坦然的微笑，仿佛早已预料到这个时刻的降临。

"好吧，晨，"薛裴默默念道，"看来我得先走一步了——"

她说着，然后安详地合上了双眼："原谅我……"

在近在自己眼前、却也是无边无际的黑暗之中，她听到一声枪响，然后又是另一声。

刚刚还仿佛不可解脱的重压，忽然便无影无踪。"公主"倒下了，不带半点挣扎，化为瘫倒在她身侧的一堆烂肉，子弹显然是直接从它的右眼钻进了大脑，避开了近乎无敌的骨甲和颅骨。通常这种程度的精准射击只存在于传说之中，但如果红脸被束缚在地上，动弹不得，那么即使是一个废物也有可能在极近的距离完成这决定命运的一枪。

刚好，站在薛裴面前的，就是这样一个"废物"。

"你……你没事吧？"

薛裴静静地盯着法玛斯，呆住了足足二十秒。虽然谈不上是"含情脉脉"，但至少，她觉得法玛斯拿着手枪的姿势还挺帅。

十一、故事

薛裴拖着有些麻木的身子，靠在树干上休息，在稍微镇定了一些之后，她望了望身旁的"公主"，心有余悸地叹了一口气。

"谢了，法玛斯。"薛裴冲站在红脸尸体边的男人笑了笑，"薛裴欠你一条命……我收回之前对你的评价，你是个好样的纯爷们儿。"

"嗨！我可是个Ａ级甲等飞行员！"法玛斯拍拍胸口，"要能给我台飞行器，我能打下整个太阳系！"

"好吧，我的王牌……"薛裴轻轻抖了一下左臂，却发现没法将它收回原状，"我记得监察军是按战绩评定飞行员的，你也不例外吧？"

"当然，"法玛斯露出难得一见的得意神情，"我的银枪奖章还是一个灰袍子亲自给我戴上的呢！"

薛裴发现自己的左臂已经完全瘫痪——像一堆倒在地上的烂面条，她一边上下端详抚摸，一边漫不经心地问道："灰袍子？你指'使徒'？"

"对，没错，持律者议会的使徒，具体是哪个我忘了，反正他们都戴着面具，我一个也认不出来……喂，我说……"法玛斯有些不解地看着薛裴，"你需要我帮什么忙吗？"

"银枪奖章，那可是不小的荣誉呢，"薛裴当然知道他什么忙也帮不上，"来，帅哥，跟我说说吧，"她索性丢开左臂，用右手撑住身体，背靠着树道，"你的光辉事迹。"

"呃……"法玛斯指着她像章鱼须般散在地上的"腿"，"你……你这样没关系吧？"

"没事，只是一时能量供应不足而已，"薛裴摆摆右手，"过一小会儿就能恢复原状……如果不出意外的话……"

法玛斯慢慢走到薛裴的身边，半跪在地，上下打量了她几秒："老实说，我是第一次见到你这样的……人。"

"那你可真是个幸运儿，"薛裴咯咯地笑了起来，"见过我这副模样的人，这世上寥寥无几啊。"她突然收起笑容，"我不得不拜

243

托你对此保密，因为这涉及太多卡奥斯城的专利项目和垄断科技，哪怕只是一个照片公布出去，都会引起你想象不到的麻烦。"

"嘿！"法玛斯用大拇指朝自己比了比，"你是在同一个曾经为卡奥斯城出生入死的老兵说话，你难道在怀疑我的忠诚吗？"

看着他那认真的样子，薛裴不禁又笑出了声："好好，我相信你……对了，你说你参加过边缘净化行动？"

"对，是第三次边缘净化行动，"法玛斯把手枪放到地上，与薛裴并肩而坐，摆出一个颇为放松的姿势，"其实也没什么好讲啦。当时我奉命担任一小队圣骑士团的空中支援，在狂风暴雨中打光了所有弹药，也不知究竟摧毁了什么目标，或者救下了多少头圣骑士，总之是返航后就得了奖，没过多久就退役了。"

薛裴忽然感到一阵心酸，颇有些苦涩地自言自语道："你果然是个幸运儿呢……"

"啊？你是说得奖的事？"法玛斯耸耸肩，"没错，我也觉得那是运气。直到今天我也搞不清楚议会为什么非要颁奖给我……"

薛裴所指的，当然不是这个。

"你知道吗，法玛斯，"她露出些许惆怅，"我也曾经在一个暴风雨夜里战斗过，而且也是在天上。"

"呃？在天上战斗？也是狩猎吗？是死神蝙蝠还是打鹌鹑？"

"比那要可怕多了……"薛裴停顿了好几秒，"而且我也不像你那么幸运，我不仅没有得到任何勋章，还赔上了性命。"

晚风轻轻拂过，带来一阵温柔的沙沙声，而沉默却在两人之间筑起一道无声的堡垒——到此为止了，法玛斯知道，于情于理，自己都不应该再追问下去，每个人都有他的秘密，有些涉及自尊，有些事关名誉，有些则关乎生死。透过薛裴娇好的容颜，法玛斯隐约看到了淡淡的忧伤，以及在那层忧伤之下，隐蔽得很好、却也难以磨灭的孤单。

"你的美貌让人过目不忘，"法玛斯认真地点点头，"但我相信你的故事一定更加耀眼。"

"你用这话在酒吧里骗骗未成年少女还可以，"薛裴笑道，"在我这里可没有糖豆给你吃哦。"

"绝对是真心话，"法玛斯捂住胸口，"况且我也从不喝酒。"

"是吗？"薛裴用右手摸摸自己的左肩，"你管这也叫美貌？"

法玛斯突然按住她的手背，紧紧贴在那裹着"蛇皮"的肩上，然后深吸一口气，"薛，我这辈子，都没见过如此登峰造极的优雅与美丽，"不知是不是故意的，他每句话都铿锵有力，显得异常庄重神圣，"现在，我相信你的话了，它是'神之剑'，你的身体，就是'神之剑'。"

法玛斯嘴真的很甜——或者应该说哄女孩子确有一套。即便明知道这些不过是奉承话，薛裴还是觉得十分受用，甚至还有些不好意思起来。

"只有被神握着的兵器，才配叫作'神之剑'，"她避开对方的眼神，"这东西的学名是'纳米级生物机械人与即时控制型记忆合金联合结构'，也就是新闻里提过的'纳米构造体'。"

"啊……"无论是全称还是缩写，法玛斯对此都闻所未闻，"纳米……构造体？"

薛裴指着左臂尖端像鹰爪般的"指甲"说道："这些固态的部件，就是即时控制型记忆合金，平时它们组成了手臂的骨骼，在关键时刻……"她有意顿了一下，"会变成尖锐的利刃或坚固的钝器，虽然体积不大，但用于肉搏已经绰绰有余。当然，与红脸的近战能力相比，这东西还差得太远。"

"我看得出来……"

"而这些，"薛裴用手背自上而下地轻轻抚过左臂上黑色的部分，"全部都是纳米机器人。它是卡奥斯城生物纳米技术的结晶，是当今世上最尖端的科技之一。通过一个简单的神经信号传导，我就能够任意改变它们的结构与形状……"她停了一下，指着看起来像是手肘的部位，没过几秒，那里蠕动了几下，伸出一只黑色的"小手"，"从理论上来说，我可以让我的左手和双腿变成任何想要的样子，但在用久了之后，有些形状特别顺手，我就把它们的组合记了下来。"

"你不会是指……"法玛斯支支吾吾地道，"你现在的这个样子吧？"

"哈，完全正确，你不觉得这些长腿在丛林战里很有效吗？哎哟！"薛裴皱了皱眉，像是用力在挣脱什么似的，痛苦地扭动了两下身体，继而"嗯"了一声道，"真糟糕，肢端完全僵住了，看来我挥霍的电力太多了啊……"

薛裴的腿与手臂间歇性地颤抖着，向内侧一点一点收缩，还伴着古怪的咻溜声。这有些像传说中蛇女蜕皮的情景，让法玛斯禁不住浑身泛起鸡皮疙瘩，本能地向后退了退。

"电？哪里有电？"

"单靠说的话，确实很难解释清楚，"薛裴抿着嘴，颇有些羞涩地指了指自己裸露的后背，"答案就在这里，我允许你摸一下。"

法玛斯犹豫了半秒，有些紧张地伸出两根手指，轻轻点在薛裴脊背的正中央。大理石般光滑白洁的皮肤上，竟传来炽热如火的触感，让法玛斯着实吃了一惊。

"有点烫手对吧？"

"是啊……这是？"

"他们管我叫'无垢之人'，"薛裴平静地道，"因为我没有汗腺，体内所有的热量都是由皮下组织里的冷却系统处理。"

指尖顺着脊椎慢慢地往下滑，法玛斯立即感觉到了异样，仿佛触电了似的猛地缩回手。

皮肤下面间隔着的方格状凸起物——那绝不是"骨头"，如果非要形容，法玛斯觉得那种触感应该属于某种链型的工业制品。

"那就是电池，"薛裴微微笑道，"有个学名哦，叫'能量脊椎'，大多是用在仿生学的机械产品上。我的这个经过了改良，还算基本符合原来脊柱的形状……看到下面那个圆形的物体了吗？"

"呃……你说是这个？"法玛斯轻轻用手指点了点薛裴背上硬币似的东西。

"那就是插头的开关了。为了保证活动自如，平常每六天我就得充一次电，内部使用脉冲充电器，二百二十伏稳压电源的话，大概只要八个小时就能充满。"薛裴顿了顿，"在缺乏食物的时候，这些电就会自动转化成维持生物活动的能量，通过专用线路输送到体内的各个器官，所以其实我每天只要补充一点糖分、维生素和水就可以了，吃饭只是为了应付饥饿感而已。"

"我的老天爷……"法玛斯喉头轻动，"你真的吓到我了。"

"哦，为什么？"薛裴笑道，"就因为我现在告诉了你我是什么吗？"

"不，"法玛斯摇摇头，"是因为我现在根本就不知道你是什么了……"

对薛裴来说，这同样是一个相当困扰的问题，倒不是因为隐私，而是因为连她自己也没法很好地给出答案。

一个怪物——难道不是这样吗？薛裴是一个不折不扣的怪物，就算是最了解她的朋友，也无法回避这个事实，"不老的薛裴""无垢之人"，还有其他乱七八糟的种种绰号，无不在彰显她的与众不同。即使从来没有听过那些传说的人——比如法玛斯，只消朝薛裴的身体看上一眼、摸上一下，也会立即明白这个女人与普通人类之间的天差地别。

很少有人了解到其中的原委，而知晓薛裴过去的人，更是凤

绿海迷踪

毛麟角——

也许，连一个也没剩下了。

"那并不重要，"薛裴从短暂的沉思中苏醒，笑吟吟地对法玛斯说道，"一个人是什么并不重要，重要的是她认为自己是什么，对吧？"

法玛斯一脸茫然，他当然没有发觉，薛裴的这句话其实是说给自己的。

十二、凯旋

物理学早已证明，释放的力量越强，所需的代价越大。但人们往往忘记了，在开始付出代价之后，还得在事后收拾烂摊子。核弹便是个典型的例子，在巨大的牺牲与悲痛之后，苟活下来的幸运儿还要面对一片地狱般的废墟，三十年前的"一星期圣战"对此做了完美论证。

现在，薛裴也遇到了这样一个烂摊子。

作为尖端科技的结晶，她完全可以随时随地转化成"战斗形态"，但实际上却只有在万不得已、并且周围没什么人的时候，薛裴才会考虑使用此种手段。一来自然是怕"吓着别人"，而更重要的原因则是在战斗结束后不得不面对一个大麻烦。

"我见过一种高档丝袜，"法玛斯用力点着头，一脸认真，"也是这样的……呃……这样的黑色，叫什么牌子来着？是德梅尔？"

薛裴看看他的表情，不像是在调侃，于是又前前后后地瞅了瞅自己的腿。

由于"变身"前脱了夹克，薛裴左臂的尴尬模样还能有衣衫遮蔽，而短裙下的一双玉腿可就没这么好的运气了——形状虽然已经恢复原先的修长与健美，但白皙粉嫩的皮肤却完全被黑色的网格状蛇皮所取代，它根本就不像是人类身体的一部分，反倒是像某种艺术雕塑上使用的材料，在明晃晃的月色下，反射着金属的光泽。

"皮肤和皮下组织没法复原，"薛裴有些遗憾地撇了撇嘴，"必须得回厂里更换了，这可得花上一大笔钱呢。"

"你每次'那样儿'都会毁掉一条裤子外加一层皮吗？"

薛裴斜了他一眼："情况允许时，我会先脱裤子再考虑你说的'那样儿'。"

"哦！"法玛斯恍然大悟似的道，"难怪你穿着晚礼服那样的露背衬裙，既可以随时充电，又不用怕'那样儿'时走光，对吧？"

"嗯嗯，"薛裴苦笑着应道，"不然你以为我是暴露狂吗？出来打猎还穿得像时装模特儿？——何况天还有点冷。"

"我倒是无所谓……"法玛斯挠挠头，"如果你愿意穿我的……"

"抱歉，"薛裴连忙摆摆手，"谢谢你的好意，我宁可裸着。"

"倒也是，反正你也不会感冒。"

"嘿！是谁告诉你我不会感冒的？"

黑暗森林深处的寂静，被两人的谈笑所打破。这久违的声音，几乎已经被此处的生灵所遗忘，它们生活在恐惧与仇恨之下的时间已经太长太长。而现在，杀戮的元凶——至少薛裴认为的"元凶"，正被她提在手里，这颗举世无双的白毛脑袋不只是荣耀的象征，更能让她成为当之无愧的第一猎手，让"薛裴"这个名字家喻户晓。

她突然有些想要感谢起白叶来。对一个猎人来说，最悲哀的莫过于找不到合适的猎物，而如果不是接受了白叶的委托，薛裴恐怕再过二十年也没法见到这样一只稀有而强悍的对手。更为重要的是，她铲除了一个真正意义上的"祸害"，一个沾满人类鲜血、危及一方安宁的"怪物"。

她是一个"解放者"——这是多么让人欣慰的感觉啊，即使付出了"一条裤子""一张皮"的代价，薛裴依旧觉得这世上再没有比这更值的交易了。

现在她所要做的，就是以一个救世主的姿态回到巴布里托尔，回到那个冥顽不灵的倔老头村长面前，炫耀似的把手里的战利品丢在地上，然后骄傲地对着全村男女道上一句：

"你们已经安全了！"

当看到远处木墙上哨兵的脸色时，薛裴觉得事情已经开始进入了自己预想的节奏。

她高高举起"公主"的头，还未流尽的血水染红了白色的毛发，一滴一滴地掉在地上，即便已经死去，怪物那威严可怖的模样依旧令人胆寒——双眼泛着淡淡荧光，一张大嘴微张，露出尖牙利齿，就像正在捕猎时的模样。

哨兵慌慌张张地退下后，薛裴与法玛斯等了差不多五分钟，闸门才缓缓开启。

不出意料，包括乌兰村长和雪梨在内的几乎大半个村子的居民都聚在了门口。他们一言不发，脸上既见不到喜悦，也没有多少惊奇，如果非要形容……薛裴觉得这些村民的表情，更像是"恐惧"。

她收起刚刚的轻松，怀着一丝忐忑走到村长面前。

在微妙的气氛下，两人相视了十好几秒，才由乌兰首先开口："我猜，您一定觉得自己做了件了不起的大事吧？"

薛裴看了眼"公主"的脑袋，然后松开左手，将它很随意地丢在脚边。"也没什么，"她撩了撩额发，"我的老本行而已，不费什么力气就搞定了。"

"您恐怕不知道自己给巴布里托尔带来了怎样的厄运，猎手。"

薛裴阴着脸，完全没想到局势会逆转得如此之快。

"我可不这么认为，乌兰先生，"薛裴冷冷地回敬道，"您恐怕不知道我给您带来的这只畜生意味着什么吧？"

"我知道，它是'幻兽'，"老人指了指地上的头颅，"已经骚扰了村子很久，杀了我们至少三个人。"

"你根本就不明白，"薛裴感觉受到了侮辱似的，"这畜生是只'公主'！是只'公主'你懂吗？它是一个族群的首领！我杀死了它，整个族群就会失去领导，你们这里以后再也不会见到红脸，连根毛都见不着！"

乌兰显得异常平静。

"你犯了个大错，小姑娘，"乌兰不紧不慢地道，"你和那些自以为是的猎人一样，正在对其实并不了解的事物妄下结论。"

"不了解？"薛裴强忍住怒火，"不了解？村长大人，我觉得仅仅就红脸这件事而言，在巴布里托尔没人比我更有资格谈了解或者不了解。"

"她闯了大祸！"一个素不相识的村民突然叫了起来，"我们要遭殃了！"

这一声呼喊就好像是投入平静湖水里的石子，激起层层涟漪，几乎所有在场的人都开始跟着叫骂，你一句我一句，夹杂着听得懂听不懂的方言与脏话：

"把她赶出去！"

"这个婊子！我们都会因为她送命！"

几个年纪稍大的女人还哭了起来，俨然一副见到杀父仇人的模样。

村长不动声色地道："你也注意到了，我们并不在乎你对红脸了解到什么程度，我们只关注结果，现在结果就是，你杀了一只'神兽'。为此，我们渺小的村庄将不可避免地遭到大自然的报应。"他顿了顿，"相信我，它们会来报复，会狠狠地报复我们。"

"等等，你说什么？"薛裴突然觉得想笑，"看你的年纪，应当看过战前的世界对吧？"她朝村外猛地一挥臂，"那么你管这也叫大自然？你管三十年前还是大草原的这里也叫'自然'？你管那些凭空出现、一年能进化两次的怪物也叫'自然'？你难道不觉得你的'自然'也太不自然了吗？"

"那么，薛小姐，以你对'那些怪物'的了解——"村长故意加重了语气，"你能告诉我它们是从哪里来的吗？"

这真是个无从回答的问题，直到今天也没有哪个生物学家能挺身而出，把红脸出现的缘由讲个一清二楚。到处都是猜测，到处都是理论，到处都是专家，可到最后连半个有说服力的答案都没有。

"我不是什么学者，"乌兰继续道，"我也没有您这样的狩猎经验，但我知道的是，那些被你们叫作红脸的动物，就生活在我们脚下的大森林里。它们是自然的一部分，它们就是自然本身，它们吃水果，吃生肉，它们比我们更接近自然，而且更了解自然，更有资格享有自然的恩惠。"他叹了一口气，面露哀色，"……和以往一样，它们会回来报复，会偷袭，会杀人，会让我们不得安宁……而且这次的报复会比以前更残酷。"

"不，这次和以往大不一样。"薛裴冷冷地道，"以前的菜鸟猎人——我不管他们从哪里来或者带着什么家伙，只是杀了几个小喽啰而已，"她指指自己的胸口，"而我！我！薛裴，杀死的是一个族群的领袖，你还不明白吗？红脸是社会性的动物，只要它们的头死了，它们就完蛋了。"

"是嘛……"老人苦笑着摇摇头，"我太熟悉这种口气了，以前每个猎人都像你一样自负，对我们信誓旦旦，说可以为我们带来安全，可结果呢？"他突然变得有些激动，用力杵了杵手里的木拐杖，"他们为巴布里托尔带来的只有死亡与恐惧！"

"恐惧？是啊，就是恐惧！就是恐惧让你们丧失了起码的理性与判断力！"薛裴吼道，"你们害怕被怪物袭击，害怕被怪物报复，甚至害怕那些帮助你们杀死怪物的猎人，真正的怪物并不在村外徘徊……"

她顿了顿，用手指着乌兰的胸口："而在这里，在心里！恐惧，才是你们这个村子的怪物，是它让你们放弃了抵抗，放弃了作为万物之灵的起码的尊严。"

"放肆！"一个哨兵举起了手里的猎枪，"你怎么敢这样无礼！"

四周的人群中又响起嘈杂的叫骂声，村民推推搡搡，将薛裴团团围在中间，眼看就要发生"意外"。

"等等，"一直在旁边沉默观望的雪梨突然伸手护住薛裴，"她说的有道理！"

人群瞬间就安静了下来，眼里虽然带着疑惑，但他们都齐刷刷地盯着雪梨，薛裴隐约觉得眼前的美国女人远比"医生"这个身份要复杂——而且可能要复杂得多。

"难以置信……"乌兰苍老的脸上露出些许失望与哀伤，"雪梨……你竟然在维护一个外人……"

"我也是个外人，"雪梨面向村长，轻声道，"乌兰先生，在这件事上，我必须承认薛裴的话更有道理……"她顿了顿，"我在美国就读过她的故事，她是个真正的高手，绝不像之前的那些猎人，她很专业，而且……而且……我觉得她说得对，"雪梨鼓足了勇气似的，提高嗓门道，"我们不应该被危险给吓倒，不能因为恐惧而蒙蔽了双眼！"

乌兰死死盯着雪梨，沉默不语，过了好半天，才轻轻叹了一声，转身离开。其他村民好像也受到了这种微妙情绪的感染，一边快快地嘀咕着，一边四散开来，朝各自的住地退去。

几个哨兵放下闸门，又回到了木栅墙边。他们嘴边燃起的烟发出细细微光，在夜幕下仿佛有了生命，忽明忽暗地闪烁起来。

现在，村口这边就只剩下两女一男，三人面面相觑，都有些尴尬的样子。

"谢了，医生，"薛裴拍拍雪梨的胳膊，"一天下来，总算是遇到个讲道理的。"

"光我讲道理可没有用啊，"雪梨笑道，"莫大婶的旅馆你们是去不了了，准备在哪儿过夜呢？你们两个。"

薛裴与法玛斯对视了一眼，耸了耸肩道："无所谓，我风餐露宿习惯了。"

雪梨捏了捏薛裴身上脏兮兮、破破烂烂、前后都有"开口"的夹克："一场大战，啊？"

"算是吧，不过想拍成电影还是短了点儿。"

"有受伤吗？我……"很自然的，雪梨注意到薛裴不同寻常的腿，以及肚子上奇怪的伤口，"天哪！你这是怎么回事？"

"别担心，"薛裴摆摆手道，"这叫'激烈狩猎综合征'，老毛病而已……对了，阿隆回来了吗？"

"阿隆？"雪梨茫然地摇摇头，"我不清楚啊。"

薛裴心头一紧，情不自禁地摸了下耳垂下的十字坠饰。

"怎么了？他……"雪梨面色苍白，"他没跟你们一起吗？"

"我不希望有任何意外发生，但是，"薛裴语塞了几秒，"红脸开始袭击之后，我们就再没看到过他了。"

"我的天啊……"雪梨摘下眼镜，轻轻捶了捶自己的额头，"阿隆是这个村子的哨兵队长，他要是有个三长两短，那可绝对是一场灾难啊。"

"我很抱歉发生这种事……"

"算了，这怎么能怪你呢？"雪梨颇勉强地笑着，"其他的等会儿再说，先换件衣服吧，你这样子确实有些吓人。"

薛裴单手叉腰朝两边看了看，叹了口气，"我想现在这个村子的裁缝店也不会对我开放了吧？"

"不必担心，"雪梨又把眼镜戴了回去，"我知道有个人一定会接纳你们……"像是自我肯定似的，医生点了点头，"她一定会。"

十三、子夜

虽然是一脸睡不醒的样子，纱娜比初见时显然热情许多。这个女孩对薛裴的到来兴奋异常，穿着单衣就跑了出来，在与医生交头接耳几句之后，她拽住薛裴的手腕，什么话也没说，便硬把她拉进屋内。

雪梨并没有跟着进来，而是从外面将门带好。纱娜小心地燃起一盏油灯，刚好把木屋照亮。薛裴注意到桌面上散着些工具和木屑，还有几根未完工的珠串。"一个勤奋的农家少女，"薛裴心想，"长得也不赖，可惜了，生在这样的穷乡僻壤……"

纱娜端着油灯，将两人领进另一个房间。这个房间不大，除了一张正对着窗口的大床外什么也没有，床褥已经很旧了，但整理得极为整洁。

纱娜一言不发，又走出房间，不多时便捧了一套叠好的衣袍送到薛裴面前。

"这是我妈妈留下的衣服，"女孩露出腼腆的笑颜，"你换上试试吧……"她瞄了一眼站在旁边的法玛斯，"抱歉，我父亲的衣服可能不合你身呢。"

"啊，我没事，"法玛斯连忙摇摇手，扯了扯身上飞行夹克的领子，"我的衣服也没什么问题。"

"家里没有炉灶，"纱娜皱着眉头，"所以也没法准备热水，我……"

"纱娜，"薛裴走到女孩面前，把手轻轻搭在她的脑袋上，微微笑道，"谢谢，已经足够了。"

少女脸上突然泛起熟悉的红晕，接连向后退了两步："那……那我先出去了，晚安。"

说完，她便搁下油灯，匆匆退出房间，又顺手带上门，把薛裴和法玛斯留在里面。

灯光摇曳，玻璃罩内的火团越来越小，似乎再有几分钟就要熄灭，薛裴与法玛斯无言地对视着，这时才发现有些"不便"横亘在两人之间。

法玛斯有些尴尬地挠着头道："我想这丫头是误解我们俩之间的关系了。"

薛裴捧起纱娜送来的衣物，轻轻抖开——那是一套粗布制成的连衣套裙，灰白色的底子，黑色的镶边，在袖口和裙角还打着褶子，做工虽然粗陋，但也别有一种简约的美。

薛裴把套裙抱在胸口，斜了眼法玛斯道："你转过去。"

"哦，当然，"男人一阵脸热，连忙反身面壁，"当然当然。"

脱下夹克，薛裴把口袋里的所有弹药装备和小道具都倒了出来，轻轻放在地上。她先是低头检查了一下肚子上的伤口——原本有杯口那么大的窟窿，现在已经被黑色的蛇皮所覆盖，看上去虽然有些触目惊心，但至少不用担心缝针之类的后续问题；肚子里面仍旧有些不适，这反而让薛裴有些欣慰——起码她还能有内脏的痛感。

一次大修是免不了了，她心想，可要花不少钱哪。

"薛，"法玛斯突然问道，"你说你在卡奥斯城工作？"

"对，"薛裴一边说着，一边解开衬裙的系带，"有什么问题吗？"

"是公民了？"

"拥有卡奥斯城的公民权"和"在卡奥斯城工作"确实是完全不同的两个概念，通常这是一个事关隐私的话题，至于向陌生人询问就显得更加失礼了。

"哈！"薛裴干笑了一声，把身上的衣衫全部褪下，"你查户口吗？"

"不不不，我只是想问你住在哪儿？"

"喂喂喂，你犯规了哦，"薛裴笑道，"照规矩应该先问我的电话号码和电子邮箱地址才对吧？"

"不不，你误会我了，我……呃，"法玛斯看到墙上薛裴窈窕的影子，一时语塞，"我……我，我只是在想，若不是你，我可能，不！肯定已经被红脸给吃掉了，所以怎么说也应该对你表示感谢，比如送送礼物什么的……"

"别客气，"薛裴一边穿起套裙，一边说道，"你也救了我的命，我们扯平了。"

纱娜母亲的衣服非常合身，就好像是为薛裴量身定做一般，只是从领口散发出的淡淡霉味告诉她，这件套裙已经有些日子没人碰过了。薛裴拍拍裙摆，又扯了扯衣角和袖子，原地转了半圈。

"好了，你现在可以转过来了。"

"哇哦，"法玛斯上下打量了薛裴一番，"……差点认不出来了啊。"

薛裴颇得意地叉起腰，摆了个造型："觉得怎么样？好看吗？"

"土了点儿，不过说不准过两年会流行起来了。"

"我说我，没讲这衣服。"

客观地说，比起牛仔裤和夹克的组合，薛裴还是更适合"有女人味"的装束，哪怕只是现在这身普通至极的农妇打扮，也比之前更显风韵。

"嗯……"法玛斯托住下巴，煞有介事地说道，"我给你打九十五分。"

"你一定在想，"薛裴撩了撩头发道，"'看啊，这美貌没什么了不起，都是假的，都是人造的'，是吧？"

"不不不！我可没这样说啊！"

"你应该这样说的，"薛裴狡猾地笑道，"因为我原来的模样，比现在可好看多了！"

"是吗？"法玛斯也跟着笑了起来，"那我还真的就不信了呢！"

"可惜我那时没有留下相片，被毁掉的容颜，也没有办法完全还原，不过这样也好……"薛裴嘴角虽然挂着笑，但神色明显有些难过，"起码在照镜子的时候，不会让我多愁善感。"

"……那一定是很不愉快的记忆吧？过去的事，就让它过去好了。"法玛斯顿了顿，"你看，每个人都有他不堪回首的往事，我们应该……"

"大错特错了啊，法玛斯，大错特错。"薛裴摇了摇手指，"我有一个非常甜美的过去，只是在那个'过去'的结尾，上演了悲剧而已……"她看着似懂非懂的法玛斯，耸了耸肩道，"不谈这些，时候不早了，先休息吧。"

两人同时沉默了几秒。

"我……"法玛斯瞄了眼床道，"我睡墙脚就行。"

"怎么？"薛裴笑道，"怕我非礼你吗？"

"不不，我没有那个意思，只是我……"

此时，薛裴已经钻进了被窝，不动声色地盯着对方。

就这样在原地傻站了半分钟之后，法玛斯摇了摇头："如果我哥们儿知道我在绿海里和你这样的美人睡在一张床上的话，一定会惊讶得合不拢嘴。"

薛裴点点头，笑道："如果他们知道那个美人名叫薛裴的话，八成会更惊讶。"

法玛斯本打算脱下飞行夹克，但略作思量，还是放弃了。他掀开被角，躺在了薛裴身边。

"你男朋友不会吃醋吧？"

"现在你才考虑这个问题？"薛裴反问道。

法玛斯一愣："不是吧，你男朋友什么样？"

薛裴笑而不语。

"唉，算了，"法玛斯双手垫住后脑勺，靠在枕头上，"现在后悔也晚了……也是个中国人吗？"

"他是一个……"薛裴望着天花板，"嗯"了一阵，"我们换个话题吧，我不太擅长说这些。"

"那跟我谈谈红脸吧，"法玛斯别过头，露出一副饶有兴趣的模样，"你和它们打了很多年的交道吧？"

薛裴掐指一算，从见到第一头红脸到现在，已经差不多过去二十五年了。

"它们是非常优雅、美丽的生物……"薛裴轻叹一声，"可惜生错了时代，在人类统治的世界里，没有它们的容身之所……你知道它们的学名吗？红脸的学名？"

法玛斯想了几秒，摇摇头。

"'巨型西班牙骨獾'，"薛裴继续道，"动物学家们试图给它们做详细分类，但直到现在也没有一个明确的说法，无法肯定它们从哪里来，也无法找到它们在基因谱系上存在的证据。"

薛裴又回想起在东京丛林里遭遇红脸的情景——

"一开始，我觉得它们不过是普通的野兽，只在人类活动的势力范围之外肆虐——最多也就是和那些变异过的虎豹豺狼在一个等级。可是我错了，我越是接近它们，越是发现它们是如此特别……"薛裴的嘴角，不由自主地挂上了笑意，"它们的适应力惊人，能够吞下几乎所有可以放进嘴巴的东西，甚至靠啃噬树皮也能维持生命。只要它们愿意，就能在地球的任何一个角落扎根，寒冷、炎热、潮湿、干燥，没有任何一种气候可以阻挡它们的脚步。直到它们遇到了人类，遇到了手里拿着武器的人类……"

"唔，"法玛斯似懂非懂地点点头，"它们毕竟只是动物……"

"对，至少一开始大家是这样认为。"薛裴道，"红脸一度被科学界认为是接近灭绝的物种，有些极端的动物保护组织还试图说服猎人工会放弃对它们的无限制猎杀……但是，情况变化得很快，红脸身上的铠甲在短短几年内迅速进化，变成了生物界已知最坚固的骨质，足以挡下猎枪的射击，你能想象吗？"薛裴皱起了眉头，"一种寿命超过十年的大型哺乳动物，竟然可以在一两代之内完成进化，而且是有目的、极具实用性的进化。即便是最前卫的基因随机漂移论学者也没法解释此种现象。这些被称为红脸的怪物，彻底颠覆了传统的生物进化理论，成为一种无法被预测的威胁，于是谣言四起，在网上还出现了'二十年内人类将被红脸取代'的小说……你知道我是怎么看的吗？"

薛裴茫然地盯着天花板，停顿了几秒："……我觉得无论再怎么进化，它们最多也只是怪物，而绝不会成为世界的主宰——人类有决心，有勇气，有信念，有爱，红脸没有这些，它们没有能够被叫作'灵魂'的东西，因此只能按照本能行事，吃、喝、繁殖，然后死去……"

正打算继续，轻轻的鼾声从枕边传来，薛裴此时才发现，法玛斯竟已经睡着了。

"还没说晚安呢……"薛裴微笑着摇摇头，"就这德行可没法泡到女孩子哦。"

地上的油灯终于燃尽，房间很快便陷入一片漆黑。

十四、包围

薛裴又梦见了几十年前的那个夜晚。

翱翔、格斗、坠落，然后跌入深渊，一片火海。烈焰吞噬着她的每一寸肌肤，整个身体都仿佛被烧尽，剧痛和恐惧撕裂了眼前的一切，侵蚀残存的意识，将她慢慢拉入永恒的沉渊——

一点一点，一点一点……

直到某个阴沉模糊的声音在耳边响起：

"子月……子月……"

那是在呼唤谁？如此陌生却又如此亲切，这个动人的名字，它究竟属于谁？

"子月……子月……"

想起了什么——是的，忽然之间，薛裴想起了什么！

那难道不正是自己的名字吗？

她猛地睁开了眼睛，从扭曲的梦境中惊醒，四下里什么也看不见，只有压抑凝重的黑暗扑面而来。

床的另一边，法玛斯睡得正香，他当然不可能知道薛裴的本名，但刚才分明是有什么人在……

等等。

薛裴起身，侧耳倾听。

"呲！呲！"

屋外似是有什么东西在隐隐低鸣，但那绝不会是人类的声音。

带着一丝忐忑，薛裴小心地揭开被角，轻轻走下床，摸索着推开木窗。

"呲呲！呲呲！"

不寒而栗！

她太熟悉了，这个声音——那是红脸联络同伴时的信号，是灾厄降临的警告，是血战拉开帷幕的号角，是哭泣与哀号的前奏。

薛裴连忙抓起架在床边的伞兵枪，稍稍理了一下身上的套裙，便跳出窗户，冲到户外。

群星闪耀，夜空如湖水般清澈安静，一轮明月就像挂在头顶的探灯，将苍茫的大地照得透亮。只是现在，薛裴对再美的景色也无心留恋——刚才那声音很近，好像就在木屋旁边，但薛裴急匆匆出门绕了一整圈也没有找到任何线索，倒是撞见了两个提着猎枪的哨兵。

看他们紧张的神色，似乎也是察觉到了什么风吹草动。

"你们听到了吗？"

虽然互不相识，但猎人所共有的直觉让三人不需要太多语言也能够互相理解。

"是啊，"一个哨兵点点头道，"就在附近。"

"在村里。"另一人补充道，"刚刚还能听见的。"

确实，鸣叫声在薛裴出屋后就没再响起，她甚至一度怀疑自己是不是有些幻听，但眼前的两个哨兵，至少证明了她刚开始的判断并没有错。

"你顺着路去左边！"薛裴伸手命令道，"你去前边搜，围墙上边有人吗？"

"有的，有人站岗。"

"很好，尽量占领制高点，确保自己身后有一条十五米长的退路……喂，还站着干什么？快去啊！"

薛裴仿佛又回到了卡奥斯城"恶魔猎手"的队伍之中，驾轻就熟地下达着命令，而这两个哨兵虽然感到有些莫名其妙，但还是被她的态度与气魄所感染，不由自主地听从。

看着两人离去的背影，薛裴轻轻捏了捏十字耳饰，闭上眼做了一个深呼吸。

就在她准备迈开步子的时候，背后突然响起少女柔弱的声音："外面怎么了？"

薛裴转过身，看到睡眼惺忪的纱娜，她散着头发，穿着单薄的内衣，站在屋口，双臂怀抱，在凄厉的夜风中显得如此楚楚可怜。

一瞬间，薛裴仿佛看到了年少时的自己。

"没什么……"薛裴摸了摸女孩的额头，轻声细语道，"回屋睡吧，无论外面发生什么，在我过来找你前，都别出门，好吗？"

冥冥之中，薛裴预感这将是一次非常漫长的分别——今夜将会有一场恶战，真正的恶战。

刚把纱娜哄回木屋，一个哨兵的尖叫便从围墙边传来：

"快看！那边！我的天！那是什么！"

整个村庄上空都被这恐怖的哀号所笼罩，让每个听者都不禁觉得毛骨悚然。

薛裴铆足力气，没几步就冲到围墙脚下，虽然穿着有些粗笨的长裙，但她轻轻一跃便跳上两三米高的脚手架，顺着哨兵手指的方向望过去。

她呆住了，眼前的景象让薛裴一时失语。

在麦田的边缘，趴着三只棕色的红脸，虽然称不上是庞然大物，但依薛裴的经验，那绝对是三只族领级别的雄性红脸。它们虎背熊腰，体长足有三米，雪白的骨甲反射着幽幽月光，仅仅是趴着不动，这些怪物就让人觉得胆寒不已。

是勇士，而且是三头勇士——虽然难以置信，但薛裴还是设法让自己从最初的震惊中恢复了过来。

"这场面不是每天都能见到，"她微笑着对身边的哨兵道，"你可有个好故事说给你儿子听了。"

话音未落，三只红脸同时仰喉，发出齐声嘶鸣。仿佛厉鬼般的声音回荡在四周，树林里更是传来无数回应，薛裴立即意识到，至少有一个族群的红脸已将巴布里托尔团团围住。

她本能地举起武器，瞄准中间的那头勇士。它距离围墙两三百米，且不论八毫米口径的子弹是否能有效击穿对方的骨甲，光是手里这支连膛线都磨烂的伞兵枪能不能打中它都是个问题。

怎么会这样？薛裴越来越不能理解眼下的状况：就在几个小时前她才杀死了一只白毛"公主"，一只即便在最大的族群里也可以傲视天下的领袖，而现在，又有三只族领级的红脸出现在面前。

这只有两种可能，薛裴心想：第一，这些怪物同属于一个巨大得超乎想象的族群，大到足以为此写上一整篇论文，进而改写现在关于红脸社会性行为的基本理论；第二，它们来自多个不同族群，由于某个机缘——比如"公主"的死，而暂时统一在一起。

一个可怕的假设！这些今晚还被薛裴视为"动物"的生灵，竟然团结了起来，组成了一支规模空前的血肉之军，围攻起人类的永久性居住地。

"我们要干什么？"身边哨兵的提问打断了薛裴的思绪，她瞧了他一眼，这人端着双筒猎枪，正不住地瑟瑟发抖，显然是被眼前的阵势给吓傻了。

"站好你的岗，"薛裴平静地道，"拯救世界不关你的事。"

就这样对峙了二三分钟，又有几位哨兵翻上了墙头，与薛裴并肩而立，组成一道防线。三只勇士仿佛注意到了对面人数上的变化，终于有了行动——它们陆续站了起来，双腿直立，前肢微倾，露出银光闪闪的利爪。

它们的体形比薛裴刚开始估计的还要大，仿佛中古骑士头盔般的厚实骨甲覆着整个面门，连眼睛所在的部分都被挤成了一条细缝，至于胸口的骨甲，更是沉重得好像就要掉下来一样。在慢慢靠近了之后，薛裴发现这三头红脸的身体正面竟完全被灰白色的骨甲所覆盖，甚至连最薄弱的腹部都被很好地保护了起来。

那不是普通的勇士！

"烈勇士？"薛裴见过很多值得惊讶的场面，但她今夜还是觉得自己真正开了眼界，"三只烈勇士？为什么？"她茫然地微微摇着头，"怎么可能呢？"

无论是询问资深猎人还是生物学家，他们都会告诉你遇到烈勇士后该采取的对策：撒开腿跑。如果你的速度够快，兴许能捡回一命。只有极品的傻瓜才会试图与这些怪物中的怪物面对面，因为它们不只代表了自己的恐怖力量——更意味着一个三十头以上的大型族群在周围虎视眈眈。

大地开始战栗，当这些烈勇士拔腿狂奔的时候，恐怖的声响由远及近，仿佛一整个骑兵团在向这边冲锋。薛裴太了解它们的这种撒手锏——在东京丛林，她曾被一头烈勇士迎面撞中——那简直是粉身碎骨的回忆，若不是自己"骨骼惊奇"，百分之两百已经被埋在某个不知名的小山丘上了。

"开火！"薛裴举起枪大声命令道，"打他们的眼睛！"

她明知道这是一个不可能完成的命令，却别无他法。

三只烈勇士低着头，弓着背，像百米冲刺中的短跑选手般迈着大步。它们迎着稀疏的弹线迅速逼近，势不可当，所经之处，无不尘土飞扬，草屑横飞。偶尔有几发子弹击中它们身上的骨甲，只发出响亮的"铛铛"声，丝毫没有减缓这些怪物前进的脚步。

它们是直接冲着墙来的！

在薛裴意识到这一点的时候，一切已经太迟了。烈勇士们在最后二十米突然发力，像三道闪电，眨眼间便冲到眼前，它们拔地飞跃，重重地撞在木墙上，摇撼着整个墙面，脚手架上的哨兵依靠蹲伏才勉强保持住体位。

墙体开始松动，在那紧密相连的原木之上出现了明显的裂纹。中间那头烈勇士似乎是姿势出了点问题，头先触墙，把自己给撞晕了，半跪半靠在墙边，不知是死是活。另外两头则摇晃了两下，返身跑出几步，慢慢转过身，看样子是准备再撞一次，弹头在它们身上擦出朵朵金花，它们却丝毫不为所动，就好像射来的不是混着火药味的钢铁，而是柔柔细雪。

能让身为族领的烈勇士这么冲动，以至于孤注一掷、不顾后果地发动袭击——这是多大的怨恨啊？薛裴从没有见过被激怒到如此地步的红脸，更想象不出到底是什么东西激怒了它们。

但有一件事她非常明确——

如果这三头烈勇士不选择退却，它们只有死路一条。身为职业怪物猎人的薛裴，根本就没有考虑"有没有可能同时杀死三只烈勇士"这样的问题，她考虑的是身后的村庄，是满满一个村庄的无辜村民。

弹药、体力、电池都已经所剩无几，看似坚固的防御围墙即将被击溃，她手头上也没有任何可以对付烈勇士的重型武器——面对这前所未有的困境，薛裴闭上眼，深深吸了一口气，然后抬头望了眼璀璨的星空：

"好一个慷慨赴义的夜晚呢……"

她自嘲似的苦笑一声，旋即轻盈地越过围墙边沿，跳了下去，不偏不倚地正好落在晕厥的那只红脸背后，还不等起身，她便将枪口指向脚下，扣动扳机。

子弹避开了厚重的正面骨甲，从后脖处灌入，直接命中脑部，这头烈勇士抽搐了一下，连声哼哼都没有就不再动弹了。

在哨兵惊讶的注视下，带着一脸心不甘情不愿的表情，薛裴缓缓起身，向左右歪了歪脖子。"还有两只哦……"她淡淡地自言自语道，"一起上还是单挑？"

其中一头烈勇士改变了注意的方向，慢悠悠地转向薛裴，而它的同伴依旧死死盯着木墙，丝毫不为眼前的女猎手所动。

没有任何征兆，两头壮硕的红脸同时发起冲锋！虽然目标各不相同，但它们的姿势却惊人相似——"肩膀！肩膀！"薛裴不住地提醒自己注意对手上半身的细微动作，这些烈勇士在击中猎物前的刹那，会突然把肩膀顶在身前，用肩头上菱形的角状骨甲给目标造成巨大伤害。通常情况下，筋骨皮肉会被完全撕裂，即便对方是一头烈勇士，也很难在这样的一击下全身而退。薛裴明白，以自己的体质，正面抵抗无疑死路一条，就算只是擦着碰着也可能遭受重创。

一声低嚎！已经冲到跟前的那头烈勇士突然扭动左臂，低垂额头，用肩头巨大的骨甲指向薛裴！这看似千钧一发的瞬间却早已在猎人的意料之中。

"到底只是动物而已！"薛裴按照预先计划好的动作，原地起跳，跃起四五米高，刚好避开了埋头猛冲的烈勇士，然后准确地落在它背后，双腿分立，踏在两块外露的肩胛骨之间。

压枪抵射！

红脸猛地扭动腰肢，子弹擦过天灵盖上的骨甲，直直地打进地里，它挥舞着巨爪想要把背上的异物抓住，薛裴忙侧身躲闪，顺着脊骨上的凸起滑到地面，就地翻滚一圈后半蹲着抬枪射击。

没有一发子弹穿过皮毛，深入体肤，而是全部被它背部密实的骨甲挡在身外。这头烈勇士好像什么也没发生过一般，慢悠悠、非常迟钝地转过头，在薛裴正打算瞄准眼睛射击的刹那，它突然

"嗷呜"一声挥臂猛击，速度之快有如惊雷，若不是薛裴本能地后仰倒地，脑袋肯定被当场拍碎了。

也许是视线受到面部骨甲的阻碍，红脸并没有看到身下的薛裴，直到枪声在腹部响起的时候，剧痛才让它反应了过来。它显然是被激怒了，哀号着双掌拍地，薛裴一个鲤鱼打挺儿，从怪物的胯下钻了出去，返身顶着它柔软的屁股扣下了扳机。

弹药耗尽！

薛裴稍一愣神，便横枪猛刺，将黑色刺刀生生扎入红脸的后腰。怪物疼得长嚎了一声，它弯起了脊背，拱起了胸口，昂起了头，双臂朝后一阵胡乱抓挠。

机会！——薛裴看准了这个时机，松开步枪，左脚踏地，右脚踩着枪托，一跃而起，在翻过烈勇士头顶的刹那，转身把手里的猎刀刺进它外露的喉管。这个体操般的复杂动作让薛裴失去了平衡，头朝下跌倒在地。她连滚带爬地起身，躲开红脸垂死前的最后几下挣扎。

她知道眼前的怪物虽然还在喘气、还在张牙舞爪、还在缓缓挪动着脚步，但已经失去了威胁，再过半分钟，它就会变得非常安静——并且永远不再醒来。

"拿下赛点！"薛裴自言自语着转过身，对跪在地上的它失去了兴趣，寻找起最后一头烈勇士的身影——短暂但激烈的战斗让她完全无法顾及周遭的环境，更别说分散精力去关注一个只对墙感兴趣的对手了。

谁料，它近在咫尺。

断裂的木料散落了一地，墙上的口子令人触目惊心，大到足够通过一辆小型货车——那家伙显然是直接撞穿了它，冲进村中。

稍微过了几秒，枪声、吼声、人类的惊叫声便在木墙后面此起彼伏，薛裴看了看空荡荡的双手，又抬头望了望木墙上歇斯底里的哨兵——和他们手里的双筒猎枪，无可奈何地摇了摇头。

"传说要成真了啊，薛裴，"她一边微笑着自言自语，一边迈开步子，纵身跃过木墙上的破洞，"赤手空拳打勇士……还是一次三只。"

一具血肉模糊的尸体横在小村中央，就在水井旁边——哨兵或是村民，这不是重点，倒下的无论是谁，都是与这场屠杀本无关系的旁观者，换句话说，都是薛裴失算之下的无辜牺牲品。

她从没有像现在这般焦急——几乎失去理智，她循着声响穿过大半个村庄，只是想着赶快找到那头烈勇士，却根本没有考虑过要如何打败它。

不知是在逃避薛裴，还是在追逐什么目标，最后的这头红脸在村里胡乱地打着转儿，漫无目的，也没有刻意摧毁每一个见到的房屋和人类，除了两三个倒霉的挡路哨兵，其他人都只是躲在家里大呼小叫，暂时没有生命危险的样子。薛裴没有时间安抚每一个受惊的村民，甚至没有时间呵斥那些出来看"热闹"的傻瓜，她屏住呼吸，猫着腰，像鬼魅般在村舍之间穿行，越来越接近今晚、也许是这辈子最难应付的一只猎物。

突然，她听到了枪声，而且是非常熟悉的枪声——那正是自己的手枪！是自己丢给法玛斯的那把连型号都报不出来的山寨手枪！

"法玛斯！"薛裴大叫着冲出阴影，暴露在月光之下，左手不知何时已经变成了一柄大斧的模样，两边的利刃撕破套裙的袖口，发出乌黑的寒光。

果然是他。

一个满脸窝囊相的长发小白脸，正拿着手枪，朝一只足够歼灭整个村庄的烈勇士——虽然只是后背，奋力地射击。

顾不上感慨，薛裴两三步就跳到他身边，用力拍了拍法玛斯的背："你疯了啊？出来送死吗？"

法玛斯回过头，颤巍巍地苦笑道："我其实只是想上厕所……"

"纱娜呢？她还待在屋里吗？"

法玛斯的脸色突然就变得非常难看，像是用了很大力气似的，慢慢地指着前方那只正半蹲在地上的烈勇士："我希望不是……"

一堆废墟。

在它的脚下，散着一大片瓦砾，尽是些看上去像断裂原木模样的东西，而在红脸面前摇摇欲坠的，也是专属于木质建筑结构的残垣断壁。

整个村子里只有一间真正的"木屋"——纱娜的家。

"不……"薛裴大喊了一声，"不要啊……"

烈勇士仿佛感觉到了某种充满怨恨的敌意，慢慢地侧过脸，继而转过整个身体。它松开巨爪，无数小小的杏黄色木珠从爪心坠落，散在木屋的废墟之上。

薛裴张着嘴巴，却发不出声音。她看了一眼自己右腕上的念珠，又瞧了瞧红脸，难以名状的愤怒在胸口激荡，无法言表的悲伤让视线都有些模糊——这种久违的痛苦让薛裴再也按捺不住。

她捏紧了双拳，像野兽般号叫着，头脑一片空白，身体不由自主地就冲了上去。烈勇士不退不缩，迎着薛裴袭来的方向迅速奔跑，像一辆大卡车般冲向她。

脚尖轻点，薛裴在距离红脸还有四五米的位置高高跃起，在半空中闪身避开红脸的挥击，利用旋转的力量甩出左手，划出一道黑色的长鞭，抽向对方的脖根。

直接命中！灰色毛皮上出现一道深深的割痕，一溜鲜血渗了出来，染红了胸口的骨甲上沿。

它左右摇晃了两下，并不是因为疼痛，而是想要寻找薛裴的位置。

而薛裴早已落在它的身后，将左手化为一把尖锐的长枪。她对准它背上骨甲上的细小间隙，用尽全力刺了进去。枪头扎进了皮肤，深深嵌在红脸紧绷的肌肉之中。这只烈勇士显然久经战阵，既没吼叫也不害怕，而是用最简单快捷的动作发动反击——转身挥掌。

薛裴抽回的左手还来不及变成盾形，只是胡乱地缩成了一团便被拿来格挡。

雄性红脸的力量大约是雌性的一点五倍——薛裴在被轰飞的刹那才想起这个常识，她离地两三米高，重重地撞在一座小屋的木门上，把本来就不甚坚固的门板撞了个稀烂，在屋子里滚了两圈，摔在墙上才停了下来。

愤怒让她完全忽视了冲击所带来的眩晕感和疼痛，薛裴几乎是在半秒之内又重新跳起，冲出屋子，与烈勇士直面。

她几乎完全丧失了理智，只是凭借本能及经验，与月色下的庞然大物搏杀。

烈勇士浑身披甲，暴露在外的皮肤不到百分之二十，对于熟练的猎手来说，猎物只要在关键部位有一个缺口，便足以结束战斗。但这头红脸显然明白应该如何保护自己，它的动作虽然比之前的"公主"要迟钝笨拙许多，却很小心地变换着角度，总是以最坚固的骨甲面对薛裴，即使对方处于视野的死角，也本能地调整姿势，尽量把背后和身体两侧的弱点隐藏起来。

在开头的几轮强攻未能得手之后，薛裴渐渐平静下来，调整了一下呼吸，稍作思索。

突然，刺耳的枪声在四下响起，密集的弹雨自身边呼啸而过，打在烈勇士的后背及腿上。这不是猎枪能发出的声响——薛裴扭头一瞥，三个男性村民正端着突击步枪朝这边射击。

子弹无法穿透烈勇士的骨甲，但确实让红脸疲于防备。它捂着面门向村口的方向缓步移动，同时还"呜呜"地低鸣着，像是准备逃跑的样子。

不能放过它——绝对不能放过它！

"枪！"薛裴冲端着步枪的村民喝道，"步枪！给我一把！"

两个村民都无动于衷，甚至可以说是在用与看待红脸无异的警惕目光瞧着她。薛裴看了一眼自己长枪般的左手，也就不再多说什么了。

红脸开始加速，四肢着地，一个转向就埋身进低矮的村屋之中。看来它还不打算走，起码不打算现在就走。

它到底在寻找什么？带着这个疑惑，薛裴纵身跳上一间仓库的屋顶，登高望远，刚好看到烈勇士拱起的背——它绕了个圈子，又回到纱娜所在的木屋前方。薛裴在屋檐间纵身飞跃，没两步就赶上了它。

长枪化为重锤，薛裴抡圆了左臂砸向烈勇士的脑袋，在"咚"的一声巨响之后，那怪物终于像是被打得眼冒金星，四肢都有些失去平衡的样子。在落地的刹那，薛裴的左手又变成一柄大斧，用尽全身力气，朝烈勇士后脚跟上的肌腱处斩去。

可惜，微微偏了一点儿，刃口重重地砍在它小腿的骨甲上，瞬间便扭曲变形，向内凹进一大块。薛裴惊讶地意识到，身体的能耗刚刚到达极限，纳米构造体再也不能支撑起足够强度的稳定形态了。

无法活动——薛裴定在原地，大半个身体像冻住了似的，尤其是左手，完全没了知觉，连动根手指都做不到。失去电力的支撑，双腿也立即瘫软下来，她"扑通"一声跪倒在地，只有右臂还在支撑着身体，才不至于像摊烂肉似的躺下。

能量脊椎上最后一节备用电源开始预热，它只能维持最基本的行走和奔跑，而且还不是马上就能正常投入运转。

很明显，薛裴等不到再站起来的那个时刻了——

烈勇士感觉到了脚踝处遭到的重击，四肢交替着缓缓转身，它与这个女人认真地对视了几秒，然后抬起左前肢，利爪出掌，举过头顶。

薛裴把牙齿咬得"咯咯"直响，这种杂糅着遗憾和悔恨的失败让她心有不甘，却没有任何办法从面前的困局中解脱。

"好吧……"跪在地上的骄傲猎手昂起头——这恐怕是她现在唯一能做到的动作，恶狠狠地笑道，"等化了鬼，我再找你算账。"

奇怪的是，这只烈勇士慢慢地把爪子放了下来。它挺起胸膛，用两条后肢支撑身体，左右环顾了两下。清晰而凄厉的嚎叫撕破夜空，在村庄上空萦绕，和之前听到的纷繁杂乱的红脸吼声不同，这个嗓音显然是由单独的个体发出的。

像是为了应和同伴，烈勇士也仰头长嚎，一远一近两个声音混在一起，结合成一曲震人肺腑的交响。村民的枪声打断了这头怪物的陶醉，不知为何，它突然就变得战意全无，撅起屁股，拔起腿，用红脸典型的撤退姿态往来时的方向逃跑，也不管追赶它的人手里拿着步枪还是火把，只是一个劲儿地往前冲，没一会儿就钻过围墙上的破洞，以最快的速度消失在无边的黑暗之中。

喧嚣渐渐淡去，四周只剩下若隐若现的抽泣和哀鸣，暂时脱离了红脸的威迫，心有余悸的村民们，立即把注意力转移到另一只"怪物"身上。他们慢慢地向薛裴所在的位置聚拢，把跪在地上喘息的女孩围在中间，但不知是出于畏惧还是别的什么原因，没有一个人敢靠近到五米之内。

没有抱怨，也没有咒骂，但薛裴从这些村民的眼神中看到了刻骨铭心的敌意。她无可争辩，乌兰的预言成了现实——而且报应来得飞快，破灭的风暴席卷了整个村庄，留下了满地尸骸和片片瓦砾。

"纱娜！"薛裴突然想起了这个名字，这个刚刚让她几乎失去理智的名字。

她挣扎着，一点一点地站了起来。备用电源的警告在脑海里不住地回响："电量不足，任何激烈动作都可能导致自动关闭"，但薛裴没有理会，她摇摇晃晃地朝正前方木屋的废墟一步一挪。法玛斯虽然跟在身后，却迟迟不敢向前——出于直觉，他觉得此时的薛裴根本无从接近。

在屋前等着她的，是瘫坐在地上、死死攥着眼镜的雪梨。薛裴知道医生为什么会出现在这里，也知道她那张茫然而哀伤的脸意味着什么。

"纱娜呢？"已经预料到结局的薛裴，还是冷冷地开了口，"她还……"

医生把头别到一边，沉默不语。在巴布里托尔，雪梨经历过许许多多生离死别，但这一次，她没能把苦涩的泪藏在心间，任由它一滴一滴滑落。

薛裴深深地叹了口气。

就在几分钟前，她超越了自身极限，用已经疲惫不堪的身体与三头烈勇士级红脸鏖战，做到了在这个世界上，没有一个怪物猎人可以做到的事。她刚刚用自己的双手、双脚，以及身体的每一寸肌肤证明了一个事实——她是世界上最伟大的猎手，当之无愧。

但她一点也不高兴。

强烈的挫败感让薛裴几乎喘不过气来，她觉得自己这辈子——以薛裴为名的这辈子，从没有经历过如此惨痛的失败。这不仅仅是没能保护无辜者的自责，更是对自己判断力和经验的质疑。

为什么？这些红脸，这些野兽，这些智力只相当于两岁半婴儿的……畜生，会懂得报复？会采取如此极端、连性命都豁上的行动？它们难道也有感情？也会明白什么是恨？如果是，那又是什么引起了这不可化解、非要你死我活的恨呢？

是"公主"吗？

不会的，绝对不可能！——与其说是出于理性的思考，此时的薛裴更不愿承认是自己的过失造成了眼前的惨剧，不愿相信因为自己的一番好意，而给如此之多的无辜生灵带来灭顶之灾。

不知何时，乌兰村长已经站到了她身边。在他脸上看不到半点悲伤，平静得令人费解——那模样就像早已料到了世界末日的先知，淡定而安详。

"看啊，猎人，"他说出的每一个字，此时都宛若刺刀般锐利尖刻，"这难道就是你说的'安全'？"

周遭的村民虽然没有说话，但他们的表情已然是无言的诅咒。薛裴感觉到自己正被难以名状的仇恨与愤怒所包围——在这个破败的小村子里，在这个绿海深处最后的人类聚集地里，已经没有她的立足之地了。

她只有离开，承认失败，然后永远永远不再回来，再也不接触和绿海有关的一切，把巴布里托尔的记忆化作无数伤痛中的一个小小片段，掩埋在灵魂深处。

在一片残骸之中，薛裴看到了自己的背包，她默默地弯下腰，伸手去抓背包的肩带，却在无意中看到了纱娜的手——被压在一大片木板的下方，动也不动。几乎是出于本能，她赶忙上前去抓住那只伸出的小手，却马上就为自己的冲动而感到万分后悔——

那只手早已脱离了躯干，仅仅是轻轻一拎，就被抬了起来，薛裴刚一松开手，它又"扑通"一声掉在了地上。

她捂住嘴，忍住想要呕吐的冲动，朝后接连退了两步。

强装出来的自信与倔强轰然倒塌，薛裴再也抑制不住胸中的悔愤，像野兽般仰天长啸，而陪伴着她的，只有一整个村庄的死寂。

十五、元凶

　　巴布里托尔的轮廓已经被甜樟树的枝丫遮蔽，月华低垂，夜枭一类的飞禽在林间发出阵阵啼鸣。

　　从走出村口开始，薛裴便像木偶般一言不发，法玛斯拎着背包，默默地跟在后面。薛裴越走越慢，在连夜的激战之后，肉体和灵魂都已经彻底地累坏了，她需要休息，但又害怕在休息时陷入令人厌烦的胡思乱想。

　　终于，薛裴拗不过麻木的四肢，她选择了一小截甜樟树的木桩，慢慢地坐了下去。

　　"背包……"她对着靠过来的法玛斯，有气无力地道，"请拿过来……"

　　包里有一听像是饮料的银白色易拉罐，上面没有标签，也没有任何说明，薛裴拿出来后，什么也没说，打开，然后一口气喝下半瓶。

　　"那是……可口可乐？"

　　"不，"薛裴看了眼手里的易拉罐，又看了看法玛斯，"这东西进入身体后会与体液起反应，合成少量的生物电，输入能量脊椎，这样就可以延续我的活动时间。"

　　"哦！"法玛斯笑道，"和抗疲劳饮料异曲同工嘛！"

　　薛裴没有心思笑，也不想做任何回应，她只想一个人静一小会儿。苦涩冰冷的液体顺着口腔流入，很快便在体内有了反应。她稍稍皱起了眉，双目紧锁，一动不动，仿佛陷入冥思的苦行僧。

　　过了许久，坐在地上的法玛斯终于耐不住寂寞：

　　"喂！你还在吗？"

薛裴冷冷地斜了他一眼："怎么？"

"我以为你宕机了。"

"哈，"薛裴没好气地道，"我的大脑可是货真价实的原装货……"她顿了顿，"……至少绝大部分是。"

"'原装货'？"法玛斯觉得这个词用得非常有意思，"我还是第一次听人这样说自己的身体。"

"嗯……"薛裴沉默了几秒，突然看似漫不经心地道，"百分之四十九……"

"啊？"法玛斯一脸疑惑，"什么？"

"第一位试师告诉我，我的'原装'比率是百分之四十九。之后我更换过许许多多的装备……从破铜烂铁开始，到现在的纳米构造体，"薛裴用易拉罐的底部轻轻敲了敲自己的左臂，"无论是对中国、美国还是卡奥斯城的科学家，我一直坚持着这个比率。"

"可惜了，"法玛斯打趣道，"百分之四十九的股权还不够让你当上董事长。"

"是啊，可惜了，"薛裴的脸上终于露出浅浅的酒窝，"以你们这些非股份制人类的标准来计算，我已经去过阴间好几回了。五次肾衰竭、十二次缺血性休克、脊椎折断，还有脾脏破裂……在获得了强大的运动能力之后，我反而感受到了生而为人的脆弱，我要吃饭，要睡觉，会疲惫，会受伤，情绪也时常波动，而且终有一天会老死……当然比你们要慢得多。"

"那你为什么不干脆多改装一点？把自己觉得不方便的都换掉，虽说当不了董事长，但 CEO 总归会是在你手里，不是吗？"

"你错了，法玛斯，每百分之一对我来说都万分珍贵，你说的那些'不方便'，正是我与'怪物'之间的真正差别所在，不过……"

薛裴突然如鲠在喉，像有什么难言之隐。

"不过……现在的我越发觉得，光是披着人皮，光是有人的模样……"薛裴用手背上下抚着自己的侧脸，"并不能阻止别人把我看作是怪物，我和他们之间的隔阂，绝对不只是身体上的结构不同而已，或许，我一直是错的，我本来就是个怪物。"她又苦笑了一声，"自我的名字从世界上消失之后，我就已经成了一个怪物，拥有怪物一样的力量，像怪物一样去思考问题，只是我自己不愿承认而已。"

"好吧，漂亮的怪物，"法玛斯轻轻叹了口气，"你说是什么就是什么好了。反正我只知道，你不仅救了我，还救了一村子的老百姓，若你非要说自己是头怪兽，那希望这世界上不要有什么正义的使者把你给灭了，否则肯定会有人伤心的。"

"伤心吗？"薛裴面色凝重地摇摇头，"我猜他们才不会呢……"

"不是说他们，"法玛斯捶了捶自己的胸脯，"是我。"

"哦？"薛裴稍稍愣了一下，"你……你以前谈过几个女朋友？"

"就小学有过一个。"

薛裴"哼"了一声："那我就只能说你很有天分了。"

"那么你呢？我猜你多半阅人无数吧？"

"我？"薛裴端起易拉罐，仰头喝了一大口，"也只有一个，从中学开始，到现在，都只有一个。"

"那你必是很爱他了。"

薛裴不语，只是冷冷地盯着手里的罐子。

"他住哪儿？"法玛斯问道，"也在卡奥斯城吗？"

薛裴有些惆怅地摇摇头。

"好吧，我的错，我不该……"法玛斯注意到女孩手腕上的木质念珠，突然有了兴趣，"哎？那也是他送你的对吧？"

"你说这个？"薛裴一脸苦涩，"怎么可能？这是纱娜做的护身符……可怜的小丫头，天天给别人送祝福，到头来却连自己的命也没能保住……"她摇摇头，用易拉罐顶住自己的前额，"……她长得像我小时候，真有点像呢……"

"那不是你的错，薛。"

"那当然不是我的错！绝对不是！"薛裴愤愤不平地道，"什么红脸的报复，纯粹是胡扯！我与那些畜生打了二十多年的交道，这种事我根本就没有听说过，如果连红脸都懂得抱成一团为死去的同胞复仇，那人类早就灭亡了……这里面一定有什么奥妙，"她轻轻地磨着自己的牙齿，"对，一定有什么人、要不就是什么东西在捣鬼！"

"很精致的腕链啊！"法玛斯好像完全没有听到薛裴的抱怨，反而被她手上的小小饰品勾去了注意力，"这真的是手工制品吗？"

"有什么好大惊小怪的？"薛裴皱了皱眉头，"昨天与你同路的那对小情侣也戴着这个。"

"小情侣？你说谁？那两个中国人？"

"是啊。"

"年轻人？"

"嗯。"

"一男一女？"

薛裴哼笑一声，摇了摇头，又端起手里的易拉罐。

"那我们恐怕说的不是一对人。"法玛斯的表情非常严肃，"昨天和我一起的那对小情侣，的确是中国人，而且相当年轻，估计也就二十岁不到，但是——"

他握住自己的左手腕道："他们绝对没戴什么腕链。"

薛裴侧过头，紧紧盯着他："你刚才说什么？"

"他们戴着一对情侣表，"法玛斯继续道，"迪士尼某个卡通人物一百周年纪念的限量版情侣表，我记得非常清楚，因为他们向我炫耀过，说那东西全球只有十万对。"

"戴在哪个手上？"

"左手，"法玛斯顿了顿，"右手上什么也没戴。"

薛裴闭上眼，仔细回忆了一下白天看到的尸体——她非常确定在那个女孩的左手手腕上，系着条和自己右腕上一模一样的珠串。

她又睁开眼："你确定你没有看错？"

法玛斯指指自己的鼻梁："双二点零的视力……好吧，也许现在左眼只有一点五。"

"这说明什么呢？"

"是啊？"法玛斯被问得摸不着头脑，"这说明什么？"

薛裴嘴角微微上扬："这说明那对小情侣原来并没有戴手链，但是在死的时候却戴上了。"

"是啊？"法玛斯傻乎乎地笑了起来，"那不是明摆着的吗？"

"你还不明白吗？"

法玛斯愣了几秒，然后用力摇了摇头。

"也就是说，那对小情侣在你逃离车队之后、变成尸体被我发现之前，有人摘下了他们的迪士尼情侣表，换上了——"薛裴拍拍自己的手链，"这个东西。"

"莫非，他们去过巴布里托尔？"

"完全正确。"薛裴斩钉截铁地道，"而巴布里托尔的人全都隐瞒了这件事，他们只是告诉我，在早上巡逻的时候发现了四个人的尸体，丝毫没有提起他们曾去过村子里的事实。"

法玛斯露出疑惑不解的神情："但是……为什么？只是为了撇清关系的话，用不着隐瞒什么吧？毕竟杀死这些人的是红脸，是天灾人祸。"

虽然薛裴说不清其中缘由，但本能地觉得事出蹊跷。

"我之前怀疑他们为什么能那么快地找到尸体，现在看来，这一点都不奇怪。"她略作思索道，"如果遇害者本来就去过巴布里托尔，那么在他们离开村子之后，阿隆的巡逻队自然会去寻……"

薛裴突然闭上了嘴巴，用右拳敲了一下自己的脑袋。

一个逻辑错误。

"车队被当地的匪徒袭击，然后流落到方圆几百里内唯一的村庄，村外还有凶猛的吃人野兽，在这种情况下，法玛斯……"薛裴抬起头，略作停顿，"换作是你，你会连夜离开村子吗？"

法玛斯"呃"了几秒，然后有些犹豫地摇了摇头："应该……不会吧？"

"这还用想吗？"薛裴拍了一下他的脑门："当然不会！除非他们是被赶出来的。"

"可如果是被赶出来，那为什么村里的民兵又会出去找他们呢？"

"找的不是他们，法玛斯，找的是'尸体'。"

法玛斯大惊失色："你的意思是说，村里的人事先知道他们会死？"

"这也不太可能，"薛裴摇摇头，"像你这样的白痴都能在绿海里安然过夜，他们四个人没理由百分之百被红脸袭击。"

"喂！什么叫'你这样的白痴'？"

"别吵，"薛裴不耐烦地挥挥右手，"我感觉我就快要摸着门道了。"

"什么摸着门道……你根本就是瞎猜嘛！"法玛斯指着她手上的腕链笑道，"我就是夸了一下这个手工艺品，你便扩展出这么多异想天开的情节来。"

薛裴愣了一下，确实，刚才那些乌七八糟的所谓"推理"，说到底都是没有根据的猜测，但引起这些猜测、唯一可以真正被拿出来当作疑点的，就只有右腕上的这个小小的手工艺品。她连忙将它撸下，就着手电筒的光端详，法玛斯也像是好奇似的，蹲在旁边傻看。

没有任何异样——在仔细检查过每一颗木珠之后，薛裴有些失望地挠了挠头，无论从哪个角度去观察，这串腕链都显得非常普通。于是，她的目光落在了最后一处未被检查的地方——那个据说装着驱赶蚊虫药丸的小小香包上。

只是用两根手指轻轻一夹，香包便破开了一个口子，一颗乳白色的小球从里面滚了出来，掉在地上。薛裴小心翼翼地把这个塑料珠子模样的东西拾了起来，放到鼻尖旁，轻轻一嗅——

她猛地从树桩上跳了起来，恍然大悟且没有丝毫喜悦，反而难陷入以名状的愤怒与仇恨。

"我要回一趟巴布里托尔。"她把牙齿咬得咯咯直响，"可能会有一点危险，你愿意跟来吗？"

"回去？"法玛斯瞪大了眼睛，"回那里做什么？"

薛裴扭头望了望他，然后平静地吐出两个字：

"狩猎"。

十六、巴布里托尔

巡逻的哨兵简直不敢相信自己的眼睛。

那个刚刚还灰头土脸、一声不吭离开村庄的怪物猎人又回来了。她大摇大摆，生怕别人看不见她似的，跨过红脸在木墙上打出的缺口，踏上了巴布里托尔的土地。

两个哨兵互相使了个眼色，便杀气腾腾地朝薛裴奔去。

"喂！"靠前的男人横过猎枪，做出一副要过来推挡的样子，"这里不欢迎你，赶……"

话音未落，薛裴突然摆开弓步，侧臂前击，右掌正正地拍中对方胸口，硬生生地将他推倒在地，却把猎枪擒在手中。

薛裴伸出泛着幽幽月色的左手，当着两个哨兵的面把猎枪拦腰折断，重重地甩在地上。

"挡我者死。"面对另一人手里黑洞洞的枪口，她毫无惧色，甚至可以说是相当轻蔑，"去把村长叫到这里来，马上。"

那人虽然手脚都在发抖，嘴里却一点也不服输："你……你别乱来，我……我马上就要开枪了啊！"

"给你五分钟，孩子，"薛裴依旧是平心静气，"把村长叫到我面前来，不然我就杀掉巴布里托尔的每一个人——"

她在说这句话的时候，连法玛斯都惊愕不已：

"男女老幼，一个也不放过。"

理性压倒了最后一点勇气——对方是徒手迎击烈勇士级红脸的怪物猎人，哨兵没有任何理由不去，他拉起同伴，仓皇退去。

法玛斯刚要上前，却被薛裴伸手拦住。

"我们在这里等，"她小声道，"你随时准备撤退。"

法玛斯不做申辩，老老实实地待在薛裴的身后。没过几分钟，乌兰瘦弱憔悴的身影便出现在两人面前——还跟着十几个、也许是几十个表情愠怒的村民。

"根据我的判断，"老人不紧不慢地道，"像你这样看重名誉的人，一定是有什么要紧事才会回来。"

薛裴扫视了一眼乌兰身后的村民，有几个带着猎枪，但大部分都赤手空拳。

"突击步枪，"薛裴面带微笑，说着看似不着边际的话语，"AK47、Q9、COLT，还有什么？让我好好回忆一下……"她把手指放在唇边，装出一副冥思苦想的模样，"哦！对，还有一把MG45，至少还有一把MG45。为什么不把它们都端出来呢？好歹对我还能有点威慑。"

"对不起，恕我没有多少时间奉陪，猎人……你到底想要说些什么？"

"早些年的时候，我在哥伦比亚，见过一个雇佣兵营地，"薛裴一边原地踱着步子，一边答非所问地道，"他们在当地保护一个财阀和他的公司。在表面上，这个公司经营周遭森林的木材生意，偶尔狩猎一些珍兽，获取他们的皮毛和肉，然后转手卖给大城市里的黑市。但很快，我发现他们偷偷袭击附近的村庄，劫掠一种非常好卖，并且利润不菲的商品……"她突然停下脚，盯着村长，"你知道是什么吗？"

乌兰不语，只是横眉冷对。

"是人。美丽的女孩子，活泼可爱，而又娇弱纤细。"薛裴顿了顿，"最开始，雇佣兵们与一些女孩的父母接触，他们大多穷困潦倒，无力抚养自己的骨肉，于是拜托公司把孩子带走。女孩子会被仔细地分类，按照外貌、年龄和身材，送到不同的地方，卖出不同的价格。到后来，雇佣兵觉得这里面有利可图，于是扩大'营业'的范围与规模，甚至采取一些类似于绑架的暴力措施，强行把适龄的女孩子带走。老实说，从某种意义上，我并不反对他们的做法：因为那些孩子即使一直生活在父母身边，也注定忍受贫穷与饥饿，并且随时都有命丧黄泉的危险，比被卖到大城市当妓女也好不到哪里去。在这个世界上，类似的事情每时每刻都在发生，我早就习以为常——"她耸耸肩，"每个人的命运不同，人人生而不平等，这本来没什么好抱怨的。直到后来，发生了一件事……"

薛裴低下头，停顿了几秒，然后又盯住乌兰的双眼，"有一个女孩子，十五六岁，聪明、可爱、讨人喜欢。我第二次路过他们的镇子时，亲眼看着那些雇佣兵从年迈的奶奶手里把她抢走，当晚她便被蹂躏了好几次，我当时虽然有些厌恶，却没打算采取任何行动——因为我知道，即便我能救下她，也无法改变那个地区的现状。没过两天，这个女孩带着其他几个同伴逃出了雇佣兵控制下的码头——她们饥肠辘辘，根本没有足够的体力摆脱对方的追捕。雇佣兵用猎犬咬死了女孩的同伴，然后残酷地折磨她，他们折断了她的手指，拔掉了她的指甲，把她倒挂在树上任由毒虫撕咬，甚至……"她突然语塞了几秒，"……你知道接下来发生了什么吗？"

不只是乌兰，所有在场的村民都紧紧盯着薛裴，虽然没有语言和表情，但他们的眼神却写满了疑问，毫无疑问——他们在期待对方揭晓答案。

"第二天，那些雇佣兵，我把他们全都杀光了，整个码头，连带那些帮忙装运女童的工人在内，一个活口也没有剩下。"薛裴突然提高了嗓门，露出一脸狰狞，"我并不是为了救下被掳走的少女，也不是为了某个可怜牺牲者复仇。而是我觉得，他们的所作所为已经打破了人类的底线，他们把自己变成了怪物，变成了文明与理性的公敌，变成了从我的角度来看，根本无法原谅的妖魔——我不是法律，我也没有义务对别人进行宣判，更无权决定生死，但我有我自己的原则和底线，我始终相信，在一个无法无天的环境之中，如果没有力量去伸张正义——哪怕是自以为是、以暴制暴的正义，那么这个环境迟早会变成一个污秽四溢的大粪坑……"她伸手指向前方的人群，"我不知道现在的你们在恐惧什么，也不知道究竟是什么把你们变成了现在的这副德行，但我知道，你们现在及之前的半年——可能更长的时间里，所造下的罪孽，已经把你们变成了怪物，你们必须要被清算，"薛裴用力地挥了一下手，"然后才有资格谈什么宽恕。"

就在其他村民怒目相对，准备破口大骂的时候，乌兰轻轻点点头："看来，你已经发觉了啊……"

"我们摊牌吧，村长，"薛裴一步向前，面对齐刷刷对准自己的枪口，毫无惧色，"你们就是出没在绿海商路上的土匪，对不对？

我不清楚你们究竟有多少人参与，但我肯定，最近半年内，发生在绿海的袭击商队事件，都是由这个村子……"她指指地面，"这个住在巴布里托尔的人所为，我说得有错吗？"

乌兰不置可否，但很明显可以从他身旁的几个村民脸上看到一丝惊慌失措。

"如果你们想把我杀人灭口，我劝你们赶快去把藏匿的武器都拿出来，这样也不会浪费我的时间，"薛裴很是不屑地撩了一下自己的侧发，"把你们整个村子从地球上抹掉，我估计需要半个小时，只要先动手，那么你们的命运就会立即被封印。"她话锋一转，"如果你们想要用'和平'的方式来与我进行交流，那么也请抓紧时间，因为我的耐心正在急剧消耗之中。"

"那么，"乌兰脸色有了些微的变化，却依旧镇定自若，"你想让我们说什么呢？"

"不，你不用说什么，我来说，"薛裴怒气冲冲地道，"这里的土匪袭击车辆，但不杀人，我一开始完全想不通——没有人想得通，但是现在看来，一切如此简单却又不可思议。"她略作停顿，又向前走了一步，"你们不杀被袭击的可怜人，但是破坏了他们的交通工具，又派人假惺惺地把他们带回巴布里托尔。最后，把他们丢给红脸——这是多么自相矛盾、不可理喻的行为啊！与其用理性的观点去分析，倒不如可以理解为，这是一种在闭塞环境之下的人格扭曲。一定有什么东西……"薛裴一边点着手指，一边苦思冥想了几秒，"一定有什么东西，这背后一定有什么东西在诱导着你们，我无法想象，说实话——也不是很感兴趣。"

"敬畏，"乌兰冷冷地道，"是对自然法则的敬畏。"

"村长！"一个端着猎枪的男人急得快要跳起来，"你怎么能对一个外人……"

"够了！"乌兰提高嗓门，摆了一下手示意对方安静，然后继续不紧不慢地道，"已经没有什么好隐瞒的了，薛飞，你是叫这个名字？年轻的怪物猎人？"

"是叫'薛裴'，"薛裴单手叉腰，又撩了一下头发，然后高傲地昂起头，"而且我一点也不年轻。"

"好的，猎手，你听我说……"乌兰闭上眼，深深吸了一口气，又吐了出来，"我是个经历过'一星期圣战'的人，那时候我大概就像你现在这么大，正是头脑最灵活的时候，所以对每一件事都有很深刻的记忆……我相信你一定听说过，红脸这种东西是在战后差不多一两年之内突然出现的，你觉得它们符合自然规律吗？"不待薛裴做答，他便斩钉截铁地道，"没有！也绝不可能！它们是非自然的造物，它们是神创建的武器，它们是惩罚无知人类对地球罪孽的业火！它们……"

"闭嘴！糟老头！"薛裴粗暴地厉喝一声，"不要用排比句！不要说得好像你是领导信徒的救世主，你只是一个愚昧的蠢东西！一个被怪物吓傻、被恐惧冲昏头脑、根本不知道自己在做什么的傻瓜！你让自己变成了怪物，让整个巴布里托尔变成了怪兽的巢穴，让数十条生命平白无故……"

"不是平白无故！"乌兰额头上的青筋暴跳，也捏着拳头激动了起来，"不是平白无故！我们是为了保护自己！是你们这些外来人一次次地招惹那些神兽，让我们惶惶不可终日，让我们在随时有可能被天谴的绝境里苦苦挣扎！赎罪的应该是你们！神兽需要的也是你们！"

"是啊！"薛裴怒吼道，"把无辜的人丢给红脸撕碎，这样你就心安理得了？这样你就可以过上舒坦的日子了？你们这些怪物！你们扭曲的灵魂比红脸更加可恶！"

"我们不得不这么做，神兽需要祭品，它们不是为了食物，而是因为自然的召唤，它们需要人类的生命作为祭品……"乌兰表情严肃，好像真的在讨论一个非常神圣庄严的问题，"那些有罪的人，我们把那些有罪的人献给神兽，我们的村子、我们的孩子就不会受到伤害，我们……"

薛裴突然把手链摔到乌兰的脚边，掷地有声。

"仔细看好了，老浑蛋！这就是你说的'自然的召唤'！你把这些商人骗进村子，然后给他们戴上象征着'祝福'的这个东西，你欺骗了他们……欺骗了我，欺骗了每一个你希望被红脸杀死的无辜者。"她指了指地上的小珠子，"你们把红脸的'蜜'装在里面，以此来确保每一个进入绿海的人都会被杀死，这根本就不是什么自然的召唤，而是赤裸裸的谋杀！对，是啊，你们也想杀我，就在今天，你的那个什么哨兵队长，把我骗进绿海深处，然后自己跑了，就指望着红脸能把我这个麻烦给解决掉，对不对？"

乌兰明显是愣住了，过了几秒，他稍稍回过神来："猎手……我们的确是袭击了车队，然后派人把遇难者接回村子，我们也确实骗他们进入绿海，但关于你今天遇到的事，我一点也不了解，而且我根本就不明白你说的'蜜'究竟是什么。"

薛裴蹲下身，从地上拾起一颗乳白色小球，拿到老人的面前，"红脸的'蜜'，是一种富含信息素的分泌物，红脸用这个来标明地界。而族领呕吐出的'蜜'，还具有刺激后代性成熟的作用，可以说是'王权的象征'。我不知道你是用什么手段获得这些'蜜'的，但我想，你我都明白，就是这个东西吸引了红脸，让它们在非饥饿的状态下主动袭击人类。"

乌兰伸过手，小心翼翼地接过这团乳白色的小珠——指间的触感有点像是塑料。

"不会的，"老人用力摇摇头，"我的人绝对没有参与你说的事，我们只是把人领进绿海，让红脸去选择猎杀的对象与时机。"

薛裴有些惊讶——她觉得乌兰不像是在说谎："每一个死人腕

上都戴着这种甜樟木珠子串成的手链，狡辩是没有用的，乌兰，这东西只有你们村才生产。"

"那个叫纱娜的女孩吗？"乌兰瞥了薛裴一眼，"她做这些饰品纯粹是出于自愿，至于你说的这个什么'蜜'，我根本就不知道来源——我甚至都没听说过。"

确实，红脸的分泌物没有任何商业价值，它既不能吃也不能进入化工领域，有些地方试图用"蜜"来酿制香水——至少到目前为止，没有突破性的进展。不过无论如何，获取这种化学物质都不是一件简单的事，对于没有专业设备和经验的人来说，那无异自寻死路。

"雪梨！"薛裴突然便想到了这个名字——还会有其他人吗？纱娜已经死了，而参与手链制作，确切地说，是提供"香包"的人，就只剩下她一个而已，"医生呢？那个美国医生呢？她现在在哪儿？"

"雪梨她……"乌兰本能地回头观望了一下，"应该还在自己的诊所里吧……"

没错，就是她——薛裴兀自点了一下头，那个隐藏着的缺失的拼图出现了。防御围墙也好，半年内的二十多位受害者也好，都是在这个女人出现在巴布里托尔之后才发生的，毫无疑问，她和乌兰一道散布恐惧与迷信，教唆村民犯罪，而且很有可能正是她在诱导乌兰——一个纯朴愚钝的乡下老头儿，怎么也不可能自己想出这么多鬼主意。

而在整个巴布里托尔事件中，这位名叫"雪梨"的美国女子究竟扮演了怎样的角色，完全取决于接下来的发现。

薛裴隐约觉得，这将是今天最后，也是最重要的一个发现——一个足以解答全部疑问的发现。

"带我去她的诊所！"她毫不客气地冲村长下达着命令，"马上就去！"

乌兰眼里闪过不易察觉的犹豫，他似乎有什么难言之隐，一副不那么心甘情愿的模样。

但在杀气腾腾的薛裴面前，他别无选择。

乌兰轻轻叩响了"诊所"的门。

没有人回应，他回头看了看身后的人群，又瞧了瞧薛裴——这个女猎人正握着手枪，眉头紧锁，背靠墙，一脸随时都会扣动扳机的样子。

老人叹了口气，润了润嗓子，又敲了几下门，"雪梨，你在里面吗？"他顿了顿，"开下门好吗？我有重要的事情找你商量。"

依旧没有任何响动。

"我真是蠢透了！"薛裴大叫一声，一步上前，"连纱娜都给灭口了，她本人怎么可能还在村子里？！"

薛裴摆开架势，对着门打出一记横掌，可怜的木门立即被拦腰截断，散成两块。

空无一人。

和第一次来时相比，这里并没有任何变化。不光是书桌干净如新，连病床都铺得整整齐齐，这份从容不迫，让薛裴不禁有些感叹起雪梨的气度来。

她的目光很快就落到床脚旁的金属门上，随即想起雪梨说过的话——那是一间储藏室，一间装着"药品和杂物"的储藏室。

"很好。"薛裴冷冷地笑了起来，"我倒要看看，你能有什么'杂物'……"

她轻盈地翻过病榻，一脚就把金属门踹得四分五裂。这些碎片撞在墙上，又滚下台阶，发出"叮叮咚咚"的脆响。

站到门口的刹那，薛裴竟有种莫名的恐惧感。

里面根本就不是什么储藏室，而是一条通向地下的隧道，台阶修砌得非常工整结实，与屋外简陋的村舍形成鲜明对比——再往深处看去，似乎有浅浅的白光。

难以想象，在这精致的台阶下面，会是什么东西在等待着她——薛裴犹豫了几秒，却一步也不敢动，直到法玛斯走上前开口问道："这里到底是怎么回事？"他冲隧道探了探脑袋，"下面……我的天，还有地下室吗？"

薛裴转过头，盯着法玛斯身后的乌兰："这个地下室是怎么回事？里面有什么？"

乌兰茫然地摇摇头："不……不知道，我从没听说过这里有一个地下室。"

"没听说过？"

"绝对没有……"村长非常认真地道，"请允许我跟你们一起下去，看看她到底在我的村子里做了什么。"

薛裴略作思索，把手里的枪硬塞到乌兰手里，"那么拿好，我没有工夫保护你，还有——"她用手点点法玛斯的胸口，"你也是，把手枪举好，稍微专业点儿，你好歹曾经也是位空军士兵。"

"那你呢？"法玛斯不无关切地问道，"你难道空着手？"

话音未落，薛裴左手已经化为利刃，向身侧用力一甩，横刀向前，法玛斯连忙端好手枪，紧紧跟上，生怕落了单。

没走两步，台阶便到了尽头。暗淡的白色灯光把这个不算小的房间勉强照亮，那是一盏悬挂在天花板上的野战应急灯，有小半截的灯管已经乌掉，显然用了有段年月了。

薛裴小心翼翼地向前探了两步，在确定屋内没有埋伏之后，放松了架势，也收起了左手的战刀："我们的同学忘了关灯啊……"

她环顾四周，这其实是一个似曾相识的房间，长桌、电脑、装着各种小瓶和烧杯的冷柜——没错，她想起来了，在东京丛林和欧洲狩猎时，她的队伍曾和一些生物学家合作，他们当时使用的野外实验室正是这副模样。

突然，薛裴打了个踉跄，在冷柜后面的地板上，有什么东西绊了她一下，险些摔倒。

那是一具尸体——面朝下，静静地趴在脚边，即便是久经血雨洗礼的薛裴也不禁一惊。

"是阿隆……"虽然薛裴没有看面孔，但从衣装和身材还是能辨认出尸体的身份，"后背上有个弹孔，看样子被人打了黑枪。"她用脚尖捅了捅阿隆的胳膊，"死了有好几个小时了……哦，"她仿佛悟出了什么似的点点头，"乌兰，我可能错怪你了，这小子才是你们村里最坏的一个。"

刚走进房间的老人眉头紧锁："你这是什么意思？"

"别急，"薛裴转过身，"整个事件还少最后一个环节……"

答案来得如此之快，就在目光偏转的刹那，她注意到了房间角落里的长方形黄色小箱子，一扇网状的铁栏封住了箱口，只留一个像是奶瓶的东西挂在边上，斜着向内插进了半根吸管。

那是一个笼子，养着某种动物的笼子。弥漫在空气中、令人恶心却又熟悉的怪味告诉薛裴，这只动物将会揭开一切谜题，她蹲下身子，轻轻叩了下笼子。

它个头不大，应该和苏格兰牧羊犬体形相当，通体发红，一道鲜艳的鬃毛从前额延伸到臀部，贯穿了整个脊背。在手电筒灯光的刺激下，这小家伙似乎有了一点点的反应。

"这是什么啊？"法玛斯捂着鼻子，嗓音有些含混不清，"气味恶心。"

"红脸，"薛裴顿了顿，"雄性红脸，年纪在七八个月，看样子可能是被麻醉了，不过剂量不大。"

她轻叹一口气，慢慢直起双腿："虽然还有一些细节需要证实，但我差不多已经把来龙去脉给摸清楚了。"

"你都清楚了？"法玛斯一脸困惑，"我怎么越来越糊涂？"

"是啊，年轻的猎手。"乌兰也接过话茬，"能给我这个思维迟钝的老人家解释一下吗？"

"你被骗了，乌兰，"薛裴指着阿隆的尸体，"这个人早早地出卖了你，也许是为了钱，也许是为了别的什么东西。他和雪梨——我想应该是化名，反正就是那个从美国来的美女医生，哦，等等……"薛裴摇摇头，"还不一定是美国人，她是阴谋的发起者，也是负责监督你'工作'的工头。"

乌兰大惊："我不明白你的意思。"

"这样说吧，我相信你在村子已经超过二十年了对不对？"

"二十五年。"

"那时候，这里肯定没有这个地下室。"

"绝对没有，我们从没建过什么地下室。"

薛裴朝房间一侧指了指，那边有扇墨绿色的铁门，刚好能容一个人通过的样子——就在来时台阶的正对面。

"不出意外的话，你们的国际主义医生就是从这里逃出村子的，而整个地下室的修建，也是通过这个后门完成。"薛裴耸耸肩，"是的，完全没有经过你们同意。"

"可是……"村长顿了顿，像是在思考，"我实在不明白，为什么要建这个地下室？他们为什么要这样做？"

"因为雪梨住在这里，"薛裴伸手指指天花板，"她住在上面，那个小小的诊所，正是她的伪装。"

"那她为什么……"

"你还不明白吗？"薛裴冷冷地道，"看看你周围，村长，看，去年才上市的电脑，简易但昂贵的 IPX 生物化学分析仪，还有精美成套的试管烧杯，闪闪发亮，就和新的一样！喏，还有这个——"她走到一个床头柜大小的金属长方体面前，用手在外壳上轻轻叩了两下，"雷曼公司生产的军用野外紧急电源，光是里面的蓄电池组就价值十二万美元——你不可能买到这些设备，乌兰，你的村子被一个有来头的家伙给盯上了，他资金雄厚，而且手段相当专业。"

"为什么是我的村子？"

"巴布里托尔是绿海深处唯一的人类定居点，前后有上百公里的'无人区'，是一个非常闭塞的小地方——既不引人注意，也没有政府管理，在这里无论发生什么，都要过很久才能被外界得知——甚至完全被封锁。"

法玛斯应和似的点点头："这种地方最容易出事儿，我刚来时就说过了……"

"那就更奇怪了，"乌兰用力摇摇头，"巴布里托尔什么都没有，粮食、人口、矿产……我们这里没有任何值得获取的东西，来这里是为了什么呢？"

薛裴盯着乌兰的双眼，过了好久，才缓缓开口道："就是那个笼子里的东西。"

"红脸？"

"是的，红脸，至少有一件事，你没有说错，"薛裴又走回笼子旁边，"这些被称作红脸的怪物，绝对不是自然出现的。但很可惜，我不信神，我认为这些怪物是'人造'的，就和鬼种子一样，是某种被用来改变世界的'武器'。"

乌兰和法玛斯互相看了一眼，茫然地半张着嘴。

"根据我的判断，红脸应当是在'一星期圣战'之前研究出来，并打算与'鬼种子'同时投入实战。只是后来，制造它的人没法对它进行控制——或者说根本就不想去控制，造成了红脸的肆虐。现在，差不多几十年过去了，也是检验产品质量的时候了，而这里，巴布里托尔，就是一个'质检基地'。"

乌兰似乎明白了什么："你的意思是说，制造红脸的组织在我们村子里修了这样一个实验室，而雪梨正是他们派来的？"

"不，"薛裴摇摇头，"不一定是制造红脸的组织。红脸的创造者可能已经在战争中被消灭了，而瞄上巴布里托尔的家伙，对红脸的实用价值非常有兴趣，并且很有可能了解这种怪物诞生的真相。"

"那他们为什么要把实验室造在村子里面呢？又为什么要派雪梨过来？"

"这样好了，我帮你梳理一下整个事件的流程……"薛裴闭上眼，思索了几秒，"差不多是一年前，雪梨来到了巴布里托尔，她住进这个诊所之后，没过多久便有了这个实验室——他们可能使用了新式的坑道钻探技术，相信我，即使在你们眼皮子底下，这也并不是难事，只要有设备有人力，最多两个星期就可以完成。"

"嗯！"法玛斯插话道，"这我相信。"

薛裴斜了他一眼，继续道："他们捕捉了一头小红脸，也许还不止一头。反正笼子里的那只来头不小，如果腕链上的信息素是由它分泌的话，它多半是族领的幼兽。红脸是社会性的动物，非常疼爱自己的幼崽，根据我的经验，如果族领的孩子遗失，整个部族都会前去寻找——实际上，在东京丛林我们曾经用这种方法围剿红脸，通常一次战役就可以歼灭大半个族群。"

乌兰点点头："那么，把族领的孩子放在村里，这又是为什么呢？"

"一方面当然是为了研究，至于是什么研究，我还不好妄下定论……而另一方面，也是最重要的原因，就是把巴布里托尔附近的某个红脸族群'钉'在村庄周围，让它们始终与人类保持接触——这本身有违红脸的天性。也正是因为笼子里的幼崽，你们才会在这半年里遭到红脸的持续袭击。"

老人若有所悟："没错，的确是从半年前开始的……"

"然后，乌兰，便轮到了你的登场。"

"我？"

"雪梨利用了你，利用了你的威信和权力，是你把整个村子的善良村民变成了怪物，把巴布里托尔变成了一家'黑店'。你的手下袭击那些路过的旅行者，诱骗他们进入村子，然后雪梨给他们套上沾有红脸信息素的手链，再由阿隆领进附近的森林——一个个无辜的生命就此终结，而这一切，却只缘于红脸爱子的天性，和你一叶障目的愚蠢。"薛裴摊开双手，不无讽刺地说道，"而到了最后，你得到了什么呢？什么也没有，你所要保护的村子被红脸蹂躏，你认定的所谓天意不过是骗局，而那个你一直信任着的医生，却是一切的罪魁祸首——她知道事情将会败露，于是为了销毁证据，故意把红脸引进村子。我在它们发动袭击之前听到了红脸的哀号，就在村子里面，另外还有几个哨兵也听见了，很显然，那不是事故，而是雪梨的最后一搏。"薛裴耸耸肩，"结果她成功了，她不仅全身而退，还杀了人灭了口，估计也有充裕的时间毁灭所有试验材料与证据。"

这一席话似乎对乌兰打击不小，他用手撑着桌子，摇摇晃晃地走到墙角，一言不发。

"如果你还有那么点血性的话，就应该想办法替自己赎罪，"薛裴略微缓和了一下语气，"你可以提供相当多有价值的情报，在必要的时候，甚至可以出面指证雪梨和她的同伙。"

"我？"乌兰叹了一口气，不无感伤地说道，"我只是想要保护这个村子而已……"

"你依然可以保护他们，"薛裴走上前，按住老人的肩头，"你可以为他们赢回尊严，为巴布里托尔讨回公道，说不定还能顺便挽救许多素不相识的无辜生命，怎么样？愿意帮我吗？"

乌兰抬起头："我能做什么？"

"跟我回卡奥斯城，"薛裴转过身，用脚尖轻轻捅了一下笼子，"把这东西也带走，那些电脑和器材之类就算了，相信有用的数据早就没了，仪器本身没有任何意义。其实最重要的东西就是你，村长，你现在是唯一的人证，你……"

仿佛是被什么东西刺痛了似的，薛裴突然一阵语塞："等一下，你作为被雪梨利用的对象，应该已经被……"

"被灭口了是吧？"

伴着不屑一顾的表情，乌兰稳稳地抬起枪口，他完全没有把同样握着枪的法玛斯放在眼里，而是直接指向了薛裴。

"我真是没有料到，薛裴，"他冷冷地笑着，如此轻松高傲，与刚才的模样简直判若两人，"你果然如传说中的那般敏锐聪慧……还有顽固不化。"

看着近在咫尺的枪口，薛裴面不改色，一点也没有惊讶的样子。而站在一旁的法玛斯则早已面若土灰，慌得有些不知所措，过了好几秒才反应过来，连忙端起手枪，从侧面顶住乌兰的太阳穴。

"告诉你的小男朋友，"老人不慌不忙地道，"把枪放下，我知道如何杀死你，薛裴。"

薛裴点点头："把枪放下。"

"什么？"法玛斯大惑不解地道，"你……你是认真的吗？如果我把……"

"把枪放下，法玛斯，"薛裴平静地打断他道，"子弹对它没用。"

法玛斯犹豫了足足有半分钟，然后无奈照做——与其说是对薛裴的信任，不如说是被乌兰坦然的表情所震撼——这个六十来岁的老头子对他手里的枪没有半点畏惧，甚至连眼神都没有偏过一下。

"说实话，在一开始，我以为你才是幕后黑手，"薛裴同样没有表现出丝毫退让，她正对着枪口道，"但没想到，我把木偶和操线人的位置给搞反了，这样也能解释了为什么你还没有将我提前灭口，你多半是想找机会让我也躺在这里吧？"

"我也很想知道你的幕后黑手是谁……"老人针锋相对地道，"据我所知，你是卡奥斯城的公务员啊？"

"嗯，一位有钱的商人雇佣我做私家侦探，我能来这儿也多亏了勤快的村民呢！他们袭击了我的车，"薛裴叹了口气，"还是一辆 HCV9，二一二九年新款的。"

"怎么？恶魔猎手队长的金饭碗也拴不住你吗？一个月有多少？两万还是三万？还有走私客的黑钱吧？"

"功夫做得不错嘛，雪梨，你是从一开始就了解了我的底细，还是在我来以后临时查的资料？"

一头雾水的法玛斯终于忍不住插话道："等等，薛，你刚才说什么？你叫他……'雪梨'？"

薛裴点点头，朝乌兰微微一笑："我没说错吧？亡灵巫师。"

"好个厉害的私家侦探啊，"乌兰的表情稍稍阴沉了些许，"真是遗憾，你这样的人才，竟然没站在我们这边。"

"等等，薛裴，我不太明白，"法玛斯小声问道，"你为什么说他是亡灵巫师？"

"哈！他当然不是！"薛裴冷冷地道，"他只不过是一只'工蚁'，是一具傀儡，是徒有巴布里托尔村长外壳的皮囊，而真正的乌兰，呵……早就离开那里了！"

乌兰哼笑一声："没那么夸张，也就四五个月前的事情而已。他当时不那么情愿合作，我又急着完成任务，只得使用了一点点特殊手段。"

法玛斯瞪大了双眼，用不敢相信的神情上下打量着乌兰，他当然知道什么是亡灵巫师，在几十年之前，那是邪恶与灾厄的化身，他们能够与那些被突变微调剂"阿努比斯"感染的生物活体形成共鸣——或者通俗点说，能够召唤并控制"僵尸"。在卡奥斯城建立之后，持律者议会以整个城市的名义，收编了全世界大部分的亡灵巫师。他们不仅没有丧失自己的能力，反而得到"必要的训练"：指挥"僵尸"，后来被称为"工蚁"，在矿山和工厂做活，充当没有任何成本的无价劳动力。

对卡奥斯城来说，亡灵巫师是非常稀有的资源，议会始终在收集拥有这种能力的微调剂异化感染者。这不光是拉拢人才，更是某种技术性的垄断，这些人被软禁在卡奥斯城的林荫区，因此法玛斯几乎没听说过在卡奥斯城之外还有亡灵巫师的存在。

"控制一只工蚁五个月，二十四小时不间断，还得让它说话、吃饭、睡觉，就像原来活着时那样行动……"薛裴摇摇头，"这不是一般亡灵巫师可以达到的境界，至少我在林荫区的朋友没有一个能够办到。"

"我不是科班出身，更没有去过林荫区。"乌兰露出得意的神色，"但我敢说，你认识的所有朋友，都没有一个可以与我相提并论。"

确实，就乌兰细腻的表情来看，雪梨的本事绝对了得，与那些训练多年的专业亡灵巫师相比也毫不逊色。薛裴回想起白天时，雪梨和乌兰同时出现在面前的场景，不禁有些浑身发毛——那其实是一个人，却配合得天衣无缝，即使见多识广的薛裴也没有看出半点破绽。

"我相信你的能力，"薛裴道，"也相信以你的能力，绝对不会满足在巴布里托尔做一个土皇帝，我觉得你的老板也不会这样浪费人才。"

"是吗？那让我看看你有多聪明吧？"乌兰笑呵呵地摇了摇手里的枪，"看看我们的谈话还能持续多久？"

薛裴双臂环抱，像是仔细思索了几秒。

"你的后台老板肯定不是卡奥斯城，他们有完整的实验场，既不缺亡灵巫师，也有不少用来愚弄的活人；他也不会是俄国人，他们有的是地盘和'志愿者'，唯独缺少投资这种项目的现金和闲心；更不会是中国人，我的前同胞有自己的原则，绝不会用这么下三烂的手段。"

"都没错，"乌兰一边赞许地点着头，一边说道，"可惜都和正确答案相距甚远。"

薛裴继续道："工蚁说到底都是僵尸，要把死人转化成僵尸就必须要用到'阿努比斯'，我说的没错吧？"

"你这个身上装着纳米构造体的半人半妖，不会连这个都不知道吧？"

"我最后一次见到僵尸，还是在三年前的墨西哥，"薛裴顿了顿，"'阿努比斯'已经被禁产好几年了，现在就算是在卡奥斯城里，也只在林荫区里有一条这种微调剂的生产线。如此说来，你的主子个仅拥有完整的科学技术储备，还能够私自生产高品级的微调剂，筛选一下的话，我想这个名单不会太长。"

"不用瞎猜了，"乌兰微微昂起头，"我们的规模和底气远远超越你的想象，你根本就不知道自己在与什么样的力量对抗，这一次，薛裴，你要猎杀的这头怪物实在太过强大了。"

薛裴不屑地哼了一声："老实说，我对你们根本就没有兴趣，这个世界上的变态已经够多了，你们没什么稀奇的。"

"变态？"乌兰突然阴下脸道，"你说我们是……'变态'？"

"利用愚昧村民的迷信，诱骗他们袭击车队，然后又借红脸之手毁尸灭迹，把所有责任都推卸给绿海。"薛裴耸耸肩，"虽然我确实不知道你的真实目的是什么，但我知道这绝对是变态，而且是极端无聊的、变态中的变态。"

"嗯……很好……"乌兰沉默了几秒,"我相信你身上的那些'非人类'的部分都是在卡奥斯城里安装的吧?"

薛裴点点头:"那又如何?"

"与你所守护的卡奥斯城相比,巴布里托尔的这点小事根本算不得什么。自称使徒的持律者议会发现了亡灵巫师,创造了代偿者,训练了无数像你这样的比红脸还要恐怖、只不过披着人皮的怪物……"乌兰有些激动地道,"它们把整个卡奥斯城当作一个巨大的试验场,而我们只是在这里研究红脸的进化,你觉得与那些灰袍子使徒相比,谁更加变态呢?"

薛裴的心不禁"咯噔"一下,她敏锐地捕捉到了一个关键词。

"进化?你刚才说……进化?"

乌兰突然沉默了,虽然表情没有多少变化,但薛裴还是立即看出了端倪——雪梨说漏了嘴,而且说漏了一个相当重要的事实。

"原来如此,"薛裴微微笑道,"在这里,可以避开军事大国的监控与骚扰,也没有什么正经的企业会对巴布里托尔有兴趣,还有源源不断的活人供你们猎杀以测试所谓的'进化'——这就是为什么我在这里遇到了如此之多高等级的红脸,还有一头闻所未闻的'公主'。它想必也是你们的杰作,嗯……"薛裴托起下巴,兀自点着头道,"顺着这个线索推理下去的话,再加上卡奥斯城的情报网络,很可能让我获得一个非常接近正确答案的判断。"

"哦,好吧,好吧,"乌兰摇了摇头,"那并没有什么了不起的。"他的样子颇有些遗憾,"即使卡奥斯城介入,现在也已经太晚了,没错,薛裴,我销毁了所有物证——数据、资料、重要的实验样本,任何可以追查到我们的线索,我都没留下。哦,当然,除了那小丫头和地上的可悲男人以外,就在我眼前,还有两个必须要抹掉的'人证'。"

他冷冷地阴笑着,双手握紧了手枪:"薛裴,你恐怕不会料到吧？世界上最伟大的怪物猎人，没有倒在怪物的爪牙下，而是被一个孱弱的老头子结束了生命。"

"不，你错了，雪梨。"薛裴平静地道，"真正的怪物，是人类。"

乌兰微笑着扣动扳机——什么也没有发生，没有枪响，没有火花，自然也没有他所期待的血肉横飞。他稍微有些吃惊，咬了咬牙，又试了一次。

薛裴"唉"地叹了一口气，轻而易举地夺过乌兰的手枪，用力拉了一下枪栓，一枪打在对方的小腹上，然后面对半跪在地的老人，用小拇指点了点枪把上的黑色圆斑。

"指纹识别而已，也不是什么高科技，"薛裴笑道："不像人类，这把'沙漠之鹰'可永远不会背叛我。"

乌兰虽然捂着肚子，但表情却一点也看不出痛苦："好样的，小贱人，你从一开始就故意把枪丢给我，就为了套我的话是吧？"

"别装无辜，我只是为你提供一个表现的机会而已。"薛裴把枪丢回背包，"以雪梨那样逃走前都不忘整理床铺的一丝不苟，她——应该说是你，绝对不会放过任何一个知情者。而乌兰你竟然还活着，于是，我确定你和整个事件脱不了干系——就算不是最后的黑手，也一定是最重要的帮凶。"她有些遗憾地摇摇头，"真可惜，你只是具无用的傀儡，没法再提供什么情报了，至于雪梨你，我想你是不会再告诉我什么了，对吧？"

乌兰阴冷地干笑了两声，突然毫无预兆地"扑通"一声倒在地上，动也不动了。

"怎么回事？"法玛斯有些诧异，"他这是要干什么？"

"是'超度'——"薛裴皱起眉道，"那女人口口声声说自己与卡奥斯城没有关系，却能让工蚁身上的微调剂立即丧失功能，这可是林荫区的高阶亡灵巫师才能掌握的技术，没有专人指导，没有材料进行练习，没有长时间的实践，根本就不可能学会。"

"这样一说我好像是有印象了，"法玛斯点点头，"就在第三次边缘净化行动时，我看基恩·莫萨里用过。"

"还不只如此呢！雪梨本人已经离开了村子，这表示操控工蚁的距离起码也在二百米以上……"薛裴一声苦笑，"她说得没错，我这次要猎杀的怪物确实太过强大了，凭我一个人的力量根本无从取胜。"

"那我们快走吧，"法玛斯不无紧张地道，"等找到帮手再回来解决。"

"走？"薛裴皱了皱眉头，"往哪走？回村子里去吗？"她指指躺在地上的乌兰，"两具尸体，两个弹孔，而整个屋子就我们两个人，还刚好都握着枪，你觉得村民会放我们走吗？"

"哎呀！"法玛斯一拍脑门，"我们这是中计了啊！"

"谢谢提醒啊，"薛裴没好气地回了一句，"如果不想伤害村民，离开这里就只有一条路了，"她用下巴朝实验室侧墙上的绿色铁门比了比，"这个还不知道能通向哪里，不过我敢说一定能带我们离开村子。"

"你确定？万一后面是个仓库呢？"

薛裴没有兴趣回答这个蠢问题，她径直走到门前，正准备伸出左手硬来，却发现门沿已经给开了个小缝，她连忙拉住门把，将整扇门完全推开。

一阵阴风拂面而来，薛裴情不自禁地摁住发梢——她的眼前是一条深不见底的隧道，隧道两边都是平整的水泥墙壁，显然不是胡乱挖掘出来的临时通道。

"你确定要进去？"法玛斯颤巍巍地打着手电筒，朝里面照了照。

老实说，薛裴并不清楚在隧道的尽头，会有怎样的命运在等待她，但在冥冥之中，她有种预感，最后的真相就在这看似无边无际的黑暗背后。

"把它抱走！"薛裴指着笼子里面的小红脸道，"村民闯进来绝对饶不了它。"

法玛斯瞅了瞅那只睡着的小家伙，露出一副十分为难的表情。

"算了，还是我来。"

薛裴走到笼子前方，半跪下来，用左手扯掉铁锁，打开牢门，年幼的红脸好像察觉到了什么风吹草动，从昏睡中惊醒，突然就爬了起来，毛发直竖，恶狠狠地盯着薛裴。

按照薛裴的经验，这是一只非常健硕的幼仔，体形虽小，但四肢和身体两侧的肌肉都发育得很好，额头有些凸起，用不了多久，第一块外骨甲就会破茧而出，慢慢地遍布全身。

"将来起码也是头勇士，"薛裴一边自言自语着，一边小心翼翼地伸过手，轻轻抱住对方的两条前腿，"可爱的小东西，乖，到你妈妈这儿来。"

她脸上透着发自内心的温柔，让法玛斯惊愕不已——这个几小时前还在与红脸搏命厮杀的女人，突然间就对这些怪物怜爱有加。

那只小红脸却并不怎么领情，猛地一口咬住薛裴放到嘴边的左臂，一边呼噜着，一边向后用力拉扯。

"不听话嘛！"薛裴皱了皱眉头，有些粗暴地硬是把它给架了出来。这小东西似乎也不是特别抗拒，在挣扎扭动了几下之后，便乖乖趴在薛裴怀里，就像一只体形硕大的宠物狗般温驯听话。

薛裴曾经饲养过红脸，它们其实是一种非常容易驯化的动物——事实上，它们很聪明，喜欢社交并且通人性，只需简单地肢体交流，便会产生沟通的意愿。

只不过绝大多数的人类从没有考虑过与这些怪物沟通，他们宁可相信披着人皮的禽兽，也不愿向单纯的动物敞开心扉。

黑暗的隧道仿佛没有尽头，两人清晰响亮的脚步声与回音融在一起在耳畔嗡鸣，薛裴左托右揽，抱着小红脸，一边喘着粗气，一边加紧步伐。她每多跑一步，就多一分惊讶——这个隧道的规模之大，质量之好，远远超出她的想象，之前实验室的工程量与它一比，简直是小巫见大巫了。

终于，在几分钟的负重疾行之后，手电筒的光照出了另一段台阶——隧道至此为止，一扇简易的铁闸出现在五六层台阶尽头的天花板上，简易到薛裴几乎不敢相信，好像只用一只手就能撑开。

法玛斯确实也只用了一只手就把它向上掀了出去。一股泥土的清香扑面而来，把方才充斥在隧道里的燥闷和压抑一扫而空。

灰蒙蒙的苍穹之下是一片昏暗森林的轮廓，远方的星星已经渐渐抵挡不住天边初现的霞光。薛裴立即意识到自己身在何处，不禁警觉起来。此刻，她正抱着一头红脸族领的幼崽，站在绿海深处，可以说随时都有可能遭遇不测。

"离我远点儿！法玛斯！"薛裴把法玛斯轻轻推开，"这里的红脸并不是为了食物猎杀人类，你不沾上这小家伙就不会有事。"

"别，"法玛斯立马凑了回来，"反正我一个人也活不下去，要死就死一块儿好了。"

虽然有歧义，这句话还是让薛裴感到淡淡的暖意，就在她张开嘴刚要说些什么的时候，不祥的静谧突然充斥整片森林，将她团团围在中间。

就连没有"猎手知觉"的法玛斯此刻也察觉到了异样，他有些慌张地四下望了望，本能地想要退回地道。

"不要怕！不要动！"薛裴压低声音，"不要做出任何刺激对手的动作！"

这种沉重的压迫感只可能来自红脸，薛裴不仅知道对手的身份，更明白它们的来意，情不自禁地轻轻托了一下怀里的小家伙——它现在是两人唯一的护身符。

借着黎明前的微光，一只勇士渐渐现出了身形，继而是第二只、第三只……大大小小，体形各异的红脸陆续从森林深处走了出来。树枝上、草丛里，似乎每一个阴影之下，都有一张平静但有力的面孔。

它们慢慢地爬到距薛裴五六米的位置停了下来，维持着整齐的包围队形，那模样就好像是在期待着谁在下达命令似的，一动不动。

一只全身披甲的烈勇士打破了僵持，它慢慢地靠近，在两人面前直起上身——薛裴认得这只怪物，就在差不多两个小时前，她险些在它的爪下丧命。

"它……它好像认识你？"法玛斯不无紧张地问道。

薛裴点点头："确实。"

"我觉得你应该把它的儿子放下来，薛。"

薛裴看了眼怀里的小红脸："不，这是族领的儿子，而它还不是族领。"

这是一个逻辑与经验的矛盾——一头烈勇士、一头屹立于红脸族群顶点的战神，一头无论出现在世界的任何角落都足以引来灾难和混乱的怪物，竟然不是族领。但按照眼前这头烈勇士的神情与姿态来看，它分明是在等待，像其他同伴一样，等待一只更可怕——也许是薛裴从没见过的新品种出面，对两个渺小的人类做出最终的裁决。

就在薛裴胡思乱想的时候，包围圈出现了缺口，一个人形生物的影子慢慢靠了上来。它身材矮小、纤细，有那么一个瞬间，薛裴以为它就是"一个人"。

但它不是。

这个直立行走的东西越过包围圈，越过烈勇士，在薛裴面前站定。它确实是一只之前从没见过的怪物，非要形容的话，就像是一只根本没有发育成熟的哨兵级红脸，通体银灰，又有点像狼和山猫的结合体。

没有骨甲——薛裴惊讶地发现，在这头地位明显不同寻常的红脸身上——全身上下，竟然没有一块骨甲，连个像是骨甲的凸起都看不到。

怀里的小家伙突然有了反应，疯狂地挣扎起来，薛裴顺势往地上一蹲，把它放了下去。

"这才是族领……"薛裴略微有些吃惊地自言自语道，"之前那头'公主'多半是它的配偶了。"

族领四肢着地，趴了下来——不知为什么，这个动作竟让薛裴松了口气。小红脸立即凑了上去，两只怪物蹭着鼻头，低吟着交流了一小会儿。族领突然喉头轻动，从嘴里吐出几个白色小珠子似的颗粒，又小心翼翼地用爪子划到孩子面前。

"那是'蜜'，对吧？"法玛斯小声说道，"它在喂它吃自己的'蜜'？"

薛裴"嗯"了一声道："族领分泌的信息素可以刺激红脸进化，是将来成为新族领的捷径。"

小红脸毫不迟疑，狼吞虎咽地把白色小球全部吞了下去。很快，它便像是恢复了气力似的，一蹦一跳地绕到了父亲背后，只露出半个脑袋小心谨慎地盯着薛裴。

族领慢慢向前走了两步，却把薛裴吓得接连后退。暂且不提她在村庄里杀死的烈勇士，那只"公主"——这头族领的老婆，也是葬身在自己手下，对社会性极强的红脸来说，这简直是不共戴天的大仇。

而且直觉告诉薛裴，这头看似平凡无奇的小个子，拥有不可思议的强大力量，其能量绝非普通的勇士能够比拟。

在僵持了几秒之后，对方做了一个出乎意料的举动——它"咯咯"地干咳了几声，从嘴里吐出一颗荔枝大小的"蜜"团，又用前爪轻轻拨到薛裴跟前，它抬起头，喉咙里发着"呼噜呼噜"的声音，用威严但平和的表情盯着两人。

薛裴突然读懂了它的用意，连忙弯腰拾起"蜜"团，一股酸酸的难闻气味扑面而来——这让她直接打消了把那东西吞进肚子的念头。

"谢谢……"薛裴攥紧了手里的"蜜"团，用力朝对方点了一下头，"我知道你听不懂，但我还是想向你道歉……这里的人对你和你的族群做了许多恶行，但他们只是被人利用，我希望你能……算了，反正你也不明白。"

她用力扯下自己左耳的十字架型耳饰，轻轻抛在对方面前，族领用鼻子嗅了两嗅，便把这闪闪发亮的小东西一口吞下。

在几秒的对视之后，族领拖着优雅的步伐，缓缓转身离去。整个红脸群落也像是一支纪律严明的军队，一声不吭地慢慢退下，就和它们来时一样，这些怪物钻入树丛，眨眼间就不知了去向。又过了差不多半分钟，周围重新响起鸟儿的啼鸣，太阳的光芒也已经挂上树梢，美丽而平静的一天，就在这样一场有惊无险的对峙之后开始了。

"他们是不是走了？"法玛斯怯生生地问道。

"唔……"薛裴木然地点点头，"也许吧……"

她一屁股瘫坐到草地上，小口小口地喘息起来。这个资深怪物猎人明白，从今天开始，她所掌握的全部关于红脸的知识——那些依靠二十年血腥杀戮与巨大牺牲积累起来的宝贵财富，都只能用"也许吧"来定义了。

"我说薛，"法玛斯抹了一把额头上的冷汗，坐到薛裴身边，"你每天都过得这么刺激吗？"

薛裴一声苦笑，"已经好多年没有过了。"

"接下来呢？准备去哪儿？"

"去哪儿？当然是回卡奥斯城了，我要好好洗个澡，睡上一整天，然后还得花一星期修理这个残破的身体……"

"有空的话，出来看电影吧？《乌鸦号》月底上映。"

"哈，"薛裴笑道，"你这是想要泡我吗？"

"呃，这个……"法玛斯有些害羞地支吾了两句，"……算是吧。"

薛裴撑着他的肩膀，从地上艰难地站了起来。她拍了拍手，掸去套裙上的草屑和尘土，冲仍旧坐在地上的法玛斯莞尔一笑：

"那你可得穿得正式些了！别像现在这样吊儿郎当的。"

法玛斯像是没有听清似的"呃"了一声。

猎手用大拇指指着自己的胸口：

"因为和你约会的这个女人，是薛裴。"

十七、两个结局

客观地讲，外区并不能算作卡奥斯的一个城区，而应该被看成是一座规模空前的巨型农场。在现代化的农业机械和生物技术的协助下，外区的单位产量达到了骇人听闻的地步。

但即便如此，要供养卡奥斯城一千二百万的人口还是不得不依赖进口食物。每天，从白道和黑道涌进这座混沌之城的粮食产品数以万吨计——无数走私客以此为生，从北海道的大闸海蟹，到法国的低地赤霞珠，世界上任何一个地方的美食，都可以在卡奥斯城享受到，前提则只有一个：钱。

持律者议会对走私的态度暧昧，常常做出令人费解的举动，有时，圣骑士团会毫无警告地直接痛下杀手，有时，却一路大开绿灯，对整个车队都不动声色。

但有一个原则卡奥斯城从不放弃，那就是若非必要，绝不在外区进行战斗。

卡奥斯城不愿伤害自己唯一的农业基地，更不愿在城市的范围内使用过于暴力的惩戒行为。但外区又是如此特别，它把整个城市的中心地段都包裹在内，是卡奥斯城最外层的第一道屏障，所以议会格外注重外区的基础防卫和社会治安。

这就是"恶魔猎手"的成立初衷。

一些对抗"野生动物"（比如说红脸和龙虎）比较有经验的老猎人，在稳定薪水的诱惑下决定加入卡奥斯城外区的协卫武装。与学院区的战斗法师团、码头区的"蛟"相比，恶魔猎手虽然看上去不尽专业——甚至可以说是有些吊儿郎当，但战斗力却毋庸置疑。

薛裴在加入"恶魔猎手"的头几个月里，几乎天天都在外区的边界上奔波，与各式各样的凶禽猛兽、车匪路霸和武装走私团打交道。直到卡奥斯监察军发动了第二次边缘净化行动，外区才逐渐平静下来，以至到了最近，薛裴只是每周在几个农场转悠转悠就算完成工作，而大部分时间，则可以像今天这样，以工作之名，躺在客厅的沙发上犯懒。

她抬起头，看了看壁炉上方的白色的红脸头颅，轻轻合上手里的《悲惨世界》。

"是不是偏了一点儿？"她自言自语，左右歪了两下身子。正如她所预言的那样，"公主"现在就挂在西伯利亚棕熊标本的旁边，位于客厅的正中央。它给薛裴带来的不仅仅是荣耀和九死一生的故事，更有深深的思索：

自己拼上性命与之搏杀的怪物，究竟是挂在墙上的红脸，还是住在地面上的人？

咚！

房间的门被什么人敲响，不等回应，一个梳着栗色鬈发的男孩就闯了进来。

"姐！"他抓着一部无绳电话的话筒，大大咧咧地叫道，"有个不愿意透露姓名的先生说一定要找你。"

这个长得颇秀气的小伙子名叫麦罗，现年十七岁，是薛裴的弟弟——当然，无论从外貌还是体格判断，他们俩都不可能有血缘上的关系。

沉思被打断，薛裴自然有些不快。她轻挪娇躯，正要开口，突然发现腰间有些刺痛——虽然穿着舒适宽大的羊绒睡衣，但疲惫的感觉依旧遍及全身。两天前的绿海之旅让她耗伤了元气，就算是经过了专业技术人员的悉心调试，她还是觉得整个人仿佛散了架似的，连伸个手都有些困难。

"给我吧。"薛裴接过话筒，看了眼液晶屏上的号码——

她愣了一下，别过头对麦罗道："你作业完成了吗？"

"今天是周日啊。"

"那正好，去外面打打篮球吧，别老宅家里。"

男孩一脸无辜的样子："外面下雨呢！"

薛裴看了看客厅的窗外，大雨倾盆。

"那就去帮我的号练练级吧。"

"服务器维护哦。"

薛裴不耐烦地挥挥手："那就快些去准备晚饭吧，我要吃咖喱鸡。"

"要胡萝卜吗？"

"要，但不要洋葱。"

麦罗点点头，退出房间，顺手将门重重带上。薛裴看着他离开，才犹犹豫豫地拿起话筒——她有许多话要说，但却不知道该怎么说、对谁说；她也有许多问题要问，却不知道在哪里能找到答案。她当然清楚，白叶只是一个普通的走私商，一个对红脸或者生物学试验之类东西完全不可能有所见识的走私商。

"白叶先生，"她举起话筒，略作停顿，"无论我接下来会说什么，我希望您首先起誓，绝不对第三个人提起。"

只是现在，除了这个关系微妙的局外人，恐怕再没有谁能分享薛裴的疑惑了。

与此同时。

几千公里之外的某国境内，一个被群山和密林环绕的巨城中，高大的火箭发射架昂然矗立，在夕阳中央的它，仿佛一座黑色的城堡，凝望着山谷中的臣民。而就在不远的山岳之上，也正有人用同样不可一世的眼神，回敬着它和在它周围忙碌的人们。

这里不曾有过名字，却只留下一个代号。

"榕树城……"

长发披肩的高个儿男子端着一杯红酒，站在书桌后方的落地窗前，望着窗外如血的天空。他的皮肤苍白，面若死灰，骨瘦如柴，几乎分不出是活人还是已经死去多时。全身上下，唯一有生气的，就只剩下那对蓝色的眸子了。他那暗淡无光的脸上，摆着一副看上去可能是微笑的诡异表情："你知道我为什么会定居在这里吗？"

"不，博士。"

答话的女性端坐在窗帘投下的阴影之中，但借着夕阳的余辉，依然能够看清她的面庞——

她正是雪梨。

"榕树城代表了这里最尖端的航天技术……"被称为"博士"的男子轻轻呷了一口红酒，依旧不紧不慢地道，"也是当今世界上精英科研人员最集中的地段，在这里可以获得许多意想不到的情报与机会，可以……切实感觉到人类作为一个整体，对更高、更遥远的追求与努力，但是……"他缓缓转过身，"这些东西，在其他地方一样能获得，因此这也就不是我选择居住在榕树城的最主要原因。"

雪梨沉默着，聆听着。

"因为安全，雪梨，因为安全。这里有最精锐的空降兵卫戍部队，有世界上最严格的安保体系，我在这里可以不受打扰地进行自己的研究和试验。"他面对雪梨，点点自己的脑门，"思考这个星球的未来与命运，而不用担心国际刑警的搜查，不用担心卡奥斯城的追杀，不用担心中央情报局的要挟，更不用担心……像薛裴那样的阿猫阿狗来搅局。"

"非常抱歉，博士，是我错误地计算了'巴布里托尔试验'中非专业因素的干扰程度……"

"不必自责，雪梨，我原来也以为巴布里托尔是一个安全的'封闭式试验场'……"男子将酒杯轻轻搁在红木书桌上，"我还没来得及看你的报告，在巴布里托尔有什么与别处不一样的发现吗？"

"我进行了简单的低压测试，"雪梨摘下眼镜，插入上衣的口袋中，"有些自尊心比较强的人不会在即时压力下屈服，但在漫长的有压环境下，这些单独的个体会在不知不觉中违背本性，受到误导和操纵，我想这对我们将来的工作会有帮助。"

"我对你的社会心理学研究不感兴趣，雪梨，请允许我们跳过和凡夫俗子有关的这些细节……"男子突然停顿了一下，仿佛想起了什么似的，"那么请告诉我，P265 样本的情况如何？"

"很遗憾，我最后一次见到它时，它的头已经被薛裴提在手里了，不过就之前的表现来估算，它还没有进化到我们设想的程度。"

"P266 呢？"

"理论上讲已经是成功了，只不过最后几天的数据还没来得及整理，薛裴就杀到了。"

"算了，具体的数据并不重要，重要的是试验的过程。"男子慢慢走到雪梨面前，"斯塔文小组在刚开始制造红脸的时候，根本就没有想过要收集什么数据，也没有想过要做什么改进，它们只是被当作炮弹那样的一次性消费品投入到'一星期圣战'的深渊之中，用来配合那些被称为'生态兵器'的植物，在敌国的工农业基地建起难以重建的无人区……"他一步步踱到雪梨身后，"可惜它们和鬼种子一样，被创造得太过完美，在失去控制之后，便从有效的武器，进化成了可怕的怪物。"

"它们现在依然非常有效，"雪梨点头应道，"只要找对合适的方法。"

"我们刚刚完成了另一座大型试验场的'封闭'，"男子用手轻轻托起雪梨的侧脸，"紫威在卡奥斯城另有任务，所以我决定还是由你去监督试验。"

雪梨面无表情："是 P267 吗？"

"P267 死了，一个星期前，我把尸体卖给了别人……这次给你的是 P269，它是 P266 的兄弟，是我们手头上最后一只'神王'级红脸。"

"那我什么时候出发？"

"P269 样本将在两个月后投放，你恐怕明天上午就得动身……"男子慢条斯理地道，"我想，这应该没有什么问题吧？"

"完全没有。"

"啊，对了，"男子慢慢踱回到书桌前，随手拿起一枚像是胸章的四角形小东西，"为防止意外……"

在夕阳的余辉之下，胸章闪烁出银灰色的光，从雪梨的角度可以非常清楚地看到，在象征卡奥斯城的黑白花蝴蝶图案周围，嵌着一圈雕琢精细、锁链状的饰物，中间则是一串有些不大协调的刻印——"3th"——第三使徒的象征。雪梨当然知道这个小东西代表了怎样的荣华富贵，也更加让她疑惑，究竟是什么东西让眼前的男子宁愿放弃一切，远离至高无上的权力与财富，漂泊至此。

她只是一个雇工，一个触摸到某些真相外缘的资深雇工，而任何她没有被告知的事都处于那外缘之下的深渊中，多问一句也许就会引发生命之忧。

"为了防止意外，雪梨，这一次……我授权你使用'部分'必要的自卫措施，我觉得……至少像薛裴那种级别的对手，你还能应付得来吧？"

"如果只是她一个人的话，我完全没有问题，"雪梨用力紧了紧双拳，"路西斐尔博士。"